L'amant de la pleine lune

MICHELE HAUF

L'amant de la pleine lune

NOCTURNE

éditions Harlequin

Titre original : FROM THE DARK

Traduction française de KARINE XARAGAI

83/85 boulevard Vincent-Auriol 75646 PARIS CEDEX 13.
Service Lectrices — Tél. : 01 45 82 47 47
www.harlequin.fr
ISBN 978-2-2808-1445-4

1

Compter sept tombes vers la gauche. Puis cinq en remontant...

Le regard protégé par ses lunettes de soleil, Michael scruta l'horizon. Le soleil venait de se coucher. Le ciel se teintait de rose.

A quelques pas de lui, le visage dissimulé derrière un livre, une jeune femme l'observait, toute vêtue de noir. Vêtements, cheveux, vernis à ongles noir : tout en elle était noir, jusqu'à son ombre à paupières.

Michael remonta ses lunettes de soleil sur son nez, comme pour échapper à la curiosité malsaine de l'inconnue, puis il regarda son iPod où défilait le dernier clip des Déchus, *Fragments d'Extase.* Il ne put s'empêcher de sourire. Ils avaient fait du bon boulot, le mixage final était vraiment réussi.

— Qu'est-ce que tu en dis, m'man ? murmura-t-il en s'accroupissant devant une tombe en granit que des éclats de mica faisaient scintiller au soleil couchant. Pas mal pour un petit plouc du Minnesota, hein ?

Le calme régnait sur le cimetière ; la touffeur humide de l'été avait remplacé la fraîcheur printanière et des rafales de vent tiède faisaient voler ses cheveux. Michael jeta un œil autour de lui. Deux pelles rouillées reposaient contre la clôture nord, et, non loin de là, il aperçut une remise en brique, sans doute destinée à abriter les produits d'entretien de la pelouse. Plus près de lui, la gothique continuait à l'épier en douce.

Il agita la main dans sa direction, mais, avec un sourire de dédain, la fille lui tourna brusquement le dos.

— Où sont donc passées les bonnes manières du Minnesota ? marmonna-t-il.

Probablement envolées en même temps que les siennes, songea-t-il, amer. Comme toutes ces petites choses qui le rattachaient encore au monde des humains, ces lambeaux d'humanité qui subsistaient en lui et auxquels il essayait de se raccrocher désespérément. Le plus souvent en vain.

Il posa une main sur le sommet incurvé de la stèle et, de l'autre, suivit la courbe des mots gravés dans la pierre. Des brins d'herbe séchée dépassaient de la pelouse fraîchement tondue, et quand il aperçut le vase en laiton posé au pied de la tombe, Michael grimaça. Il aurait dû apporter un bouquet. Elle méritait des fleurs par brassées.

— Ça faisait un bail que je n'étais pas revenu au pays, hein ? Le groupe est au sommet de la gloire, tu sais ? On est passés aux Grammy Awards, cette année, et les journaux parlent de nous comme d'un « phénomène de société ». Et devine quoi ? Dans quelques semaines, c'est mon anniversaire. On fêtera ça ensemble. La vie est belle, maman. Je n'ai pas à me plaindre.

Non, vraiment pas. Et pourtant... Le monstre en lui émit un ou deux grognements de protestation.

Pour tout le monde, Michael Lynsay était une star qui déchaînait les hurlements d'une foule en délire. Des hurlements de joie, puissants, sauvages, et il aimait ça, même si ce n'était qu'un masque. Car sous le masque, lui, qui était-il en réalité ? Le maître des cris. Ces cris qui faisaient monter l'adrénaline, la délicieuse adrénaline dont il se délectait comme d'une drogue...

A force de volonté, il avait gravi une à une les marches

du succès, se donnant à fond pour aller au bout de son rêve. Et ce rêve-là avait beau le broyer jour après jour, il continuait son ascension vers les sommets extravagants qu'il lui offrait. La jeunesse du monde entier ne lui enviait-elle pas son statut de rock star ? Mais ce que ses fans déchaînés ignoraient, c'était que derrière leur idole se cachait un monstre impitoyable, affamé, qui ne souffrait pas qu'on lui résiste.

Tôt ou tard, Michael le savait, les projecteurs débusqueraient la créature tapie en lui et il serait forcé de s'enfoncer plus profondément encore dans les ténèbres qui voilaient déjà son existence.

Il sortit de la poche arrière de son jean le journal local qu'il avait ramassé à l'aéroport Minneapolis-St. Paul International, et contempla avec un sourire narquois le titre qui s'étalait en grosses lettres : « L'ANGE DÉCHU DÉPOSE LE MICRO. ON PARLE DE SURMENAGE ».

L'« Ange déchu », c'était le surnom que lui donnaient ses fans depuis le jour où un journaliste avait comparé sa voix à celle d'un ange noir en quête de paradis. Quant aux rumeurs de surmenage... C'était pour ça qu'il payait les attachés de presse du groupe — pour servir ce genre de bobards aux médias.

A vrai dire, il ne s'était jamais senti aussi vivant. Bouillonnant de fougue et d'audace, il était devenu un autre. Un autre qu'il avait appris à accepter. Sauf qu'aujourd'hui, sa différence menaçait de le consumer, et c'était pour cela qu'il fallait absolument qu'il garde la tête froide. Pour éviter de basculer vers les ténèbres.

Plus d'une fois, il avait failli se trahir. Forcément, vu que les journalistes ne le lâchaient pas d'une semelle et ne lui laissaient pas une seconde de répit. C'était déjà dur d'échapper à leur vigilance pour aller aux toilettes, alors pour assouvir son goût de la peur et du sang...

A plusieurs reprises, il était passé si près de la catastrophe que son meilleur ami, Jesse Olson, le guitariste du groupe, l'avait finalement convaincu de s'éloigner de la scène pour quelques mois. Au début, Michael s'était montré réticent à l'idée de ne pas finir la promo avec le reste du groupe, mais Jesse avait su le convaincre. Lui posant les mains sur les épaules, il l'avait regardé droit dans les yeux.

— Ecoute, vieux, ça fait un an que Les Déchus sont en tournée. On enchaîne les contrats, le nouvel album est dans la boîte et le clip va faire un malheur. On a tous besoin de vacances. Tu nous devances juste de quelques jours, le temps qu'on fasse le show de vendredi sur MTV.

— Je n'ai pas besoin de vacances, avait-il tenté de protester mais Jesse ne lui en avait pas laissé le temps.

— C'est ce que tu crois. Mais que tu le veuilles ou non, tu vas en prendre. Je ne veux pas te perdre, mon vieux. Tu es mon meilleur ami. Même si tu es un buveur de sang.

— Hé, du calme, je n'en suis pas encore là !

— Ton esprit, peut-être pas, mais ton âme… C'est ça qui m'inquiète, Michael.

Jesse avait plaqué sa main sur le cœur de Michael, qui avait refermé la sienne sur le poignet de son ami. Tous deux savaient ce que Jesse n'avait pas dit à voix haute. Michael était sur le point de perdre le contrôle de lui-même. Et si cela arrivait, il n'y aurait pas de retour possible.

Jesse lui avait alors proposé de séjourner quelques mois dans la maison qu'il s'était achetée un an plus tôt, et d'y vivre à sa guise le temps de retrouver son équilibre.

Mais combien de temps fallait-il pour décrocher d'une drogue ? D'une drogue mortelle ?

— Me voilà cloîtré dans une baraque au fin fond du Minnesota, soupira Michael en s'agenouillant devant la tombe de sa mère. Ça faisait longtemps que je n'avais pas remis les pieds ici. Si je me souviens bien, l'essence coûtait moins d'un dollar à l'époque. Et personne n'avait jamais entendu parler de MTV !

Mais, à bien y réfléchir, il n'était pas mécontent de se retrouver ici. Il avait grandi à North Lake, et une part de lui ne se lasserait jamais de l'ambiance familiale de ce petit bourg et de la simplicité de ses habitants. Et puis, après un an de tournée, il avait bien mérité de faire une pause, sans compter qu'il pouvait parfaitement se le permettre, étant donné la jolie somme qu'il avait amassée au cours des dernières années, et qu'il avait judicieusement placée. Alors autant que ce soit ici, dans un endroit dont le charme rustique lui rappelait son enfance — exception faite, bien sûr, des filles gothiques qui lui flanquaient la chair de poule…

— Si je ne le fais pas, confia-t-il à la tombe de sa mère en se relevant, ce sera la fin de ma carrière. Et, surtout, je risquerais de perdre mon humanité. Et ça… c'est impossible. Je dois me fixer des limites, avant de basculer vers des choses… intolérables.

Comme le meurtre.

Or, il le côtoyait dangereusement, il le savait. Entre prendre la dose de sang dont il avait besoin et ôter la vie, il n'y avait qu'une mince frontière qu'il risquait de franchir à tout instant.

Derrière lui, un froissement familier troubla la tranquillité de l'air du soir. Les sens alertés par le bruissement des feuilles d'érable et la soudaine fuite des écureuils qui, non loin de lui, détalaient sur la pelouse, Michael fit volte-face et scruta les haies qui cachaient la rue paisible longeant le cimetière. De nombreux chênes se dressaient çà et là, arbres massifs et vénérables derrière lesquels il était aisé de se dissimuler. Levant la tête, il huma l'air pour détecter la présence éventuelle d'un intrus. Acre et rance, l'odeur de la peur était facile à repérer. Or, il ne percevait aucune senteur inhabituelle, à part celle du vernis à ongles noir que la gothique avait dû appliquer à la louche sur ses ongles. Pourtant, il connaissait ce bruit : celui d'un paparazzi en planque.

Les salopards ! Ils avaient eu le culot de le suivre jusqu'ici, jusque dans un cimetière. Après le premier passage des Déchus sur MTV, il avait accepté de faire le deuil de sa vie privée, conscient que c'était la rançon de la gloire. Dans la rue, les femmes se jetaient sur lui, les hommes entonnaient ses chansons en le voyant, et chaque jour, les journalistes n'avaient de cesse de découvrir l'identité de sa dernière conquête. Tout cela, il l'acceptait. Mais quand les paparazzis, cette engeance nuisible qui le traquait sans relâche, venaient troubler ses rares moments d'intimité, il était impitoyable. Comment osaient-ils interrompre son bref tête-à-tête avec sa mère ?

S'efforçant de calmer sa rage, il scruta les alentours, en évitant de s'attarder sur les épitaphes — certaines pierres tombales étaient magnifiquement ornées de croix et de citations émouvantes. Près de lui, la gothique était toujours absorbée par sa lecture. Mais un peu plus loin, près de l'extrémité nord du cimetière, il trouva ce qu'il cherchait.

D'un pas décidé, il se fraya un chemin entre les sépultures, les chaînes de ses santiags cliquetant sous l'effet de sa colère. Une ombre dansa sur le mur de la remise, mais Michael fut plus rapide. Plaquant violemment l'individu contre le mur, il gronda :

— Où est ton appareil photo ?

Sa main s'abattit sur l'épaule du type. L'autre — un adolescent apparemment — n'était pas bien costaud et se contorsionnait sous sa poigne.

— Je n'en ai pas ! Vous me faites mal !

— C'est rien à côté de ce qui t'attend. Je les connais, les gars comme toi. Toi et les autres salopards, vous me suivez à la trace ! Vous ne pouvez pas me foutre la paix cinq minutes ?

— Vous... vous êtes un personnage public !

— Et alors ? explosa-t-il. C'est une raison pour me traquer jusque sur la tombe de ma mère ?

— Je... j'ai pas pris de photos. Je vous le promets !

— Ah, non ? Alors qu'est-ce que tu fichais ici ? Et pourquoi tu me suivais, d'abord ? Parce que la Volkswagen jaune qui nous suivait, dans le taxi, c'était toi, hein ?

Michael broyait sans ménagement l'épaule du gamin. Il aurait pu lui briser les os, mais son intention n'était pas de lui faire mal, il voulait simplement l'effrayer.

— Aïe ! Je vous ai suivi, c'est vrai, mais parce que vous êtes célèbre, monsieur Lynsay. Je voulais juste voir...

— Ton appareil photo, le coupa Michael, où il est ?

— Dans ma voiture...

Laissant retomber l'intrus dont le seul contact lui brûlait les doigts, Michael recula, comme si une muraille de flammes invisibles s'était élevée devant lui. Il ne craignait rien — rien sauf lui-même. Mais l'odeur de peur qui émanait du gamin lui emplissait les narines. Et c'était la peur qu'il décelait chez les autres — les mortels — qui l'attirait. Cette peur qui se mêlait toujours d'adrénaline.

Un riche parfum s'insinua peu à peu dans son corps, lui chatouillant le sang. Eveillant...

Ils n'étaient pas seuls, se rappela-t-il de justesse. Or, il devait à tout prix se contrôler. Surtout avec un témoin dans les parages.

— Va me chercher ton appareil.

Les mains tremblantes, le gosse essuya un filet de transpiration qui ruisselait de son front.

— J'ai pas pris de photos... Pas encore.

Sa peur s'était calmée, Michael le sentait. Il disait la vérité.

— Dégage.

Comme le jeune restait planté là, un sourire stupide aux lèvres, Michael montra les dents et fit mine de se jeter sur lui. L'autre prit alors ses jambes à son cou et se précipita hors du cimetière sans demander son reste.

Passant une main sur son visage, Michael regarda autour de lui. La gothique était partie.

Jesse avait raison ; il avait vraiment besoin de repos. Et s'il voulait mettre un terme aux incidents de ce genre, il n'y avait pas trente-six mille solutions : il allait devoir se couper momentanément du monde des humains, afin de combattre son addiction à leur peur.

Le combat s'annonçait rude. Car les hommes dont il buvait le sang étaient devenus sa manne, mais aussi son fléau. Pourrait-il survivre loin d'eux ? Etait-il prêt ?

L'exil.

Michael poussa un profond soupir. Ça voulait dire renoncer au sang, au plaisir…

Mais peut-être pouvait-il s'accorder un dernier plaisir avant de se cloîtrer.

— Et comment ! grogna-t-il.

2

Une moue dubitative sur le visage, Jane Rénan contemplait l'énorme gâteau au chocolat au nom évocateur de « Noirceur Décadente » qu'était en train d'engloutir Ravin Crosse en face d'elle. Comment faisait-elle pour rester si mince, avec toutes les calories qu'elle engloutissait ? Pour sa part, complètement abrutie par le décalage horaire après le vol qui l'avait ramenée de Venise, Jane n'avait pas touché à la part de tarte aux pommes qui refroidissait dans son assiette.

— Tu passes la nuit à l'hôtel ? demanda Ravin. Pourquoi ne vas-tu pas directement à la maison de ce type ?

— Il est tard et je suis fatiguée. En plus, je n'ai jamais vu sa maison et j'aime autant la découvrir en plein jour.

Ravin se mit à sourire.

— Ce n'est quand même pas le noir qui te fait flipper ? Je sais que tu ne crains pas les créatures de la nuit, Jane.

— Je n'ai pas peur et je n'attends aucune créature de la nuit, se défendit Jane avec lassitude.

Elle posa le menton dans sa main.

— Sans blague, j'ai besoin de dormir. Maintenant.

— North Lake est à une bonne heure d'ici. Je compte aller dans cette direction, après le repas. Si tu ne vois pas d'inconvénient à voyager sur un chopper, je t'y dépose.

— Ravin, je viens de passer deux jours à contrôler des installations pour mes clients dans trois pays différents.

Tout ce que je demande ce soir, c'est un service d'étage. En plus, je ne suis pas fan de moto.

— C'est un street chopper, précisa Ravin avec un nouveau sourire.

— Merci, mais non. En tout cas, je suis contente que tu aies bien voulu me rencontrer si rapidement.

Quand Jane avait contacté Ravin pour qu'elle l'aide à localiser une source, cette dernière avait accepté sans hésiter. Et Jane en avait été follement soulagée, d'autant que le temps pressait.

— Même si je sais que ça ne te laisse pas beaucoup de temps, ajouta Jane avec un soupir. Dans quinze jours, la lune sera pleine…

— Ne t'en fais pas, dit Ravin. J'ai la Vision.

— C'est vrai ?

Consciente de la présence toute proche des derniers clients qui s'attardaient encore, Jane murmura par-dessus la table :

— Mais… le prix à payer est prohibitif, non ?

Ravin lécha sa fourchette avec un ronronnement de satisfaction.

— Je n'ai pas vendu mon âme, si c'est à ça que tu penses.

C'était effectivement ce qui était venu à l'esprit de Jane. La Vision n'était pas donnée, et d'après les rumeurs, elle était dispensée au compte-gouttes — et pas par n'importe qui. Par *Lui* en personne.

Ravin releva son T-shirt noir et, dans la froide lumière du café, montra ce qu'il lui en avait coûté. L'une au-dessus de l'autre, trois lignes horizontales étaient gravées dans sa chair.

— Trois coups et j'ai tourné de l'œil, commenta Ravin, en rabattant son T-shirt, un petit sourire crispé aux lèvres. Mais ça en valait la peine. Maintenant, je les vois, Jane.

Finies, les erreurs. Ne t'inquiète pas. Je trouverai une source avant la pleine lune. C'est mon job.

Soulagée, Jane attaqua sa tarte aux pommes. Avec Ravin à ses côtés, elle n'avait plus à se soucier de grand-chose, hormis de préparer le reste de sa vie.

Quittant la frontière des ténèbres, le regard de Michael survola les flaques d'eau sale de la ruelle, et vacilla avant de faire le point. Le visage d'une femme lui apparut, le narguant de ses yeux morts.

Etait-elle vraiment... ?

Brusquement, le souffle lui manqua. Il n'avait pas pu aller jusque-là. Enfin si, il en était capable... mais non.

— Je ne veux pas que tu sois morte, siffla-t-il d'une voix impérieuse. C'est impossible, je ne peux pas t'avoir tuée !

Il refusait de succomber à ses instincts, à cette force sombre qui palpitait en lui. Mais il savait aussi qu'une fois qu'il avait commencé, c'était presque impossible d'arrêter...

Approchant la main du visage de la femme, il caressa l'air, n'osant toucher sa peau. Ses cheveux blonds ondoyaient dans une flaque, vestige de la pluie tombée dans l'après-midi. Les réverbères scintillaient dans les yeux verts qui le contemplaient avec fixité. *Je viendrai hanter tes rêves.*

S'il l'avait réellement tuée, les cauchemars allaient envahir ses nuits, car un meurtre attirerait dans son esprit les mauvais rêves de sa victime avant la danse macabre finale.

Il n'y avait rien de tabou dans le fait de tuer. D'autres membres de sa race ne s'en privaient pas et, à sa connaissance, n'en éprouvaient aucun remords. C'était un besoin inné poussé à l'extrême. Mais l'aversion de Michael pour cet acte était devenue son pire fléau. Il n'était pas comme les autres. Il ne voulait pas devenir un tueur. Il n'avait pas *besoin* de tuer. Pourtant, le goût du sang était implacable, et la spirale infernale si puissante…

C'est si facile de tuer. Tu peux le faire, Michael. Tu ne connaîtras jamais pareille félicité. Tu n'as qu'à… te servir.

Il s'était juré de ne jamais tuer. Il valait mieux que ça.

Du moins essayait-il de s'en empêcher.

Mais cette fois, le monstre avait-il eu le dessus ?

— Je t'en prie, je ne veux pas que tu sois morte.

Michael s'accroupit et sonda les yeux de la femme alors que les dernières gouttes de son sang lui glissaient dans l'arrière-gorge. Subsistait-il une étincelle de vie dans ce regard ?

Cherchant à fuir la muette accusation de sa victime, il leva les yeux vers le ciel de minuit, un ciel sombre, sans étoiles. Une mouette poussa une plainte railleuse, tandis qu'il entendait, au loin, passer des voitures, et le rythme trépidant du club Décadence qui résonnait jusqu'à l'endroit où il était agenouillé, tapi au fond d'une ruelle aveugle. A dix pas de là, une poubelle nauséabonde emplissait l'air d'une odeur rance.

Il promena son doigt le long du bras de la femme jusqu'à l'enchevêtrement de bracelets d'or et d'argent qui ornait son poignet. Sept en tout. Un bracelet en silicone rose, symbole de la lutte contre le cancer du sein, se détachait des autres.

Les maladies des mortels ne pouvaient l'affecter. Pour autant, il n'était pas immunisé contre la mort d'un humain.

Elle a été extrêmement courageuse à la fin.

Les mots du médecin, prononcés il y a si longtemps,

hantaient encore la mémoire de Michael. Pendant des années, sa mère avait lutté avec cran contre un cancer du sein. La médecine moderne avait fait de tels progrès depuis...

Mais non, pas de regrets. Il tapota le fin bracelet d'argent qu'il portait au poignet gauche. Le bracelet de sa mère. De fait, elle avait été aussi vaillante dans la vie que dans la mort.

Qu'aurait-elle pensé du monstre qu'il était devenu ?

Tu ne devrais pas être ici. Tu es plus fort que ça.

Voilà ce qu'elle aurait dit. Et elle aurait eu raison.

Michael fut soudain écœuré par l'odeur du sang. Son arrière-gorge se mit à le brûler, et il eut le sentiment que la puanteur de la poubelle pénétrait en lui par ses pores.

Rien ne pourrait jamais le laver de ce crime.

Désespéré, Michael fixa le filet cramoisi qui perlait au cou de la femme, et soudain, il s'autorisa à respirer. Sa veine battait. *Elle vivait encore.* Il ne lui avait pas pris trop de sang. Seulement le strict nécessaire.

Son monstrueux besoin ne faisait pas de lui un criminel. Il n'était pas un meurtrier. Il était toujours Michael Lynsay, natif de North Lake, Minnesota, jeune prodige de la chanson et redoutable adversaire au lancer de boules de neige. En dernière année de lycée, il s'était classé premier au concours horticole, et il aurait été sacré roi du lycée, si la reine n'avait pas découvert qu'il couchait avec sa meilleure amie. Il adorait sa mère — Dieu bénisse son âme — et, à l'époque, il allait à l'église tous les dimanches. C'était si loin tout ça...

Michael Lynsay vivait encore — *quelque part* — à l'intérieur de ce vampire.

Il fit mine de caresser la blonde chevelure mais interrompit son geste. *Ne pas laisser de traces.*

Il humecta ses doigts d'un coup de langue avant d'étaler

sa salive sur la double plaie perforée. Puis il se releva d'un bond et s'enfuit à grandes enjambées, bifurquant brusquement dans une autre ruelle.

Il n'alla pas loin. Une ombre arrogante se dressait au milieu de la chaussée, les poings sur les hanches et la tête inclinée d'un air accusateur. Le faible clair de lune la laissait dans l'ombre.

C'était une femme, petite et mince, vêtue de sombre et plutôt séduisante. Il n'était pas loin du club. Peut-être pourrait-il s'en tirer avec un autographe et continuer sa route. Mais en s'approchant d'elle, il reconnut le visage pâle et souriant derrière la mèche de cheveux noirs.

— On est perdu ? siffla-t-elle d'un ton brusque.

Michael battit en retraite à la vue de l'énorme crucifix en argent qui pendait à son cou. Ce truc devait peser une livre et réfléchissait la lumière du réverbère en une multitude d'étincelles malveillantes.

— J'ai l'impression de vous connaître, répliqua-t-il avec une nonchalance affectée, s'efforçant de ne pas reculer devant la croix. Et je pourrais vous retourner la question. Si vous cherchez le club, c'est de l'autre côté.

— Je ne danse pas. Et toi non plus, pas vrai, à part la danse macabre ?

Elle l'avait vu. Elle *savait.*

— De quoi parles-tu, ma jolie ? fit-il en redressant les épaules, comme un homme qu'il valait mieux éviter d'embêter. Si tu m'as espionné en train de m'envoyer en l'air avec cette nana, désolé, mais pour ce soir je suis claqué.

— T'envoyer en l'air ? Tu appelles ça comme ça ? Même avec une combi anticontamination, je ne te toucherais pas !

Elle tournait autour de lui en laissant au moins deux mètres entre eux.

C'était la fille qu'il avait vue au cimetière. Mais elle avait perdu son air de pauvre gothique, blême et déprimée. Cette femme semblait remontée à bloc, prête à tout et dangereuse.

— Tu comptes rester combien de temps en ville, mon grand ?

Bombant le torse et glissant les pouces dans les passants de son jean, Michael répliqua :

— Parce que ça t'intéresse maintenant ?

La femme effleura son crucifix. Michael jeta un œil par-dessus les toits avec désinvolture, comme si son regard s'égarait au loin. Puis il fit deux pas vers elle, et l'éclair de la croix lui brûla les yeux.

— On se reverra, vampire, lâcha-t-elle en reculant. Compte là-dessus. En attendant, fais profil bas et rentre les crocs.

Serrant les dents, Michael s'efforça de continuer à avancer vers elle alors que l'objet sacré l'obligeait à détourner le regard. Mais la femme se déplaçait prestement. Elle tourna à l'angle de la rue et disparut.

Vampire. Oui, elle savait.

Michael ne pouvait pas la laisser filer, maintenant qu'elle connaissait sa vraie nature. Il devait lui ôter ce savoir par la transe de persuasion, effacer ses souvenirs.

Il s'élança vers le bout de la ruelle et manqua se faire renverser par une moto qui le dépassa dans un hurlement de moteur. La femme qui chevauchait l'engin ne lui accorda pas un seul regard. Sur son dos, elle portait deux armes à feu dans un étui en cuir croisé. Pas le genre de truc qu'on s'attendait à voir dans un patelin comme North Lake…

— C'est bien ma veine, maugréa Michael en donnant un coup de pied dans le mur. Une tueuse de vampires.

Mais pourquoi n'avait-elle pas fini le boulot ?

Pour une raison inconnue, elle devait le préférer vivant plutôt que réduit en cendres. Mieux valait ne pas savoir pourquoi, décida-t-il, et mettre le maximum de distance entre cette tueuse armée et lui.

— Il est temps d'entrer en exil, marmonna-t-il, et il s'éloigna à grands pas dans la direction opposée.

3

Jane Rénan gara sa Mini Cooper rouge — modèle d'époque — en haut de l'allée, devant la propriété Olson. Dans une vingtaine de minutes, le camion de déménagement transportant son matériel d'artisan verrier devrait arriver à son tour.

L'hiver précédent, lors d'une escale à Los Angeles, elle s'était mise d'accord avec Jesse Olson pour réaliser des vitraux dans sa maison. Ne sachant pas quand elle pourrait commencer les travaux, ils n'avaient pas fixé de planning précis, mais il lui avait confié les clés de la propriété. Comme ça, avait-il dit, elle pourrait s'y mettre dès qu'elle aurait le temps.

Elle n'avait pas vraiment prévu de se lancer dans ces travaux tout de suite, mais une urgence l'avait appelée à Minneapolis. C'était là que vivait Ravin Crosse, et Jane avait absolument besoin de son aide pour dénicher une source. La source nécessaire au rituel, qui devait absolument être accompli pendant la pleine lune. C'est-à-dire dans moins de quinze jours.

Alors, comme elle allait devoir rester dans le coin jusque-là, autant en profiter pour réaliser enfin ces vitraux qui n'avaient que trop tardé. Les choses s'étaient décidées très rapidement, et quand elle avait essayé de joindre Jesse Olson pour lui dire qu'elle comptait commencer les travaux, on lui avait répondu qu'il était en tournée. Il ne serait donc pas dans sa maison. Mais peu importait. A ce qu'elle avait pu percevoir de lui, ce type n'était pas du genre à se formaliser.

C'était un musicien, et Jane connaissait bien cette catégorie d'hommes. C'était soit des excentriques désinvoltes et narcissiques, soit des savants extravertis et prétentieux, ou encore de doux dingues désespérés. Des gens bizarres, souvent bien plus que sa propre famille, c'était dire. Mais surtout, des gens qui avaient de quoi la payer grassement. Et cet argent lui permettait de mener la vie nomade et bohème nécessaire à son existence.

Lorsqu'elle sortit de la Mini, elle fut assaillie par une multitude d'odeurs. Des haies d'ifs envahissantes flanquaient la façade en brique de la maison. Un chèvrefeuille encore dénué de fleurs s'élançait à l'assaut des ifs. Une gerbe de forsythia jaune vif jaillissait au-dessus du perron, égratignant les visiteurs en guise de bienvenue.

Jane prit une longue inspiration et se recueillit intensément, fermant les yeux pour pouvoir mieux se concentrer.

Ici, l'air était plus léger qu'en ville, la terre plus verdoyante et plus vivante. Pourtant l'endroit manquait de cette chaleur indispensable pour qu'elle puisse approfondir son ressenti, s'emplir de l'essence même de l'atmosphère. Rien ici ne lui donnait l'impression d'être chez elle. C'était une propriété privée. Dépourvue de toute magie.

Parfait.

Elle s'avança vers la façade de la maison, sa jupe-portefeuille de soie ondoyant dans la brise matinale. Brodé de fils d'or, le vêtement lançait des reflets dans le soleil de la mi-journée. Jane sentit son ample blouse lui frôler doucement les seins. Elle repoussa ses longues mèches blondes pour mieux contempler l'étage.

— J'ai de quoi faire, commenta-t-elle en considérant les fenêtres cintrées, hautes de deux mètres cinquante.

Si c'étaient bien là les fenêtres en question. D'après ses notes, celles que Jesse Olson voulait décorer donnaient sur un jardin.

Relevant sa jupe, Jane se fraya péniblement un chemin dans l'herbe haute et verdoyante et fit le tour de la maison. Elle pressa le pas, attirée par le parfum enchanteur des lilas, et laissa échapper une exclamation en découvrant le jardin à l'arrière. Oubliant les fenêtres, elle s'élança vers l'exubérante végétation, bras grands ouverts pour embrasser cette beauté laissée dans le plus total abandon.

Des lilas d'un violet profond embaumaient l'air. Une étrange libellule frôla sa tête, les feuilles s'entrelacèrent en un glissement sinueux et les fleurs s'inclinèrent vers ses pieds. Un sumac grimpant s'enroula autour de son talon nu. Elle s'en débarrassa d'une secousse et continua sa progression jusqu'à un lilas mousseux dont elle cueillit une fleur ; en la froissant sous ses narines, elle pouvait aisément faire abstraction du subtil mouvement qui l'entourait.

Ce n'est que toi, Jane, lui avait dit un jour sa mère. *Tu portes la magie en toi. Ne la laisse pas t'effrayer.*

Elle n'en avait jamais eu peur. Comment pouvait-on craindre quelque chose d'impalpable ?

Levant la tête vers les fenêtres, Jane cligna les yeux sous la vive réverbération du soleil de midi. D'immenses fenêtres en demi-lune couronnaient chacune des baies vitrées.

— Pas de doute, ce sont celles-ci. J'adore leur forme.

Ce projet lui offrait des conditions de travail idéales. La paix et le silence, ainsi que la liberté de créer les motifs qui, selon elle, donneraient à la maison son cachet final. Pas de propriétaire en train de surveiller son travail, de s'interroger à haute voix sur la durée de réalisation des vitraux…

Mais surtout, elle jouirait de l'intimité requise pour la préparation du rituel capital qu'elle devrait accomplir le soir de la pleine lune.

Deux heures plus tard, le chauffeur du camion avait aidé Jane à décharger son matériel et ses plaques de verre coloré et à transporter le tout dans la salle du premier étage qui lui servirait d'atelier.

Elle avait ouvert les fenêtres pour laisser entrer l'air frais et débarrasser la pièce de son odeur de renfermé. Personne ne devait l'avoir aérée depuis un an au moins.

Pieds nus devant les fenêtres, une flûte de kir à la main pour fêter son arrivée, Jane réfléchissait au style qu'elle allait donner à son projet.

— Art nouveau, décréta-t-elle enfin. A la manière d'Alphonse Mucha.

Le style de cet artiste du XIXe donnerait à la pièce la gracieuse élégance qu'elle souhaitait lui conférer. L'incorporation à ses propres motifs de formes sinueuses et fleuries — avec en prime quelques surprises — mettrait la maison en harmonie avec ses jardins. Le vert, le violet, le rouge et le bleu turquoise lui apporteraient un luxe discret.

— Ça pourra même avoir un petit côté rock'n'roll quand j'aurai terminé.

Jetant un œil au bloc à esquisses grand format posé sur l'établi de fortune — une planche de contreplaqué en équilibre sur deux tréteaux —, Jane décida qu'elle ébaucherait quelques croquis préliminaires après s'être restaurée. Trois sacs de provisions l'attendaient en bas sur le plan de travail, ne demandant qu'à être rangés.

Elle comptait loger ici tout le temps que durerait la réalisation de son projet. Chaque fois qu'une maison était vide, elle avait pour habitude d'y installer ses quartiers. Elle ne poussait jamais l'intrusion bien loin, se bornant à occuper une chambre d'amis et à utiliser la cuisine et la salle de bains. Elle laisserait la maison dans l'état où elle l'avait trouvée à son arrivée, et si possible dotée d'une vue plus chatoyante sur le monde.

Après un rapide encas de pain et de fromage, Jane poussa plus loin son exploration et découvrit une chambre au fond du couloir qui partait de l'atelier. Elle tendit sur le matelas les doux draps de chanvre qu'elle avait apportés, anticipant avec plaisir le délicieux sommeil de la nuit à venir. Face à la porte de la salle de bains était accroché un miroir poussiéreux. C'était le seul objet de la chambre. Les murs blanchis à la chaux donnaient à la pièce nue l'ambiance douillette d'un cottage campagnard. Jane aimait cette sérénité austère qui s'accordait parfaitement avec son esprit.

Elle prit une douche rapide, puis, déambulant à pas feutrés dans l'ample pyjama imprimé qu'elle avait passé, elle décida d'aller flâner au-dehors et de couper quelques rameaux de lilas pour décorer sa chambre. Un peu de couleur y mettrait de la vie.

A l'aide d'un gros cutter pris dans son matériel de verrier, elle coupa une brassée de fleurs, ignorant le doux gémissement qui s'élevait dans l'air chaque fois que la lame tranchait les tiges tendres. Elle murmura quelques bénédictions, puis retourna vers la maison.

Son butin au creux du bras, elle emporta les lourdes grappes et les disposa dans un bac en plastique peu profond qui lui servait à rincer les pièces de verre. Puis, une fois son bouquet en place, elle décida d'explorer les autres pièces de la maison.

Les fenêtres qu'elle avait contemplées en arrivant éclairaient un salon encombré de meubles massifs recouverts d'une lourde toile blanche. Outre ce salon et l'atelier, l'étage se composait d'un studio d'enregistrement et de l'unique chambre avec salle de bains. Le rez-de-chaussée offrait la même disposition, mais il était totalement dépourvu de meubles. La maison possédait également un sous-sol dont la visite, vraisemblablement, ne s'imposait pas ; il devait être vide, lui aussi.

Par les fenêtres de la façade, Jane avait repéré que les voisins les plus proches se trouvaient à deux kilomètres environ, au-delà des épais bosquets de bouleaux, chênes, et luxuriants pins du Nord qui composaient le parc. Cette parcelle de terrain était un véritable sanctuaire, et elle n'aurait pas été surprise d'y apercevoir un ou deux chevreuils grignotant le feuillage. Ainsi isolés, les membres du groupe pouvaient sans doute pousser au maximum le volume de leurs instruments sans déranger qui que ce soit.

Jane pénétra avec circonspection dans le studio d'enregistrement qui se trouvait face à sa chambre et, mains sur les hanches, inspecta les appareils. Pas de poussière à la surface. Ils devaient avoir été installés depuis peu, à moins que Jesse Olson fasse venir une femme de ménage pour donner un coup de chiffon de temps en temps.

— Etonnant que personne n'ait jamais tenté de s'introduire ici pour voler tout ce bazar.

Il n'y avait pas de système d'alarme et les portes donnant sur l'extérieur fermaient par de simples serrures.

Jane se sentait étrangement menacée par le sombre matériel électronique entreposé là. Elle n'aimait ni le bruit ni la sauvagerie du monde. Certes, elle était une artiste, mais elle préférait le calme au public.

Effleurant de la main les mystérieux curseurs de réglage, Jane sourit. A quoi tout cela pouvait-il bien servir ? Curieuse, elle appuya sur l'un des boutons en plastique noir. Aussitôt, la pièce s'emplit d'un hurlement de protestation, une musique sauvage si forte qu'elle aurait pu faire voler les vitres en éclats.

Les doigts tremblants, le sang bourdonnant aux tempes, Jane pressa de nouveau le bouton et le silence retomba sur la pièce.

Le cœur battant à tout rompre, elle retourna d'un pas chancelant dans le couloir. Elle avait la chair de poule. Quelle idiote ! Mais ça lui apprendrait à jouer avec les affaires des autres. A l'avenir, elle se cantonnerait à sa chambre et éviterait au maximum de passer près de cette pièce.

Un autre bruit résonna soudain, venant du bout du couloir. Un pas lourd gravissait l'escalier. Se pouvait-il qu'il y ait quelqu'un dans la maison ?

— Qui diable… ?

Au son de la voix, Jane se rua dans la chambre. Elle referma violemment la porte derrière elle, ferma la chaîne et le verrou, et s'empara du cutter qu'elle avait laissé près du bac rempli de lilas.

Dans le couloir résonnait une voix grave, de plus en plus sonore au fur et à mesure que l'homme s'approchait de la chambre.

— Vous êtes ici chez moi ! criait-il. C'est une violation de propriété privée ! Ouvrez !

Un violent coup de pied ébranla la porte.

Jane empoigna fermement le cutter et, à pas de loup, se dirigea vers la porte. La frêle targette ne résisterait pas longtemps. Elle embrassa la pièce du regard : il n'y avait rien qui puisse servir d'arme efficace, et le lit était trop loin pour qu'elle songe à le pousser contre la porte.

Elle n'avait jamais eu l'intention de violer l'intimité de quiconque. La maison était censée être vide — en ce moment, Jesse Olson devait être en tournée.

Ce qui signifiait que l'individu de l'autre côté de la porte n'était pas le bienvenu, quel qu'il fût.

4

Qui diable était dans la maison ? Un peu plus tôt, Michael avait entendu des portes claquer, avant de retomber dans un demi-sommeil. Son repos n'avait rien eu de paisible et la musique qui avait retenti soudain avait anéanti chez lui tout espoir de fermer l'œil. Un jeune, camé sans doute jusqu'aux yeux, avait dû pénétrer par effraction dans la maison. Eh bien, il allait lui flanquer la trouille de sa vie à cet imbécile !

— Ouvre, espèce d'ordure ! gronda Michael devant la porte close. C'est une propriété privée ici.

— J'ai été embauchée pour travailler dans cette maison !

Michael, qui s'apprêtait à lancer un autre coup de pied dans la porte, interrompit son geste. Une femme ?

— Qui êtes-vous ? demanda la voix derrière la porte. On m'avait dit que la maison était inhabitée. Je vous préviens, j'ai un cutter !

Il ne put s'empêcher de sourire. Apparemment, son grand exil solitaire allait devoir attendre encore un peu.

— Ouvrez, proposa-t-il, sentant sa colère retomber. Qu'on puisse parler.

Il inspira profondément, ce qui apaisa sa tourmente intérieure. Puis il projeta tous ses sens à travers la porte pour sonder les battements de cœur de cette femme. Il lui fallait la ressentir, décrypter sa force. Il avait besoin de savoir à qui il avait affaire. S'agissait-il d'une droguée ou d'une femme parfaitement innocente ?

— Pas avant que vous m'ayez dit qui vous êtes. Et je vous préviens, je vais appeller la police !

— Bonne chance ! railla Michael. Il n'y a pas encore le téléphone dans la maison.

— Je... J'ai un portable.

C'était dit sans conviction. Michael tendit l'oreille dans l'attente des petits bips qu'émettraient les touches quand elle composerait le numéro. Rien.

— C'est la maison de mon ami Jesse Olson. Il m'a dit que je pouvais y habiter pendant quelques mois.

Il plaqua la main sur la porte, sachant que tambouriner ne servirait qu'à l'effrayer davantage. Cela dit, il ne percevait chez elle aucune peur...

— Je ne représente aucun danger pour vous. Promis.

Enfin, pas le genre de danger qu'elle devait avoir en tête. Si elle avait su, elle aurait mieux fait d'éprouver de la peur. De la terreur, même.

Il appuya son front contre la porte. Il ne pouvait pas la voir et un parfum de lilas recouvrait tout, l'empêchant de déceler un éventuel relent de peur.

Elle avait parlé d'un cutter ? Il risquait éventuellement de saigner, mais ça ne le freinerait pas pour autant.

Il se concentra et suivit la profonde respiration de la femme, se calant sur ses inspirations afin de pénétrer dans son être. Une fois à l'intérieur, rien de plus facile que d'écouter son rythme cardiaque — puissant et rageur. L'affolement de son cœur attisait l'instinct de prédateur de Michael.

Piégée derrière cette porte, sans issue possible, l'inconnue constituait un morceau de choix attendant d'être dévoré. Un seul instant suffirait pour qu'elle succombe

— consentante ou non. Du moment qu'elle aurait peur et que l'adrénaline affluerait dans son sang. Il la boirait d'un trait, comme une coupe de champagne !

Tu es ici pour combattre ta pulsion. Pas pour y céder.

Aussi brutalement qu'un coup de fouet sur une plaie à vif, Michael fut tiré de sa rêverie sanguinaire. Il recula, fixant la porte comme s'il la voyait pour la première fois.

Qu'est-ce qui lui avait pris ? Il était venu ici pour décrocher.

— Je… je crois que nous sommes partis du mauvais pied, tous les deux, dit-il d'une voix posée. Je m'appelle Michael Lynsay. Je suis sûr que vous devez me connaître.

— Et pourquoi vous connaîtrais-je ?

Entre deux respirations, la femme reprenait de l'assurance. Le calme regagnait du terrain. Pas si simple de s'abandonner avec confiance à la transe de persuasion. Bien. Résister à la tentation n'en serait que plus facile pour lui.

Mais soudain, le sens de ses paroles le frappa. Qu'avait-elle dit ? Elle *ignorait* qui il était ?

— Ne me dites pas que vous n'avez jamais entendu parler des Déchus ? Le groupe le plus sexy de la planète ?

— M. Olson fait partie de votre groupe ?

— Vous connaissez Jesse ? C'est lui qui vous a embauchée ?

— Pour réaliser le vitrail de la grande pièce située à l'arrière de la maison. Je… Nous avons passé un accord, mais sans fixer de date pour la mise en œuvre du projet. J'avais un créneau dans mon emploi du temps. M. Olson ne m'a jamais dit qu'il aurait un invité à demeure. Et c'est lui-même qui m'a donné la clé.

En effet, Michael se rappelait que Jesse avait parlé de faire des travaux dans la villa avant d'emménager. Dépense parfaitement inutile d'ailleurs, pour une maison que Jesse projetait d'habiter quelques semaines par an. Quoique, le studio d'enregistrement attirerait le groupe ici dès qu'ils pourraient souffler. Et à la rigueur, l'endroit pouvait aussi servir de refuge à un vampire aux abois.

— Vous êtes toujours armée de votre cutter ?

— Oui.

Michael sourit. La main à plat sur la porte, il écarta les doigts en éventail et ferma les yeux.

— Vous comptez le lâcher ?

Silence.

Puis :

— Je ne crois pas. Je ne suis pas folle. Une femme doit toujours se méfier des inconnus.

Il serra le poing, prêt à défoncer la porte, à supprimer cet obstacle, quand une pensée l'arrêta. Il voulait passer de l'autre côté. Bien sûr, l'usage de la force effraierait la proie — ce qui n'était pas plus mal —, cependant, la curiosité qui le chatouillait l'emporta sur son envie tenace. Et c'était une manière de contrôler sa pulsion.

Du calme. Profite de l'excitation et quand tu auras décroché le gros lot, prends ton temps, d'accord ?

Oui. Michael hocha la tête. Il était capable d'y aller en douceur. Il n'avait pas besoin de toutes les effrayer. Et tant qu'il ne saurait pas à qui il avait affaire, il différerait son orgie d'effroi.

— Comment savoir si vous êtes bien celui que vous prétendez être ? lança-t-elle.

Avec grâce, Michael ouvrit le bras d'un geste ample.

— Ouvrez la porte et vous verrez par vous-même.

Contrôler sa pulsion, voilà qui était nouveau pour lui ! Et si la fille était jolie, quoi de mieux que de s'offrir une petite parenthèse libertine avant l'exil ?

— Mais je ne connais pas votre groupe. Je ne regarde

pas souvent la télévision et je n'écoute pas de variétés. Je ne saurais pas vous distinguer d'un présentateur météo.

— Incroyable…, siffla Michael dans sa barbe. Eh bien, reprit-il, vous êtes sans doute la seule personne au monde à ne jamais avoir entendu parler de nous. J'ai des papiers d'identité, en bas dans mon portefeuille. Attendez, je vais les chercher.

— Je ne bouge pas.

Michael descendit l'escalier en riant. Deux ans plus tôt, si les rôles avaient été inversés, il aurait insisté pour qu'elle fasse de même. Mais c'était avant qu'il ne succombe à la poussée d'adrénaline. Car aujourd'hui… Il aurait très bien pu défoncer la porte à coups de pied, sans se poser de questions.

Et pourtant il s'était abstenu, même après avoir sondé le rythme cardiaque de l'inconnue. Surprenant. Le simple fait de s'être coupé de la tentation avait-il déjà commencé à agir sur les envies qui le rongeaient ? Il était là depuis trente-six heures. Serait-ce aussi simple que ça ?

Remontant l'escalier quatre à quatre, il constata que la porte de la chambre était toujours fermée. Il tourna le bouton. Fermée à clé.

La méfiance de cette femme suscita en lui un soupçon d'indignation. Et fit naître sur ses lèvres un sourire railleur. Les innombrables fans qui vénéraient les Déchus ne l'avaient pas habitué à essuyer ce genre de camouflet. Il ne savait trop comment gérer cette nouvelle expérience.

Refrénant son envie de shooter dans la porte, il s'obligea à compter jusqu'à dix, puis il glissa son permis de conduire sous la porte.

— J'ai fermé les yeux à cause du flash. Rien de tel qu'un Photomaton pour vous arranger le portrait.

De l'autre côté de la porte, pas un mot. Elle devait être en train de l'examiner soigneusement.

— Vous êtes né en 79 ? demanda enfin la femme.

— Tout juste, et c'est bientôt mon anniversaire.

Pourtant, il demeurerait à jamais sans âge.

— Et vous ?

— Euh… je suis née en 81.

— Les années 80, c'était vraiment une époque géniale, vous ne trouvez pas ?

Croisant les bras, il s'adossa à l'encadrement de la porte.

— Et qu'on ne vienne pas me dire que les groupes de métal ne peuvent pas s'aligner avec les meilleurs.

— Je préfère le classique, fut la seule réponse qu'il obtint.

Le permis de conduire lui fut rendu par le même chemin. Il le récupéra. Et attendit.

Au bout d'une minute qui lui parut interminable, la chaîne fut ôtée et le verrou tiré.

Michael patienta le temps de permettre à la fille de s'écarter de la porte, puis tourna le bouton en laiton.

Dans l'instant qui suivit, alors que ses instincts lui hurlaient de se jeter tous crocs dehors sur sa proie afin de susciter la peur en elle, une autre partie de son cerveau restait en retrait, comme imperméable à la vision qui s'offrait à lui.

Quelque chose d'inoubliable virevolta hors de la pièce et vint lui caresser la joue. Pénétrant par ses pores, l'envahissant d'une brume de lilas qui voila toute trace d'odeur de sang. Elle. Pâle, svelte, fluide.

La première chose que Michael remarqua, c'était qu'elle était aussi grande que lui. Il avait toujours été sportif, malgré le handicap que lui causait sa haute stature, ce qui expliquait peut-être pourquoi il remarquait toujours la taille en premier chez une femme.

Mais le plus étonnant, c'étaient ses cheveux. Une longue

chevelure vaporeuse, blonde avec des reflets cuivrés, et des mèches plus claires ici et là.

Pas de maquillage, pas de rouge à lèvres pâteux ni de mascara noir et malodorant. Cela lui plut. Comme lui plut la déclaration de ses lèvres entrouvertes, sans qu'elle eût besoin de prononcer un seul mot.

Derrière la menace du cutter, ses yeux sombres scintillaient comme s'ils détenaient un merveilleux secret. Son regard abritait des contes de fées.

Bienvenue dans mon film d'horreur, fillette.

— Enchanté.

Michael resta immobile. Il sentit l'anxiété de l'inconnue fendre l'air et plaquer une main invisible contre sa poitrine. *Reste où tu es.* Non, ce n'était pas de la nervosité... plutôt de la maîtrise de soi. Cette femme n'avait pas peur.

— Je n'ai pas saisi votre nom, reprit-il.

— Jane, répondit-elle en avançant hardiment d'un pas. Jane Rénan. Vous avez un téléphone portable ?

Une main posée sur le haut du chambranle, Michael se pencha en avant pour inspecter la chambre.

— Je croyais que vous en aviez un ?

— C'était un mensonge dicté par la nécessité. Mais si vous en avez un, nous pourrions appeler M. Olson, pour éclaircir cette malheureuse histoire et vérifier votre identité.

— Allons, vous connaissez beaucoup de types à cheveux longs et pantalon de suédine qui ne font pas partie d'un groupe de rock ? Je suis réglo, Jane. Juré.

— Vous avez intérêt.

— Vous n'êtes pas un public facile. J'aime ça.

Il leva la main à hauteur d'épaule, et la chaîne à son poignet gauche cliqueta contre le fin bracelet d'argent qu'il n'avait pas ôté depuis des années.

— Je n'ai pas de téléphone, ça faisait partie des règles

de ma retraite. Pas de communication avec le monde extérieur jusqu'à ce que j'aie retrouvé la forme. Je fais un petit break. Je suis… surmené.

Même en le disant avec une pirouette, le mot sonnait faux. Il laisserait ça à la presse qui s'était emparée de la rumeur et en avait fait ses choux gras. A l'heure qu'il était, les magazines du soir devaient annoncer son départ aux foules et même broder en prédisant sa fin prochaine.

— Il faut que je me repose, que je reprenne du poil de la bête, vous voyez ?

— Et c'est pour ça que vous êtes ici ?

Il acquiesça d'un hochement de tête.

— Je suis arrivé ce matin de bonne heure. Je suis censé rester terré ici. Vous vous rendez compte à quel point c'est dur pour moi ?

En un battement de cils, elle le jaugea de pied en cap, de ses boucles blondes à ses santiags ornées de chaînes.

— Vous devez adorer être sous le feu des projecteurs.

Michael baissa le bras et glissa ses pouces dans les passants de son jean. *Profites-en, rince-toi l'œil, ma jolie.*

— Je suis donc si simple à déchiffrer ?

Elle haussa les épaules ; elle tenait toujours fermement son cutter.

— Vous vous êtes faufilée comme une petite souris, cet après-midi. J'ai bien entendu des claquements de porte, mais j'ai cru que je faisais un cauchemar jusqu'à cette explosion de musique. Personne n'a le droit de toucher à la table de mixage.

— Pardon, c'était de la curiosité. Il n'y avait pas de voiture dans l'allée ni dans le garage, et aucun signe que la maison était habitée. Pourquoi étiez-vous en train de dormir en plein jour ?

— J'ai besoin de repos, vous vous rappelez ?

Jane souffla sur les mèches cuivrées qui chatouillaient ses cils, et Michael fut surpris de l'étrange réaction que ce geste suscita en lui.

Tue-moi tout de suite, avec sauvagerie et douceur, songea-t-il. *Prends ton élan, enfonce le cutter en moi et répands ta splendide chevelure sur mon visage. Prends-moi dans ton âme. Je promets de ne pas te mordre.*

Enfin, peut-être. Mais qu'est-ce que c'était que cette promesse stupide ? Mordre, c'était ça le meilleur !

Nom d'un chien, elle était d'une beauté... surnaturelle. C'était le mot. Et debout dans cette chambre, vêtue d'un fin pyjama mauve ourlé d'élégantes broderies argentées, elle ressemblait à une poupée tombée d'une boîte à jouets, désireuse de découvrir le vaste monde — seule, mais non sans arme.

Elle baissa son cutter et passa l'autre main dans le désordre de ses mèches enfantines.

— Je comptais rester ici le temps de réaliser mon ouvrage sur les fenêtres.

Ne sachant trop comment réagir à cela, Michael hocha la tête, mais s'abîma dans la contemplation du sol. Quelqu'un d'autre que lui dans son petit refuge douillet ? Où était le mal ? Partout, justement. *Le monde, tu as besoin de te couper du monde, tu te souviens* ? D'accord.

— Pas de souci, s'empressa-t-il d'affirmer avant que sa conscience n'ait eu le temps de protester. La maison est immense. Il y a de la place pour deux.

Elle eut beau secouer la tête, il la sentit céder à cette idée. Ce n'était pas n'importe qui, cette fille. Jane. Un prénom simple pour une personnalité sans doute riche et complexe. Que n'aurait-il pas donné à cet instant pour plonger la main dans son âme et la broyer entre ses doigts, la laissant dégouliner le long de son bras jusque dans sa propre âme torturée ?

— J'espérais jouir d'une certaine intimité. J'ai, hum… prévu une petite fête dans quelques semaines, expliqua-t-elle. Je ne voudrais pas vous déranger.

— Je suis du genre fêtard.

— Je ne suis pas sûre que ça vous amuse. Il s'agit plutôt d'une sorte de thé entre amis.

Un thé ? Elle n'était peut-être pas aussi insoumise qu'il l'avait cru au départ. Pourtant, ces battements de cœur… il les sentait encore. Comme prisonniers au creux de sa main. Et leur rythme calme et parfait commençait à semer la zizanie dans sa concentration.

C'était dingue, ça ! D'habitude, il lui était impossible d'entendre un rythme cardiaque sans effort conscient de sa part. Et depuis quand lui fallait-il une telle concentration pour faire la conversation à une femme ?

Enfin quoi ! Il n'était quand même pas un fauve évadé de sa cage, risquant d'attaquer sans crier gare ! Il était Michael Lynsay, un type capable de déchaîner l'enthousiasme des foules, de paraître normal face à la presse et dans les soirées. Il n'avait pas coupé tout lien avec l'humanité.

— Je ne pense pas que ça puisse marcher, monsieur Lynsay.

Sans blague.

— Appelez-moi Michael. Il n'y a que les gens de ma maison de disques qui m'appellent M. Lynsay, quand ils veulent m'imposer leurs idées ou me faire passer la liste des points à revoir sur un album. Ravi de faire votre connaissance, Jane.

Il lui tendit la main. *Touche-moi. Sens ta vie palpiter. Elle est là, dans ma main.*

Le cutter hésitant au niveau de sa cuisse, Jane examina la main qui lui était offerte. Ses lèvres perplexes formaient un arc de chair pâle. Elle serait si facile à prendre. Il lui suffisait de bondir sur elle, de remonter la main le long de son dos, de l'amadouer par son étreinte et elle serait sienne.

Au diable son âme, il romprait sans hésiter sa promesse de ne pas mordre…

Hum. La cohabitation s'annonçait compliquée, surtout avec une telle tentation à portée de main. Une tentation qui lui martelait les tempes, comme le sang affluant sur sa langue et s'écoulant dans sa gorge tel un ruisseau de vie sirupeux.

Peut-être était-ce l'épreuve qu'il lui fallait. Etre confronté à la tentation, sachant qu'il ne pouvait la toucher sous peine de lourdes conséquences. Il ne pouvait pas abuser de cette femme et tourner les talons.

Et pourquoi pas ? Qui la regretterait ?

Son meilleur ami pour commencer, qui l'avait embauchée et savait qu'elle était ici. Si jamais Jesse apprenait qu'il avait mordu la femme engagée pour transformer ses fenêtres, il en prendrait pour son grade. Fût-elle une splendide sirène aux yeux de conte de fées.

Et puis n'avait-il pas étanché sa soif quelques heures plus tôt ? Il avait même paniqué, croyant avoir tué cette inconnue blonde. Seulement failli. Il avait vu battre sa veine.

La raison lui dictait de ne pas s'emparer d'une autre victime aussi tôt.

Sauf si elle était mêlée d'adrénaline…

— Michael ?

Il ramena son attention vers Jane, et eut alors le sentiment d'émerger d'un épais brouillard. La chambre s'éclaira et tous ses sens se libérèrent du désir lancinant que seul le sang pouvait assouvir.

Et il sourit. La joie l'envahit. Vite submergé, il s'abandonna gauchement à cette soudaine émotion, au luxe chaud et doux du bonheur.

Pensif, il baissa les yeux sur sa main tendue qu'elle n'avait pas touchée. Elle traversa la pièce jusqu'à un énorme bac en plastique rempli de lilas et posa le cutter sur la tablette en marbre. Elle ne l'avait pas touché, et pourtant, il l'avait sentie. A l'intérieur de lui. Comme une pulsation commandant son propre rythme cardiaque. La sensation était... magique.

— Je n'ai pas le droit de vous demander de partir ou de rester.

Elle croisa les bras et le fixa d'un air résolu.

— Mais étant donné que moi, je ne compte pas m'en aller, je suppose que nous allons devoir cohabiter. Ce qui implique de fixer certaines règles.

Touche-moi encore, brûlait-il de lui dire. *Rends-moi cet instant de légèreté* !

Au lieu de quoi, il promit :

— Je ne toucherai pas un de vos cheveux.

C'était bien joli, mais croyait-il vraiment pouvoir résister à l'envie de mêler ses doigts à cette masse sauvage et vaporeuse de cuivre mat ?

— Soit je dormirai, soit je serai dans le studio d'enregistrement. Ça marche ?

Le regard de Jane quitta son visage, glissa sur ses bras et le détailla jusqu'aux pieds. Puis elle acquiesça d'un hochement de tête.

Serait-elle partante pour un souper de minuit très spécial ? ne put-il alors s'empêcher de se demander.

Vas-y doucement. Fais durer le plaisir. Séduis-la. Joue au chat et à la souris. La récompense sera à la hauteur de tes efforts.

5

Michael était dans la cuisine, tournant le dos à la fenêtre qui donnait sur les jardins et le soleil couchant. Après sa rencontre avec Jane, il n'avait pas fermé l'œil de la nuit. Quelques heures de sommeil par jour lui suffisaient, même s'il dormait souvent davantage, tout simplement parce que ,dans la journée, il ne pouvait pas faire grand-chose. Bien sûr il pouvait aller dehors, se promener au soleil, mais cela ne durait que quelques minutes et la sensation d'une phénoménale perte d'énergie le forçait vite à rentrer.

Il ne courait pas le risque d'exploser en milliers d'éclats comme le décrivaient les récits de vampires les plus dramatiques. La brûlure qui rongeait sa chair était bien plus lente, mais la souffrance était réelle.

Donc il restait enfermé. Pas aussi seul que prévu. Et bien moins calme qu'il ne l'aurait souhaité.

Il était si conscient, si réceptif à sa présence. Elle avait beau être au premier étage, à l'autre bout de la maison et derrière une porte close, Michael sentait le cœur de Jane palpiter au bout de ses doigts.

Il baissa les yeux. Tapota son majeur contre son pouce. La vie. Avec sa présence fraîche et sirupeuse. *Sa vie à elle.*

Ça n'était pas normal. D'habitude, il était parfaitement à l'aise dans les soirées ou les conférences de presse, sans jamais se connecter à un seul des milliers de rythmes cardiaques qui battaient autour de lui. Il ne percevait pas l'odeur du sang d'une victime potentielle, sauf s'il se focalisait volontairement sur elle. Pour déchiffrer son potentiel, jauger son intérêt pour l'homme qui la dévisageait, mais aussi sa volonté de s'abandonner à une force qu'elle éprouvait de façon diffuse mais inexplicable. C'était ce qu'on appelait la transe de persuasion, un pouvoir que Michael employait avec parcimonie car, le plus souvent, il parvenait sans peine à attirer l'attention d'une femme.

Pourquoi dans ce cas avait-il l'impression de sentir Jane en cet instant ? Parfum de lilas et douceur poudrée. Jusqu'en bas, dans la cuisine. Ça paraissait impossible. Pourtant la sensation était si réelle qu'il plaqua la main contre sa poitrine, comme pour apaiser l'agitation que causait cette intrusion en lui.

Jane, faire intrusion en lui ? Ça ne marchait pas comme ça. C'était toujours lui qui faisait intrusion en elles.

— Je la materai avant la nouvelle aube, murmura-t-il. Son sang ruissellera dans ma gorge. Ce sera mon baroud d'honneur avant les affres du sevrage.

Il ne pouvait en être autrement. L'addiction était trop forte.

En attendant, Jane avait intérêt à rester sur ses gardes...

Jane était un peu surprise que Michael n'ait pas passé la tête par la porte de l'atelier pour prendre de ses nouvelles aujourd'hui. Non qu'elle ait besoin d'un protecteur, mais c'était quand même étrange de se retrouver ainsi tous les deux seuls dans cette maison et de ne pas se parler... La porte du studio d'enregistrement était fermée quand elle était passée devant, un peu plus tôt. Michael devait être pris par ses propres occupations professionnelles.

Cette attitude traduisait peut-être sa promesse de ne pas l'importuner pendant son travail. C'était très attentionné de sa part. Elle n'avait vraiment pas besoin de distraction. Même si… Non, il ne fallait pas y songer.

Mais cela ne l'empêchait pas de fantasmer.

Toute la nuit, l'image de Michael avait hanté son sommeil agité. Elle avait sans cesse son regard à l'esprit, si bleu, si pénétrant.

Elle le revoyait sur le seuil de la chambre . Il émanait de cet homme une sorte de charme semblable au chatoiement du clair de lune à travers un fragment de verre bleu. Michael Lynsay irradiait la sensualité.

Sauf que ce n'était pas le premier homme séduisant qu'elle rencontrait, mais aucun n'avait eu le même effet sur elle. Alors, qu'avait Michael Linsay de si spécial ? Certes, il était grand, et elle avait toujours été attirée par les hommes grands, car ils représentaient la force et la longévité. Deux conditions primordiales chez un amant potentiel.

Et il était beau, très beau — et à en juger par la pose insolente qu'il avait prise pour se faire admirer, il ne l'ignorait pas. Il s'était campé dans l'encadrement de la porte, jambes écartées, torse bombé — maître de la situation. Disponible et pourtant un peu sur la réserve. A moins que ce ne soit de la timidité ? Non, sûrement pas.

Et son brusque sourire — lumineux, amical — l'avait réellement troublée. Assez pour la tenir éveillée, à fantasmer sur lui comme une midinette entichée de son idole.

Allons, Jane, reprends-toi !

Elle savait reconnaître les signes avant-coureurs d'une liaison vouée à l'échec. Avant Michael, elle avait connu des artistes, dont un musicien. Et une aventure avec ce genre d'homme était incompatible avec la vie paisible qu'elle appréciait. D'ailleurs, comment pouvait-elle seulement *envisager* d'avoir une liaison avec lui ? Elle était là pour le boulot, pas pour une rencontre entre célibataires.

Pour la millième fois, elle se demanda si elle avait eu raison d'accepter de rester ici avec lui. Mais où aurait-elle pu aller ? Et surtout, où aurait-elle pu trouver meilleur endroit pour l'accomplissement du rituel ?

Et puis, pour être honnête, elle n'était pas fâchée d'avoir un peu de compagnie. Certains jours, elle était prête à croire son père, qui lui prédisait toujours qu'elle finirait ses jours en ermite.

Il lui faudrait juste trouver un moyen d'éloigner Michael pendant la nuit de la pleine lune. Un concert au night-club du coin ferait sans doute l'affaire ; elle allait consulter le programme des festivités de la région pour se tenir prête et lâcherait dès maintenant quelques allusions à ce sujet.

Un soudain bruit de bottes lui indiqua que Michael s'engageait dans le couloir menant à l'atelier. Ainsi, il n'était pas dans le studio ?

Elle remit ses lunettes de sécurité — une épaisse monture en plastique noir — et scruta le couloir par la porte ouverte.

Il s'était arrêté. Juste devant la porte ? A moins qu'il ne soit reparti ?

Avait-elle réellement entendu des bruits de pas ?

Son esprit en ébullition devait lui avoir joué un tour, décida-t-elle en inclinant la tête, lèvres pincées. Quoique…

Elle attendit. Mais non, personne ne passa devant la porte.

Un frisson d'appréhension lui picota la peau. Hum… Le fait est qu'elle cohabitait avec un inconnu. Un homme dont elle ignorait tout. Le fait qu'il soit célèbre n'empêchait pas qu'il soit également un tueur en série.

Exaspérée, elle s'empara d'une autre pièce de verre et chassa de son esprit ces pensées stupides.

Jane.

Interrompant brusquement sa progression, la roulette de vitrier en acier patina sur le verre lisse et la pièce se fendilla des deux côtés du tracé de la lame. Jane porta la main à sa poitrine et prit une profonde inspiration. Etait-ce le vent qui avait murmuré son prénom ?

Elle regarda par la fenêtre ouverte. La nuit était tombée sans qu'elle s'en rende compte, et elle distinguait à peine la silhouette des grands chênes bordant la propriété, dont les feuilles se fondaient en une brume mousseuse qui cachait à moitié la lune montante.

Transférant le poids de son corps d'un pied sur l'autre, elle fit gémir le parquet. Toute la journée, elle avait entendu ce craquement mais, à présent, il lui paraissait sinistre.

Jaaa-ane.

Elle ne rêvait pas.

C'était bien son prénom. Mais pas prononcé de manière audible. Dans sa tête ?

— *Mon Dieu* ! s'exclama-t-elle en français, la folie de la famille a fini par me tomber dessus.

Refusant de s'appesantir sur cette sensation angoissante, elle posa le coupe-verre et alla à la porte d'un pas résolu. Mais sa détermination faiblit en approchant de l'embrasure.

Qu'espérait-elle prouver en scrutant les moindres recoins et en parlant aux voix dans sa tête ? Seulement qu'elle pouvait bel et bien être en train de sombrer dans une folie imaginaire. Ce n'était pas héréditaire. De cela, elle était sûre.

— La journée a été longue, murmura-t-elle.

Elle soupira, fit demi-tour et ôta ses lunettes de sécurité.

Un cri retentit de nulle part, profond, impérieux. Jane hurla, et un homme apparut aussitôt dans le couloir.

Michael ! Il se précipita vers elle et la prit dans ses bras. Comme s'il avait conscience de l'avoir effrayée, il tâchait maintenant de la réconforter. Elle tenta de se calmer seule, mais l'étrangeté du moment eut raison de ses nerfs et, comme toujours, elle réagit en éclatant de rire.

Elle avait bondi d'épouvante en l'entendant crier. C'était exactement ce qu'il voulait.

Traquant le parfum de sa peur, Michael fondit sur Jane, la prit par les épaules et enfouit son visage dans son cou.

Mais il était déjà trop tard, la puissante odeur avait disparu, remplacée par un insupportable fou rire.

Frustré au plus profond de son être, Michael perçut la réaction de Jane comme une gifle lancée à sa face de monstre avide. Il se rejeta en arrière.

Tenaillé par la faim, prêt à l'assouvir, il eut malgré tout la sagesse d'obliger ses crocs à se rétracter avant qu'elle ne les aperçoive.

— Jane ?

Prise d'un fou rire irrépressible, elle le désigna de sa main libre tout en détournant le regard, pliée en deux par l'hilarité.

— Vous m'avez fait peur !

C'était bien là son intention. Mais le résultat était loin d'être satisfaisant. Ni, à l'évidence, terrifiant.

— Ça vous prend souvent de vous moquer de ce qui vous effraie ? demanda-t-il.

Il avait besoin de savoir. Pour ses prochaines tentatives. Et pour apaiser son ego meurtri.

— Non.

Elle inspira à fond, puis éventa de la main son visage empourpré.

Sur ses épaules s'étalaient des mèches cuivrées qui excitaient les plus bas instincts de Michael. Enrouler cette chevelure autour de son poignet, l'attirer à lui pour…

Pour quoi ? Un baiser ? Non, pour un suçon long et profond.

Quel goût avait-elle ? Le goût du *péché* ? Non, c'était aller trop loin. Quoique. Elle semblait plutôt libérée, comme fille. Pas assez pour dépasser les limites qu'elle s'imposait, mais suffisamment pour ne pas protester trop fort s'il lui ôtait son collier. L'essentiel était qu'elle ne rie pas…

— J'avais justement l'impression que quelqu'un était en train de m'observer quand… Eh bien, vous avez dû passer devant la porte et, en vous voyant, j'ai eu peur.

— Je vois.

Michael tendit la main pour écarter une mèche de cheveux qui lui barrait les yeux. En réalité, il avait envie de toucher cette joue enflammée avant que la rougeur ne se soit tout à fait dissipée. Mais avant que sa main n'entre en contact avec sa peau diaphane, Jane retrouva sa pâleur naturelle et il suspendit son geste.

— Je suis connu pour déchaîner des hurlements chez les femmes, mais jamais elles n'ont éclaté de rire à ma vue.

— Je suis vraiment désolée.

Michael riva les yeux sur la soie fine qui glissait avec sensualité sur ses seins épanouis, plus tendue là où ses mamelons pointaient de façon tentante. Il détourna le regard, lentement, descendit vers la mince courbe de sa taille et s'arrêta en haut des hanches, là où était retenue sa jupe. Pouvait-il enserrer sa taille étroite entre ses deux mains ? Sans aucun doute.

Et cette chevelure ! Elle était comme animée d'une

vie propre, voire d'une personnalité indépendante, et à cet instant même, ces mèches blondes et cuivrées se moquaient de lui.

— M'avez-vous…

Jane prit une profonde inspiration et demanda d'un ton calme :

— M'avez-vous appelée par mon nom ?

— Non, mentit-il.

Il n'avait pas prononcé son prénom à voix haute. Mais jamais encore son pouvoir de persuasion n'avait donné de résultats aussi ridicules.

— Ah… J'avais cru entendre mon nom.

— Et c'est ça qui vous a effrayée ?

— Je n'ai pas eu peur.

Oh, que si ! Il avait senti sa peur ou, plutôt, sa conscience en alerte qui avait franchi le seuil de la peur. Sensation délicieuse. Et le bond qu'il avait fait dans la pièce aurait dû libérer l'adrénaline dans son métabolisme, inonder ses veines de ce qui constituait pour lui une enivrante gourmandise.

— Vous avez faim ? lui demanda-t-elle subitement. Je crois que je vais m'arrêter pour aujourd'hui. Je n'ai rien avalé de toute la journée. Je pensais prendre mon dîner dehors afin d'aller explorer le jardin au crépuscule.

— Faim…

Michael se passa la langue sur les lèvres.

— J'avais faim, mais tout à coup je n'ai plus d'appétit. En revanche, je veux bien passer un moment avec vous dans le jardin. Le crépuscule est mon heure favorite quand je suis en compagnie d'une jolie femme. Les ombres du soir révèlent tous ses trésors cachés.

Les yeux de Jane scintillèrent et Michael sentit s'estomper le sentiment de rejet qu'il avait éprouvé après son fou rire nerveux.

— On se retrouve dans le jardin, lança-t-elle.

Ainsi donc, songea-t-il en la regardant s'éloigner, une bonne frayeur ne suffisait pas à l'affoler ?

La prochaine fois, il userait de plus de subtilité.

6

Jane remplit un saladier de fruits frais, prépara deux flûtes de kir royal et alla s'asseoir dans l'herbe.

Michael mit du temps à venir, et elle nota avec étonnement qu'il avait gardé ses lunettes noires relevées sur son front, bien que le crépuscule soit déjà bien installé.

Il prit place à ses côtés dans l'herbe haute et inspecta par-dessus son épaule les victuailles qu'elle avait apportées.

— J'adore les cerises.

— Servez-vous, fit-elle en poussant le saladier de verre dans sa direction. Je ne sais pas pourquoi je les ai achetées, ce ne sont pas mes fruits préférés. Mais elles semblaient si alléchantes que je n'ai pas pu résister.

Il s'empara d'une cerise noire bien mûre qu'il goba.

— Auriez-vous du mal à résister à la tentation, Jane ?

Sa remarque taquine lui arracha un sourire en coin.

— Uniquement lorsqu'il s'agit de nourriture, Michael, ça ne concerne pas les hommes.

— Ça, c'est dur…

Elle se tourna pour lui sourire, mais tressaillit à la vue du jus de cerise dégoulinant de sa bouche. Sur sa lèvre inférieure luisait un mince filet cramoisi.

Poussant une exclamation étouffée, elle eut un mouvement instinctif vers la plaie, mais — *non, ce n'était pas une plaie.* Quels étranges souvenirs lui évoquait ce spectacle… Pas étranges d'ailleurs, plutôt… familiers.

Elle détourna les yeux. Son cœur ne s'était-il pas légèrement emballé ? Quelle idiote elle faisait, il mangeait des cerises rouges et juteuses. Rien de plus.

Pourtant, elle ne put s'empêcher de l'observer de nouveau. Michael mâchouilla la cerise, puis la recracha sans l'avaler dans l'herbe, par-dessus son épaule.

— Vous ne la mangez pas ?

Il passa sa langue sur ses lèvres d'une manière tentatrice.

— J'aime le goût des cerises, mais je ne les avale jamais. Je trouve leur chair… Je ne sais pas, ça me déplaît.

Il cala le saladier sur ses genoux et compta les fruits.

— Onze, annonça-t-il d'une voix troublante.

Jane tourna la tête, maudissant intérieurement son cœur, qui battait la chamade. Un homme aux lèvres maculées de rouge foncé… Non ! si elle commençait à penser à ça, elle allait se mettre à rire. Michael assurément n'était pas un…

Il mit une autre cerise dans sa bouche. Du jus lui éclaboussa la lèvre.

Oh, non ! Maintenant il le fait exprès pour se moquer de moi.

Toutefois, son malaise ne se dissipait pas et, pour l'oublier, Jane se força à chercher une distraction. Finissant son kir, elle se leva et s'approcha de la fontaine en pierre qu'elle avait repérée du premier étage. La tête d'un chérubin émergeait d'un entrelacs de lianes émeraude, comme s'il prenait une dernière bouffée d'air avant d'être définitivement aspiré vers le fond. La fontaine disparaissait sous les mauvaises herbes et le sumac d'un vert brillant qui dardait ses feuilles trilobées, semblables à du cuir.

Le végétal chatouillait les chevilles de Jane et l'obligeait sans cesse à faire des écarts tandis qu'elle contournait la fontaine.

Michael la suivit jusqu'à la bordure du jardin, mains sur les hanches, jambes écartées dans une attitude agressive. Il avait l'air si… charnel. Disponible.

Serait-il disponible pour une petite aventure coquine ?

Il lui décocha un sourire provocant, comme s'il avait lu dans ses pensées.

Evitant son regard bleu et pénétrant, Jane empoigna un paquet de lianes et de feuilles sèches, dans l'intention de libérer l'arc et le carquois du chérubin. Le feuillage desséché céda facilement.

— S'il vous plaît, Michael, vous voulez bien pousser la vasque pour la recentrer ?

Il contempla d'un œil fixe le lourd élément en pierre, l'air de ne pas savoir par quel bout le prendre.

— Ça va, j'ai compris, lâcha Jane en faisant voler les mèches de cheveux qui lui tombaient sur les yeux. Apparemment la rock star n'est pas très branchée travaux manuels…

— Je paye des gens pour s'occuper de ce genre de choses à ma place.

— Ah, oui ? Vous ne savez rien faire de vos dix doigts, alors !

Il la fixa d'un regard au charme maléfique. Mortel même, et néanmoins attirant.

— Vous seriez surprise de découvrir tout ce que je peux faire avec mes mains, Jane.

Les poings sur les hanches, elle repoussa d'un coup de pied la liane qui s'entortillait autour de sa cheville.

— Eh bien, je préfère ne pas savoir.

Pourtant, elle ne put s'empêcher de lui lancer un regard

en douce, et de se délecter de sa haute silhouette, moulée à la perfection dans un pantalon de suédine marron et un T-shirt noir. Au fond d'elle, elle brûlait d'apprendre ce que ses grandes mains savaient faire…

Michael croisa son regard, avec aux lèvres un sourire provocant. Sa bouche s'incurva du côté droit — tentation rougie de cerise — le rendant encore plus désirable.

Attention, Jane. Tu es censée regarder en douce…

Elle caressa le rebord de la vasque en pierre.

— Vous êtes sûre de ne pas vouloir savoir ce que mes mains savent faire ? Je suis un homme, Jane. Comme tous les hommes, je suis très… tactile. J'ai besoin de toucher, ajouta-t-il en passant une main sur ses lèvres encore rouges du jus de cerise. Toucher, sentir, toucher et goûter. Oh, oui, goûter, j'aime goûter. Plus encore que tout le reste, murmura-t-il en lui décochant un regard brûlant.

Jane sentit un frisson la parcourir. Pas mal comme programme… Cet homme pouvait la goûter quand il voulait. Franchement. La seule question était : combien de temps allait-il mettre avant de tenter le coup ? Parce qu'elle ne le repousserait pas. Aucune femme saine d'esprit ne repousserait un homme comme Michael Lynsay.

Or, elle avait toute sa tête, et il lui fallait un homme. Dans son lit. Pour lui rappeler qu'elle était toujours vivante. Pour ne pas finir en ermite.

Tournant autour de la fontaine, elle entendit les santiags de Michael fouetter les hautes herbes.

— J'aimerais toucher votre peau, Jane. La sentir, la goûter. Votre peau nue, sous votre tunique. Car vous ne portez rien, en dessous, j'en suis sûr. Ces petits hauts que vous portez sont fins comme du papier de soie ; il n'y a rien là-dessous, que votre peau et vos seins offerts.

Piquée, Jane se redressa brusquement, prête à protester, mais elle resta interdite. Michael n'était pas de l'autre côté de la fontaine. Elle se pencha sur le côté pour voir s'il était accroupi derrière le socle. Il n'y était pas non plus.

Le vent dans ses cheveux, un peu plus violent que ce qu'il aurait dû être, lui fit faire volte-face et elle se retrouva à moins d'un pas du chanteur qui la dévisageait avec avidité. Son sourire triomphant n'avait plus rien de charmeur.

— Je..., bredouilla-t-elle. Je ne vous ai pas vu bouger.

Sans répondre, il poussa sans effort la vasque de la fontaine et la lourde cuvette de pierre se remit en place. Le sourire de Michael se fit d'autant plus triomphant, teinté même d'un soupçon d'arrogance.

— Vous n'avez besoin de personne pour faire ça, protesta-t-elle.

— Je vous faisais marcher, c'est tout. Votre réaction m'en a dit long sur vous.

— Vraiment ?

— Vous êtes sur la défensive, mais parfois il vous arrive de laisser tomber la garde. Quand vous pensez que ça vous peut vous aider à parvenir à vos fins.

— Vous êtes psy ou quoi ?

— Non, je suis juste un observateur attentif des femmes. Je connais les femmes. Vous n'êtes pas différente des autres.

Ainsi, il la prenait pour une femme comme une autre. Une femme normale. Mais n'était-ce pas ce qu'elle avait toujours voulu être ? Une femme normale, banale, qui avait toujours su contrôler ses instincts, qui avait un sens de l'ordre suffisamment développé pour éviter certaines influences... néfastes.

Et voilà que cet homme faisait irruption dans sa petite vie bien rangée et faisait tout voler en éclats, capable, avec une seule cerise, de faire naître en elle des images bien trop troublantes. Qu'elle le veuille ou non.

— Je suis peut-être comme toutes les femmes, lâcha-t-elle, mais vous, vous êtes tout le contraire d'un homme ordinaire.

— Comment faire autrement ? sussura-t-il avec un sourire enjôleur. On me paie pour assurer le spectacle, rappelez-vous. Séduire les fans pour qu'ils chantent mes chansons. Qu'ils achètent mes albums. Qu'ils remplissent des stades. Souriez pour la photo, monsieur Lynsay, montrez-nous le sourire triste de l'ange déchu.

— Et vous êtes plutôt égocentrique.

— Déduction intéressante.

Une goutte de pluie s'écrasa soudain sur le nez de Jane. Une autre atterrit sur la joue de Michael. Rien de régulier, juste une averse fine et intermittente.

Comme si la pluie ne le gênait pas le moins du monde, il se pencha par-dessus la vasque de pierre.

— Et vous ? Vous êtes plus coincée que ne le suggère votre allure d'écolo libérée.

Libérée ? Ecolo ? C'était à ça qu'il la résumait ? Comment fallait-il prendre cette affirmation ? Elle n'était pas libérée... Pourtant, elle aurait dû l'être. Son âme sensuelle enviait les aventures des autres, mais elle n'allait pas l'avouer à un inconnu.

Il inclina la tête sur le côté, l'air interrogateur, mais sans faire mine de s'approcher. Encore plus troublée, Jane se glissa vers la droite et se pencha pour passer la main sous la vasque.

— Il doit y avoir un robinet ou quelque chose à la base, qui permette à l'eau d'arriver. Vous ne pensez pas ?

— Pourquoi avez-vous peur de moi, Jane ? Je ne vous veux pas de mal. Je vous fais l'effet d'un monstre ?

Les doigts de Jane rencontrèrent un petit bouton. Elle

appuya dessus et l'eau se mit à gargouiller à l'intérieur du socle en pierre.

Elle se releva et repoussa ses cheveux en arrière. Ses bras étaient humides, et tandis qu'elle s'essuyait les mains sur le devant de son corsage, elle frissonna malgré elle en repensant à ce qu'il avait dit tout à l'heure, à propos de sa peau nue. Il avait raison, elle ne portait pas de soutien-gorge. Elle n'en avait pas besoin, et, surtout, elle détestait se sentir prisonnière.

— Vous n'avez rien d'un monstre, affirma-t-elle. De toute façon, je ne vous connais pas, alors quand bien même seriez-vous…

— Ce que je ne suis pas.

— Evidemment. Mais accordez-moi ceci : j'ai accepté de plein gré de cohabiter dans cette maison avec un inconnu, donc je resterai sur mes gardes le temps que durera cette situation…

Elle avait failli dire : « Le temps que nous apprenions à nous connaître », mais les mots étaient restés coincés en travers de sa gorge. Cela sous-entendait un certain degré d'engagement, ça n'avait pas de sens. Elle le connaissait depuis moins de vingt-quatre heures ! Pourtant, malgré cela, elle brûlait de se rapprocher de lui. Cet homme avait un tel pouvoir de séduction…

— Oh, elle arrive !

L'eau éclaboussa la moue boudeuse du chérubin, dégoulina sur son menton et son ventre replet, puis s'éparpilla en fines gouttelettes entre ses doigts de pieds, avant de former une petite mare au fond de la vasque.

— Laissez-lui quelques minutes, conseilla Michael. Le temps que la pression augmente.

Il recula et elle voulut en faire autant, mais, retenue par une liane qui s'était entortillée autour de sa jambe, elle perdit l'équilibre.

Elle serait tombée, si Michael ne l'avait retenue entre ses bras puissants. Le cœur battant, elle se mit à rire nerveusement, en réaction à la peur. Et elle leva les yeux vers lui. Il était près, si près…

Et il se pencha sur elle pour l'embrasser.

Les fines perles de pluie translucides qui recouvraient les cheveux de Michael glissèrent le long de la joue de Jane. Il sentait la pluie, l'herbe et la cerise noire. Il avait un goût sauvage. Un goût d'interdit aussi. Un goût voluptueux qu'elle aurait voulu garder en elle pour toujours.

Détachant ses lèvres des siennes, il enfouit son visage dans ses cheveux et déposa de petits baisers le long de son cou. Son gémissement avide répondit aux murmures de désir de Jane. Elle s'agrippa à son T-shirt, refusant de le laisser partir. Les dents de Michael frôlaient sa mâchoire, en douces caresses teintées de danger, comme s'il était sur le point de la mordiller, de la dévorer…

Jane sentait son cœur cogner contre le sien, à un rythme sourd et frénétique.

Cet homme lui était… familier. Un malaise l'envahit d'un frisson désagréable. Anxiété du premier baiser ? Ou nostalgie d'un acte aussi banal ?

Banal, cet homme ne l'était pas. Il était sensuel et unique.

Mais il appartenait au monde. A la foule de ses adorateurs. Pourquoi avait-elle l'impression de le voler à tous ces gens ? Et quel mal y avait-il à cela ?

Les doigts de Michael explorèrent furtivement son dos, remontant le long de sa colonne vertébrale, embrasant tous ses sens. Elle sentait l'odeur de son corps, forte et salée, et goûtait son désir; elle sentait même sa curiosité. Effleurant sa peau d'un geste imperceptible, deux doigts parcoururent son échine avant de se glisser sous son corsage de soie. Jane poussa un gémissement. Sa caresse était…

Quelle était cette étrange sensation ?

Le chatoiement ?

Troublée par cette idée, elle voulut se libérer de son étreinte, mais Michael rouvrit brusquement les yeux et son regard clair la priva de tous ses moyens. Il se pressa contre elle, contre ses hanches, sa poitrine, appuyant fortement sur sa nuque comme s'il voulait l'enfoncer en lui. Elle eut la sensation étrange d'un défi silencieux.

Mue par un instinct primaire et le désir de sentir un homme, dans toute sa virilité, Jane se plaqua contre lui. Glissant son genou entre ses jambes écartées, elle écrasa sa poitrine contre la sienne. Elle sentit ses tétons durcir au contact de ses pectoraux puissants, et un frisson l'envahit.

Oui, c'était bien un frisson de désir qu'elle ressentait, celui d'embrasser un inconnu, ça n'avait rien à voir avec un chatoiement. Comment cette idée avait-elle pu lui traverser l'esprit ? Ridicule !

— Je pourrais vous prendre là, tout de suite, souffla-t-il.

— Vous ne me connaissez même pas.

— Vous avez peur du désir d'un inconnu ? Peur de l'envie que j'ai de vous ?

Jane ferma les yeux et laissa aller sa tête en arrière. Ses cheveux caressaient les coudes de Michael. Il la gardait serrée contre lui, comme un trésor jalousement gardé. Elle sentait contre sa cuisse son sexe en érection, si puissant et si fort, si gorgé de désir… Pas assez exigeant cependant pour qu'elle en éprouve une menace.

Peur, elle ? Jamais.

Mais prudente, toujours.

— Je parie que vous demandez ça à toutes les filles

avant de leur faire l'amour. Ensuite vous filez et vous ne les revoyez jamais.

— Vous aimez bien cataloguer les gens, pas vrai ? Qu'est-ce qui vous fait croire que je couche avec toutes les filles que je rencontre et que je les laisse tomber après ?

— Ce n'est pas ce que font les rock stars, d'habitude ?

— Oh, Jane, vous n'avez aucune idée de qui je suis vraiment ! Rock star, c'est juste un déguisement.

Ses baisers langoureux trouvèrent sa bouche, et sa main se referma en étau sur sa nuque, l'attirant plus profondément dans leur jeu intime. *Tu es à moi*, disait son geste. *Acceptes-tu de t'abandonner ?*

La réponse vint toute seule. Jane laissa son corps fondre contre le sien, si solide, si ferme. Du doigt, elle parcourut les muscles bandés de ses bras. Le moindre de ses mouvements modifiait la dureté de la chair sous sa caresse, la contractant, l'étirant.

Quoi qu'il y ait sous ce déguisement, elle comptait bien le découvrir.

Un nouveau gémissement de désir lui échappa. Oui, elle avait envie de lui, et maudites soient les groupies ! Quant à cette autre sensation qui montait le long de sa nuque pour aller lui picoter le cuir chevelu, qu'elle la laisse en paix ! Etait-ce le signe d'une menace ? Non, le danger qu'elle avait perçu en Michael tout à l'heure, quand il lui avait fait peur dans l'atelier, ce danger-là avait disparu.

Au diable, la raison ! Elle était restée sage trop longtemps. Elle trimait dur, gagnait sa vie et faisait toujours ce qu'on attendait d'elle — enfin, presque toujours. Ne méritait-elle pas un petit pas de danse avec ce fauve sensuel ?

— Alors laissez-moi voir ce qui se cache sous le déguisement, répliqua-t-elle en agrippant son T-shirt, rêvant de l'arracher à son corps ferme, tout en s'y cramponnant comme à un dernier lambeau de raison. Maintenant.

Mais contre toute attente, Michael s'écarta brutalement d'elle, laissant une bouffée d'air frais et humide s'immiscer entre leurs deux corps. Puis, bras écartés, il pencha la tête en arrière et, tel un guerrier, hurla vers le ciel clouté d'étoiles.

Ne sachant trop comment réagir, Jane tituba et se retrouva bloquée contre la fontaine.

Sans un regard pour elle, Michael tourna les talons et fila à grands pas vers la maison.

— Désolé ! Je...

Ses sens en ébullition — pulsations dans ses hanches, ses seins, au creux de son aine — s'apaisèrent aussi vite qu'ils s'étaient enflammés. Jane resta plantée là, vide, ouverte, haletante.

Son corps fut parcouru d'un frisson et elle croisa les bras sur sa poitrine, s'étreignant elle-même. Elle avait ressenti tout l'être de Michael. Comme un murmure dans son sang. Une invitation à venir danser dans son monde exotique.

Elle effleura du doigt ses lèvres brûlantes et gonflées par ses baisers, sa bouche tourmentée par le désir.

— Tourmentée, c'est le mot, murmura-t-elle.

Comme un pressentiment, une voix lui soufflait que l'adjectif s'appliquait à l'âme de cet homme et non à leur étreinte.

7

Pour la première fois de sa vie, il n'était pas allé jusqu'au bout.

Michael appuya sur l'accélérateur. Lui, Michael Linsay, il s'était interrompu, alors qu'il était sur le point de la séduire.

Pourquoi ? Parce que, après ce premier baiser, il y en aurait eu un autre, moins excitant celui-là. Ou du moins, c'était ce qu'il se disait en roulant vers la ville au volant de la Mini Cooper de Jane.

La vérité, c'était que s'il avait continué à l'embrasser, le monstre aurait fait irruption, le suppliant de la mordre. Et après la morsure, les baisers auraient perdu toute importance. Il aurait fait appel à son pouvoir de persuasion. Jane se serait pâmée sous sa morsure et, plus tard, elle serait revenue à elle sans garder le moindre souvenir de la ponction.

Qu'il ait pu s'écarter de Jane et résister à l'envie d'aller plus loin lui donnait une once d'espoir. Il était *capable* de contrôler ses pulsions.

Ce qu'il était incapable de faire en revanche, c'était de *partager son espace vital*. C'était pour ça qu'il roulait pied au plancher.

Enfin, songea-t-il, agacé, aussi vite qu'une Mini le permettait. Il avait emprunté la voiture de Jane sans sa permission, mais comptait faire le plein d'essence en guise de remerciement. C'était tout ce qu'il avait trouvé pour fuir cette maison, cette femme… et ses battements de cœur.

Il fit jouer ses doigts sur le volant.

Jane n'avait pas suivi le rythme de sa pulsation. La sensation était trop rapide, même pour lui. Même pour lui, capable après un concert de prendre une femme inconnue au fond d'une ruelle, ça allait trop vite.

Ce qui se passait entre lui et Jane n'avait rien à voir avec ce qu'il connaissait. Leur relation irait bien au-delà d'un shoot d'adrénaline. Quelque chose en Jane l'attirait de façon impérieuse, lui donnait envie de l'effeuiller pétale par pétale pour découvrir les trésors que recélait son âme. C'était plus qu'une simple envie de sang.

Il la désirait tellement qu'il pouvait la sentir en lui, vibrer à l'intérieur de lui.

C'était tellement nouveau pour lui qu'il ne savait trop comment définir ce qui lui arrivait. Mais il n'était pas rassasié de Jane. Il en voulait plus. Plus de baisers. Et bien sûr, plus de sexe. Mais pas avant d'avoir repris ses esprits.

Son estomac le tenaillait douloureusement. Même si son corps était conditionné pour résister à la fringale, il ne pouvait oublier que c'était l'heure de sa pitance. C'était l'heure de sa dose d'adrénaline, purement et simplement.

Pourquoi le sexe — même pas le sexe, de simples baisers accompagnés de préliminaires — déclenchait-il toujours l'envie irrépressible de boire du sang ?

Cela faisait des dizaines d'années qu'il n'avait pas pu faire l'amour à une femme sans s'abreuver à son cou. Pris dans sa soif de sang, son désir se déchaînait. Il lui fallait l'assouvir. Mais un simple orgasme ne suffisait plus. Le monstre réclamait sa dose.

Le monstre enroulait ses chaînes autour de l'homme qui voulait embrasser Jane — *ne serait-ce que goûter la douceur de Jane* — et le lui faisait payer par le sang.

L'infime picotement qu'il ressentait au niveau des tempes menaçait de se transformer en une douleur atroce qui vrillerait son cerveau, s'il ignorait les exigences de son corps.

— Ne t'inquiète pas, espèce de salopard, marmonna-t-il. Je cherche.

— Par les flammes de l'enfer !

D'un coup de dague, Ravin Crosse transperça le prospectus épinglé au mur du couloir menant aux toilettes.

Elle lança un regard vers la salle du restaurant Denny's. Les clients mangeaient, discutaient, sans lui prêter la moindre attention.

Elle arracha le prospectus, le fourra dans une de ses poches et sortit par la porte latérale. Son chopper était garé sur le parking de l'autre côté de la rue, tout contre le container à ordures, là où personne ne se garait jamais.

Enfourchant le siège en cuir, elle sortit le prospectus et le déplia. Les cinq hommes formant le groupe des Déchus la dévisageaient. Ils étaient prochainement en concert à la Décadence, une boîte de nuit située juste à la sortie de North Lake.

L'homme qui se tenait au centre de la photo, le grand aux longs cheveux blonds et au sourire de tueur, faisait un geste vers l'objectif comme pour demander au photographe d'approcher. Ravin le reconnut immédiatement.

C'était le vampire qu'elle avait identifié comme source. Un personnage public, ce n'était pas bon, ça. Pas bon du tout. Aucune chance que personne ne s'aperçoive de sa disparition, quand elle aurait accompli sa mission.

Maudits soient-ils !

Déchirant le prospectus, elle en fit une boule qu'elle jeta dans le container.

— Jane ne va pas aimer ça.

— Ça ressemble à un programme de tournée datant de l'année dernière, commenta Sylvan Banks.

Il tendit l'iPod à sa maîtresse.

— Tu peux stocker des tas d'infos dans ces petites choses. Oui, comme ça. Tu balades ton index sur le cercle blanc. Tu veux que je le fasse ?

— Je ne suis pas stupide.

Exaspérée, la femme se dégagea d'un coup d'épaule. Ce gamin à peine sorti de l'adolescence mettait sa patience à rude épreuve, avec sa manière odieuse de la traiter comme une demeurée, incapable de comprendre les tâches les plus élémentaires.

Elle se pencha sur le lecteur mais son regard s'égara.

Elle était exténuée. Lasse et impatiente de libérer son corps de ce linceul en lambeaux pour renaître à la vie. Cela faisait plus d'un an maintenant qu'elle supportait son état, et pourtant la cicatrisation se faisait au ralenti. C'était à peine si elle voyait un changement dans les plis et les boursouflures rougeâtres qui avaient recouvert sa peau.

Anéantie par sa laideur, elle sortait rarement la nuit et dépendait de larbins comme ce gosse pour lui rapporter sa pitance.

Cela ne lui ressemblait pas. Jadis, elle était forte, belle et téméraire. Si belle ! s'écriaient-ils tous, juste avant l'orgasme. Le fait qu'elle ne soit pas morte, un an plus tôt, prouvait seulement qu'elle était destinée à rester sur cette terre. Mais pas comme ça. Elle regrettait ses amants. Elle avait désespérément besoin d'affection, d'adoration et de jeux sexuels.

Pourtant, tant qu'elle n'aurait pas repris confiance en elle, tout ça lui serait refusé. Or, un seul homme pouvait lui rendre son assurance — un homme très important.

Elle passa en revue la liste des dossiers contenus dans le baladeur que Sylvan avait trouvé dans le cimetière. De la musique. Des vidéos. Des dates de concerts. Des chansons. Inachevées.

— Tu es sûr qu'il lui appartient ?

— Je l'ai ramassé devant la tombe de sa mère. C'est le sien.

— Bon, mais à quoi est-ce que ça peut nous servir ? C'est pas ça qui va nous permettre de le retrouver. A moins qu'il y ait un moyen quelconque de lui envoyer un message par l'intermédiaire de ce truc ?

— Comme une vidéo, tu veux dire ? Bien sûr, c'est possible. J'ai du matériel pour ça, il faut juste que je télécharge le logiciel. Quel genre de message veux-tu envoyer ?

— Occupe-toi de la technique, moi je me charge des mots. Pigé ?

— Oui, Isa... euh, maîtresse.

Décidément, elle ne supportait plus cet imbécile. Pourtant, quand elle l'avait repéré par le biais d'un fanzine musical, il avait le profil du larbin idéal. Il était journaliste, avait écrit un article sur les Déchus et, sans être spécialiste du groupe, vivait dans le Minnesota, ce qui avait facilité sa traque.

Elle touchait au but.

Qu'y aurait-il ensuite ?

Le retour à la vie.

***

De l'autre côté de la piste de danse, la fille rendit son clin d'œil à Michael. La boîte était vraiment sombre, exception faite du stroboscope frénétique qui éclairait d'une lumière fugace des éclats de rire, des hanches qui ondulaient, des bras qui se balançaient et des seins qui tressautaient.

Il se dirigea à grands pas vers la porte de service, sachant qu'elle le suivrait. Il tapa dans la main d'un jeune homme qui le désigna du doigt en signe de reconnaissance, puis il poussa la porte. Un bref orage avait éclaté dans l'après-midi et une chape de chaleur humide avait alourdi l'atmosphère. Une nappe de brouillard s'élevait du sol.

— C'est vraiment toi ? gloussa une voix derrière lui — sa prise de la soirée. L'ange déchu ?

Tu ne crois pas si bien dire...

— Chut...

Michael tendit la main derrière lui et la fille s'en saisit.

— Ne parle pas, chérie.

— Mais j'aimerais que tu me signes un autographe. S'il te plaît ? Oh, je t'en prie !

— Comment refuser quand c'est si gentiment demandé ? Viens par ici.

Il repéra une haie à l'arrière d'un restaurant chinois. L'odeur du poulet à l'orange et des crevettes épicées lui mit l'eau à la bouche. Son amour des arômes ne l'avait jamais quitté, même si l'absorption de nourriture le rendait physiquement malade.

— Approche.

Il attira la fille à lui et ils se glissèrent derrière un camion de livraison dont le moteur était froid.

Le restaurant était encore ouvert. Par la porte de service grillagée résonnaient des cris et des bruits d'assiettes entrechoquées. Il allait falloir être discret. Autrement dit, dès qu'il sortirait ses crocs, il devrait plaquer sa main sur la bouche de la fille.

— Tu es prête ?

Il lui posa la main sur son entrejambe pour lui faire comprendre ce qu'il attendait d'elle.

— Je suis tellement excitée ! fit la fille en le caressant avec empressement. Une vraie rock star ! Je t'ai vu sur MTV.

— Mais oui, chérie. Si tu veux.

Il ne prit pas la peine de l'embrasser. Les baisers, bien qu'intimes, ne lui plaisaient pas, quand les femmes se tartinaient les lèvres d'une couche de ce truc visqueux.

— Hé, chérie, jette donc un œil à ça.

Il baissa la tête et ouvrit grand la bouche avec un grondement sinistre.

Comme prévu, le hurlement de la fille fut aisément étouffé par le bâillon de sa main. Et Michael agit avec rapidité pour rassasier le monstre qui criait famine en lui.

Réveillée en sursaut par le bruit de la porte du garage qu'on ouvrait et refermait, Jane se dressa dans son lit. Passant une main dans ses cheveux en bataille, elle bâilla et s'étira. Dehors, il faisait encore sombre ; une lune en lame de faux brillait haut dans le ciel.

Une portière de voiture claqua. Ce devait être Michael. Il avait pris la voiture sans sa permission, mais elle ne s'en était pas formalisée. Ce qui l'avait contrariée, en revanche, c'était qu'il ait semblé la fuir après l'avoir quasiment persuadée de faire l'amour avec lui, dans le jardin.

Qu'avait-elle dit pour le refroidir à ce point ?

Bon sang ! Elle était *consentante*. Sa réaction en disait long sur son pouvoir de séduction... Ne savait-elle donc plus exciter un homme ? Ce n'était pourtant pas par manque d'expérience.

Mais depuis quand n'avait-elle pas couché avec un homme ? Cette pensée était encore plus déprimante que ce qu'elle voulait bien admettre.

Bon, en tout cas, maintenant elle était debout. Autant aller lui dire bonjour, et voir s'il était d'humeur loquace.

Descendant rapidement au rez-de-chaussée, elle vit Michael parcourir le couloir dans sa direction. Il était d'une beauté à couper le souffle. Il marchait d'un pas vif, ses cheveux blonds flottant derrière lui, les bras légèrement écartés.

— Michael.

Elle s'aperçut qu'elle était en train de se cramponner à la rampe et relâcha sa prise.

— Vous venez de rentrer ?

Le couloir avait beau être sombre, les yeux de l'homme brillèrent et ses dents étincelèrent d'un éclat fugace lorsqu'il répondit :

— Oui.

Il sentait la fumée et l'alcool, mais aussi autre chose qui lui était propre. Jane n'arrivait pas à définir ce parfum familier qui pourtant la troublait.

— Vous pouvez prendre ma voiture, ça ne me dérange pas, fut tout ce qu'elle parvint à dire.

Comme entrée en matière, c'était lamentable.

— J'ai fait le plein, répondit-il sans s'arrêter.

Toutefois, arrivé au bout du couloir, il marqua une pause face à l'escalier qui menait au sous-sol, là où devait se trouver sa chambre — bien que Jane se soit respectueusement abstenue d'aller fouiner par là. Il fit quelques mouvements de tête comme pour se débloquer la nuque, puis se retourna vers elle.

Il poussa un profond soupir ; maintenant qu'il s'était immobilisé, il semblait emplir le couloir tout entier, l'aura de sa présence se fondant à l'air même.

Jane inspira. Fumée.

— Vous êtes allé en boîte ?

— Oui.

Et soudain, il se mit à revenir vers elle, l'air déterminé.

Elle se rendit compte qu'elle ne portait rien que son fin pyjama de soie. Pourtant, au lieu de croiser les bras sur sa poitrine comme elle l'aurait fait devant n'importe quel autre homme, elle redressa les épaules, ce qui fit pointer ses seins. La lumière du couloir, située à quelques mètres de là, projetait sur eux une lueur tamisée.

Jane se sentait… émoustillée. Elle avait envie de lui. Elle éprouvait une sensation de manque intérieur. Ou plutôt, elle n'aurait su définir l'origine de ce vide : il pouvait être intérieur ou extérieur. Tout son environnement sollicitait sa concentration et, malgré cela, il lui manquait quelque chose. Rien de tangible, cependant. Quelque chose en elle qui attendait d'être libéré. *Quelque chose qui s'éveillait.*

Serait-elle capable de séduire Michael cette fois ?

Il s'arrêta devant elle et elle scruta en vain ses yeux cernés.

— Il y a un club qui s'appelle la Décadence, pas loin, expliqua-t-il.

Appuyant sa main contre le mur, au-dessus de son épaule, il se pencha sur elle. Aussitôt transportée dans l'état d'excitation qu'elle avait atteint lors de leur baiser dans le jardin, Jane retint son souffle.

— Le groupe va y jouer dans quelques jours, un concert genre retour au pays. J'aimerais que vous veniez.

Oh, venir, ça elle le pouvait ! Dans tous les sens du terme, d'ailleurs. Une seule caresse de lui et elle se jetterait à corps perdu dans cette aventure sensuelle avec un inconnu.

Elle prolongea la sensation de délice que lui procurait sa proximité. *La menace malsaine de sa présence.* Ce n'était pas la première fois qu'elle ressentait ce côté duel chez lui. Pernicieux autant que désirable. Elle en avait la ferme intuition. Mais qu'y avait-il de dangereux chez une rock star ? Tout, bien sûr ! Mais quoi de plus chez lui ?

Le regard de Michael s'attarda sur son visage, pas avec autant de douceur qu'elle l'aurait souhaité, mais c'était sa séduction à lui. Masculine, virile, lui imposant sa présence dominatrice avec une évidente perception intime de tout son être.

— Le concert en serait encore plus beau.

Encore plus *beau* ? Son excitation sexuelle retomba net.

— C'est ça que vous recherchez ? Une belle femme, pour faire joli à vos côtés ? Pour la photo ?

Il fit mine de vouloir lui caresser la bouche, mais Jane recula d'un bond et s'éloigna de quelques pas en rasant le mur. Et, presque rageuseusement, elle croisa cette fois les bras sur sa poitrine. Avec quelle rapidité son corps se lançait dans le jeu sexuel, alors que son cerveau, lui, cherchait à tout analyser !

— Je ne suis pas de ce genre-là. Je ne suis pas comme toutes vos… femmes.

Michael eut un petit rire et s'adossa au mur, tout contre elle. Ils étaient côte à côte sans toutefois que leurs épaules se touchent. Les hanches projetées en avant, il exigeait qu'elle le regarde, qu'elle voie quel homme il était. Un corps ferme, tout en muscles, avec l'assurance d'une superstar.

— Et comment pourriez-vous savoir quel est mon genre de femme, Jane ? Pour votre gouverne, sachez que je n'en invite jamais à mes concerts. Je n'aime pas sortir avec des filles. Et j'ai rarement des petites amies.

— Juste un petit coup vite fait avec des groupies, alors ?

Il se tourna brusquement vers elle et elle tressaillit à la vue de son visage.

Tout aussi subitement, il se détourna et passa la main dans ses cheveux. Mais elle avait perçu sa violence. En réaction à la pique qu'elle lui avait lancée. Une réaction vive, rapide. Celle d'un homme qui ne se maîtrisait pas, ou mal. Un homme qu'elle ne connaissait pas.

Elle le savait depuis le début : il n'était sans doute pas prudent de coucher avec un inconnu, même pour satisfaire un fantasme.

— Je retourne au lit, annonça-t-elle. J'ai des journées chargées.

— Pardon, Jane, s'excusa-t-il. Je sais que je vous ai fait peur. C'est juste que ces derniers temps, j'ai été très... tendu.

— Ce n'est pas ainsi que vous profiterez de vos vacances.

— Franchement, je ne pense pas savoir me détendre. Quitter la scène, ôter le masque, être simplement moi-même, c'est au-dessus de mes forces.

Jane sentit le regard de Michael glisser de son visage à la base de son cou. Il marqua une pause au niveau de ses seins, toujours cachés par ses bras croisés. Il ne faisait rien pour dissimuler son intérêt ; en fait, il voulait visiblement qu'elle le remarque.

— J'ai encore envie de vous embrasser, avoua-t-il. Je

vous promets que je ne m'en irai pas comme tout à l'heure, dans le jardin. J'ai été surpris, c'est tout.

— Que je n'aie pas montré plus de résistance ? En général, je n'embrasse pas des inconnus.

— Je ne suis pas un inconnu, Jane.

Il s'appuya d'un bras sur le mur et posa le front au creux de son coude.

— Je ne vous effrayerai plus, promis. Ça vous va comme marché ?

Jane haussa les épaules. Même imprégné d'un vague relent de tabac, il sentait... quelque chose qu'elle avait envie de connaître.

— Et de quelle façon voulez-vous que nous scellions un tel accord ?

A présent, il traçait du doigt le contour de sa bouche. Elle ne l'avait pas vu bouger, mais lorsqu'il la toucha, elle n'eut pas de mouvement de recul.

— Je ne peux pas vous promettre de me conduire en gentleman, admit-il, la voix rauque d'un désir flagrant. Ce n'est pas mon style. Quand quelque chose me plaît, je m'en empare.

— Je me souviens. Vous aimez voir, toucher...

— Goûter. Jane, il y a quelque chose en vous qui m'obsède. C'est comme si vous étiez à l'intérieur de moi... Votre parfum, c'est lui qui m'appelle.

— Je ne porte pas de parfum.

— Je sais.

Il lui effleura le menton. Prise de vertige, Jane lutta pour ne pas s'effondrer dans ses bras.

— C'est votre fragrance intime, sucrée et aguicheuse. Elle m'inonde. Elle me donne envie d'être tout contre vous. Vous sentez ?

Jane saisit la main qui la caressait mais laissa les doigts de Michael errer sur ses lèvres.

— J'ai toujours été très réceptive. Vous reflétez peut-être ma sensibilité ?

— Peut-être, répliqua-t-il. A moins que je n'aie tout simplement envie de vous.

Michael s'approcha de la chevelure sauvage et cuivrée de Jane et lui murmura à l'oreille :

— Avez-vous jamais senti le cœur d'une personne battre à l'intérieur de vos veines ?

La douce haleine de Jane flottait vers sa bouche. Sa respiration soulevait ses seins contre son torse puissant. Ses mamelons excitaient son désir. *Repais-toi de son abandon.* Elle était à lui.

Il n'avait pas envie cette fois de mettre un terme abrupt à la situation, mais il lui fallait agir avec prudence.

Il avait étanché sa soif en ville, un peu plus tôt dans la soirée. Maintenant, il avait tout loisir de s'amuser.

— Vous sentez mes battements de cœur ? murmura-t-elle.

— Bien sûr. Mais ils sont bien calmes, Jane. Que faut-il pour les affoler ?

Michael laissa sa main glisser le long de la gorge de Jane et la sentit se raidir. La veine n'était pas très visible; sa chair masquait admirablement ses appas. Poussant plus loin son exploration, il glissa un doigt sur son épaule et en dessina le pourtour, puis descendit un peu plus bas. Sa poitrine se soulevait au rythme de sa respiration. Pourtant, son pouls était régulier, un peu plus rapide, mais tout sauf effrayé. Parfait. Ce n'était pas ce qu'il cherchait.

— Un baiser, lui rappela-t-elle. Rien de plus ?

— Seulement si vous en avez envie.

Penchant la tête, il alla effleurer de sa langue le petit creux à la base de son cou. A son contact, la peau de Jane devint brûlante et il sentit tout son corps s'embraser.

— Vous en avez envie ? répéta-t-il.

— Oui, souffla-t-elle dans un soupir.

Sans surprise, cette mortelle délicieusement ordinaire avait succombé à son pouvoir de séduction.

Ce qui n'était pas commun en revanche, c'était cette douce exploration de ses courbes et de ses angles. Depuis quand ne s'était-il pas accordé le loisir de caresser d'un doigt la peau d'une femme ? D'écouter son souffle franchir le seuil séparant la curiosité de l'abandon ?

Et c'était comme si cette expérience lui commandait d'apprendre à maîtriser le monstre en lui avant de passer aux travaux pratiques. Des milliers de regards et de baisers alanguis.

Michael referma les doigts sur la veste de pyjama de Jane. Sur le tissu d'une finesse extrême, une broderie dessinait une élégante arabesque de fils d'argent. Le motif était rêche au toucher — meurtrissait-il la peau si tendre de la jeune femme ?

— Et ce baiser ? ronronna-t-elle.

— Vous êtes bien impatiente, Jane… D'ailleurs, je n'ai pas précisé l'endroit où je vous embrasserai.

Il baissa la tête et souffla dans l'échancrure qui plongeait entre ses seins.

— J'essaie de localiser l'endroit idéal, fit-il en glissant sa main avec une lenteur torturante vers la courbe de son sein.

Comme en réponse à ses caresses, Jane plaqua ses mains contre le mur, à hauteur de ses hanches. Parfait… Elle lui laissait toute latitude. S'ouvrait à toutes les aventures que lui réservait le voyage auquel il la conviait.

Pourtant, à aucun moment il n'envisagea d'user de la transe de persuasion, cet état de calme dans lequel il pouvait facilement plonger une victime par de simples pensées bien dirigées. Non, il ne voulait pas intervenir sur le mental de Jane. Il voulait voir jusqu'où il pouvait aller avant d'éveiller ses protestations.

Et après ? Eh bien, après, il s'occuperait du monstre, si jamais celui-ci se mettait à trépigner de frustration.

— Dites-moi où vous en avez envie, Jane ? Où dois-je vous embrasser ? Sur la bouche ? Ici, au creux du cou ?

Il souffla sur ses seins, qui se soulevaient au rythme de sa respiration. Il n'avait pas encore effleuré leurs pointes durcies qui pourtant imploraient son attention.

Le refus calculé de ce plaisir accrût encore son désir.

— Ou bien ici ? Au-dessus du cœur ?

Quand les doigts crispés de Jane avaient-ils quitté le mur ? Il l'ignorait, mais le contact de ses ongles glissant à l'arrière de son crâne pour s'enfoncer dans la masse de ses cheveux lui fit prendre conscience de son excitation totale et de son désir impérieux. Son sexe durcit. Il lui fallait laisser libre cours à l'énergie sexuelle suscitée plus tôt dans la soirée.

Et avec l'excitation montait en lui la soif — ce qui ne le surprit pas le moins du monde.

Ses canines le picotaient, signe de la pulsion irrépressible qui accompagnait toujours les préliminaires. Non, ça ne se passerait pas comme ça ! Il se concentra afin de refouler le phénomène qui déclencherait les hurlements de Jane — et assouvirait son addiction perverse —, ne serait-ce que pour tester son propre self-control.

— Juste ici, là où vous respirez, souffla-t-elle.

Ses doigts se crispèrent sur son crâne, le suppliant de se rapprocher d'elle, aussi obéit-il.

Sa langue toucha la chaleur irréelle de la peau de Jane. Une brûlure, une douce marque au fer rouge le tatoua de manière indélébile. Il gémit contre son sein et embrassa la soie douce. Jane rejeta l'épaule en arrière, élevant son cou à hauteur de ses lèvres et, d'instinct, Michael ouvrit la bouche pour la mordre... mais au dernier moment, il couvrit ses dents de ses lèvres pour en adoucir le contact.

— Et où encore ? demanda-t-il, les yeux rivés sur l'endroit dont il rêvait. Montrez-moi.

La main de Jane abandonna sa tête et glissa le long de ses doigts. Se laissant guider, il constata avec ravissement qu'elle plaçait sa main sur son sein. Il songeait à l'embrasser à travers l'étoffe, mais le désir eut raison de sa patience et il tira sur le tissu de soie. Faisant sauter un bouton qui rebondit contre sa poitrine.

Jane l'agrippa par le bas de son T-shirt et l'attira vers elle. Le goût de son sein, dur et serré dans sa bouche, le parfum de son désir — sel et lilas — et le rythme insupportablement calme de son pouls achevèrent de l'enivrer. Il ne saurait s'arrêter là. Il y avait tant à admirer, à découvrir et à dévorer ! Malgré tout, cette infime saveur suffisait encore à le satisfaire. Pour le moment.

— Quel baiser merveilleux..., murmura-t-elle. Encore.

— Vous êtes une amante très directive, Jane, fit-il avant de libérer brutalement son autre sein du pyjama et de le sucer longuement en faisant tourner sa langue autour du mamelon.

— Nous ne sommes pas amants...

— Nous le serons bientôt, répliqua Michael en enfouissant ses mains dans la chevelure indomptée. Tout de suite, Jane, lui déclara-t-il, les yeux dans les yeux.

— Mais...

Il posa un doigt sur ses lèvres.

— Pas de mais. Nous ne savons rien l'un de l'autre, je le sais, mais justement, c'est ça qui est excitant. Regardez l'effet que ça me fait. Touchez-moi.

Michael se plaqua contre ses hanches et Jane passa une jambe autour de lui pour se blottir contre son sexe dur. A ce simple contact, il sentit toutes ses sensations se concentrer sur cette zone érogène. Le monde commençait ici. *Si proche de la jouissance…*

Cependant, la fin du monde, elle, ne pouvait arriver que par une morsure.

— Oh, Michael, je ne sais pas si…

— Ne me repoussez pas, Jane.

Un soupçon de pouvoir de persuasion. Cela suffirait à la faire céder. Mais avant qu'il ait pu sonder les pensées de Jane, un hochement de tête éloquent rendit son plan superflu.

— Allons dans ma chambre, suggéra-t-elle, et l'entraînant à sa suite, elle s'élança vers le bout du couloir.

8

Au départ, son but n'était pas de s'exiler en compagnie d'une créature de rêve pour en faire l'esclave de son amour. Mais la situation paraissait s'orienter en ce sens. Il lui faudrait plus que quelques baisers pour asservir Jane, mais l'idée en soi était assez alléchante...

L'amour : voilà un art qu'il maîtrisait et qu'il avait grand plaisir à pratiquer. Pourtant, cela faisait bien longtemps qu'il ne s'était pas *accordé* ce luxe. Le sexe et le sang allaient de pair comme le sel et le poivre. Cela ne l'avait pas empêché, dans un absurde accès de confiance, de se convaincre qu'il était capable de coucher avec Jane *sans* la mordre.

Evidemment, c'était la seule conduite sensée à tenir. Il devait cacher son secret à Jane.

Car si la jeune femme découvrait sa véritable nature, elle s'enfuirait, prise de panique — à moins qu'elle ne soit déjà morte... C'étaient les deux seuls cas de figure envisageables, car rester dans cette maison en compagnie d'un vampire relevait — à juste titre — de la démence pour n'importe quel mortel.

Evidemment, après la morsure, il pourrait toujours la mettre en transe, effacer cet événement de sa mémoire, mais la marque révélatrice, elle, ne disparaîtrait pas. Jane prendrait la première plaie pour un suçon infligé dans la fougue de la passion. Mais il recommencerait. Encore et encore. Michael se connaissait bien. Il ne se contentait pas d'une seule fois.

Donc s'il voulait que ça marche, il devait *tenter* de se retenir.

Et s'il n'y parvenait pas, au moins aurait-il essayé de se conduire en bon élève. Mais le moyen de rester sage, quand une femme à moitié nue lui tendait les bras, agenouillée sur un lit ?

Des lilas moussaient dans un bac posé sur la tablette de la fenêtre ouverte. Leur fragrance, mêlée à la lourde brise du soir qui entrait par le châssis relevé, emplissait insidieusement la pièce d'un doux parfum floral. Celui-ci masqua brièvement l'odeur chaude du sang de Jane — une aubaine pour le self-control de Michael. Mais trop vite, le parfum de la jeune femme envahit ses sens et s'insinua dans ses veines.

Arrachant ses bottes et son T-shirt, il resta debout, seulement vêtu d'un pantalon de suédine.

— J'ai tellement envie de toi, Jane, murmura-t-il en faisant sauter le premier bouton de son pantalon. Je ne m'étais pas trompé. Tu es si libérée, si sexy. Si sensuelle…

— Je suppose que c'est ainsi que tu préfères tes femmes ?

Elle se laissa aller en arrière sur le lit. Sa veste de pyjama s'ouvrit en grand, révélant des seins arrogants. Leur peau d'une pâleur crémeuse luisait sous le clair de lune. Ils étaient faits pour ses mains. Et d'un goût exquis.

— C'est le genre de femmes qu'aiment les rock stars, non ? le taquina-t-elle.

— Ne recommence pas, Jane. Je t'ai déjà expliqué que je ne couchais pas avec *des* femmes.

Il se pencha sur elle et, du bout de la langue, lui caressa un mamelon. Longuement.

— Enlève le bas, ma douce Jane.

— Toi d'abord, lui susurra-t-elle.

Michael fit sauter deux boutons supplémentaires et se libéra du pantalon qui glissa sur le sol. Puis il s'approcha lentement de la femme qui l'attendait, allongée sur le lit.

Agrippant le pantalon de pyjama de Jane, il le fit glisser le long de ses jambes. Puis il se mit à lui titiller le nombril du bout de la langue, hésitant de s'aventurer vers le nord ou le sud. Le sang de Jane affluait de plus belle dans son cerveau et il sentait désormais ses battements de cœur sous sa langue.

Ses canines se mirent soudain à picoter. Le fait d'avoir étanché sa soif ne suffisait donc pas à empêcher sa réaction à l'excitation sexuelle... Bon sang ! Lui qui avait tant espéré jouir de tout ce que le corps de Jane avait à lui offrir, et pas seulement du nectar de son sang !

— Michael ?

Il glissa la main entre ses jambes pour vérifier ce qu'il n'aurait pas l'occasion d'apprécier.

— Tu es si chaude, gémit-il. Je...

Détournant brusquement la tête, il étouffa un juron : ses crocs jaillissaient sur toute leur longueur. Des battements de cœur empreints de désir cognaient dans sa tête, plus fort que les instruments du groupe sur scène. Mais ce rythme, même musical, n'accompagnait personne d'autre que le monstre.

Et il fallait apaiser le monstre.

— Va-t'en ! cria-t-il soudain sans la regarder.

— Quoi ?

— Tu entends ce que je te dis ?

Il tourna la tête et montra les dents dans sa direction. Sans plus dissimuler ses longs crocs blancs.

— Tu es en danger, Jane. Enferme-toi à clé dans l'autre pièce ! Vite !

Du sang. Chaud. A boire.

Et pourtant, la peur à laquelle il s'était attendu — cette drogue dont il rêvait — ne surgissait pas dans le sang de Jane qu'il sentait affluer sous ses doigts.

A genoux, les yeux rivés sur ses crocs mortels, elle le regardait fixement. Les images que reflétait son regard n'étaient plus extraites d'un conte de fées mais bien d'une histoire d'horreur.

— Fais ce que je te dis, Jane ! Sors d'ici !

Trop tard, il ne maîtrisait plus rien. Le vampire se jeta sur elle et l'attrapa par l'épaule. La soie se déchira. La veste de pyjama vola sur le lit. Le besoin du monstre était si impérieux ! Il griffait. Il grondait. Le corps excité exigeait satisfaction.

Il était l'heure à présent d'assouvir sa véritable faim.

— Tu es un..., fit Jane en tendant la main vers sa bouche.

Pour toucher ses crocs ? Michael l'écarta violemment. Quel genre de femme était-elle donc ?

— Ne me touche pas, gronda-t-il en la secouant par les épaules. C'est la dernière fois que je te préviens. Si tu pars maintenant...

— Mais tu es un vampire ! l'interrompit-elle.

D'une voix si calme que l'appétit de Michael retomba comme il était venu. Elle n'avait pas peur. Mieux, elle n'avait même pas l'air surpris.

— Mais bien sûr, reprit-elle toujours aussi calmement, comment ai-je fait pour ne pas m'en rendre compte ?

Il n'y comprenait plus rien. La repoussant sans ménagement, il recula et remonta son pantalon. Puis, tournant le dos à Jane, il se mit à faire les cent pas devant le lit, serrant et desserrant les poings, incapable de définir l'émotion exacte qui l'avait envahi. Rage, colère, déception ? Rien ne convenait. Quoi, alors ?

Michael donna un coup de pied dans le mur, au-dessus de la plinthe. Cela lui fit du bien. Aussi recommença-t-il. Seule la douleur pouvait faire changer son désir de cap.

Faire dégager le monstre. Le chasser de son corps ! Pourquoi ne pouvait-il pas simplement jouir d'une femme ?

Jane s'éclaircit la voix et il se retourna vers elle.

— J'aurais dû remarquer ce chatoiement quand nous nous sommes touchés, déclara-t-elle. Je pensais que c'était dû à l'excitation de notre baiser. Oh, Michael, il faut qu'on parle !

Ça n'allait pas. Jane n'aurait pas dû être là, assise sur le lit, les seins nus, affichant une telle... nonchalance ! N'importe quelle autre femme serait déjà morte de peur. Jane aurait dû crier. Le cri était au centre de tout.

Et s'il ne pouvait pas provoquer son cri en montrant les crocs, alors il connaissait *d'autres moyens* de la faire hurler. Et il ne s'en priverait pas !

Se jetant sur elle, Michael lui enserra la tête à deux mains et la repoussa sur l'épais couvre-lit en lui immobilisant les jambes. Les crocs dépassant sa lèvre inférieure, il ouvrit grand la bouche.

Oui, vas-y ! Prends-la. Nourris-moi.

Il n'allait pas continuer plus longtemps à tourner autour du pot. Une retraite ? Pour quoi faire ? Si le monstre voulait tuer, alors il lui donnerait satisfaction.

— Non, Michael !

Au moment où il allait la mordre, Jane parvint à se dégager de son emprise. Des mèches de sa chevelure restèrent accrochées à ses doigts, mais il ne put la saisir assez vite pour l'empêcher de s'échapper. Il se leva et la rattrapa de justesse à la porte.

— Reviens ici ! gronda-t-il. Ça ne te fera pas mal, promis. Abandonne-toi à moi, Jane. Tu y prendras tellement de plaisir.

— Non, tu ne peux pas faire ça !

— Je peux prendre tout ce que je désire de toi.

Il la repoussa sur le lit et rampa sur son corps. *Oui, regarde-les bien, mes crocs. Tremble, tremble de terreur.*

— Tu es trop faible pour lutter contre moi. Alors cesse de vouloir t'enfuir.

Elle lui donna un coup de genou dans l'entrejambe. Il tressaillit, mais la douleur l'affecta peu. La sensation de manque annihilait toutes les autres. Le parfum de cette femme le rendait fou. Le pouls de Jane emplissait ses veines et martelait ses tempes. Elle était partout.

— Tu ne veux pas mourir, parvint-elle à articuler, pas comme ça !

— Rassure-toi, je n'ai pas du tout l'intention de mourir, ma beauté.

Il lui pinça le mamelon pour lui ôter toute envie de protester, nourrissant tout de même le faible espoir de l'exciter de nouveau. Si seulement il avait pu transformer cette petite altercation en véritable scène d'épouvante…

— Je peux te faire mal, Jane. Je n'hésiterai pas, si tu ne m'obéis pas.

Lui plaquant les poignets contre une épaule, Michael se jeta sur son cou. Lorsqu'il posa les lèvres sur sa peau, si tendue sur sa gorge, il ferma les yeux, tout à l'exquise expérience de déflorer une chair vierge. Son corps entier avait soif de sang. L'adrénaline inonda ses veines, incendiant d'une décharge érotique chacune de ses terminaisons nerveuses.

Il ne se refusait jamais rien. En cela cette nuit ne serait pas différente des autres.

— Je suis une sorcière, Michael ! s'écria-t-elle alors.

Et aussitôt, il sentit ses crocs se rétracter.

9

— J'ai du sang de sorcière dans les veines.

Michael glissa une main le long de son entrejambe. Son désir douloureux réclamait satisfaction — de sexe et de sang. Mais il n'était pas fou.

Il se leva et retourna cogner dans le mur. D'habitude, balancer des coups de pied et de poing apaisait sa frustration, mais ce soir, il sentait qu'aucune manifestation de violence n'arriverait à le calmer.

— Tu es un vampire, reprit Jane. Et le sang de sorcière est un poison pour les vampires, tu le sais.

Bien sûr qu'il le savait ! Mais comment aurait-il pu deviner ? Mon Dieu, pourquoi fallait-il que, de toutes les femmes, celle qui l'avait aimanté comme nulle autre avant elle, soit une sorcière ?

Fou de rage, il donna un nouveau coup de pied dans le mur. Même si ça ne servait à rien. Même s'il savait qu'il ferait mieux de se calmer.

— Laisse-moi t'expliquer, Michael.

Jane voulut remettre sa veste de pyjama mais, lorsqu'elle se rendit compte que les boutons avaient sauté dans leurs ébats, elle la laissa entrouverte. Ses cheveux, répandus sur ses épaules et sa poitrine, ne parvenaient pas à dissimuler ses seins, ni l'arrondi rose pâle d'une aréole qui aimantait le regard de Michael.

Tentant d'échapper à cette vision tentatrice, il s'assit

au bord du lit, une jambe repliée sous lui. Il ne voulait pas perdre un mot de ce que Jane avait à lui dire. Mais surtout, il avait du mal à rester éloigné de la seule source dans laquelle il souhaitait plonger. Oui, son désir se confondait encore avec celui du monstre.

— M'expliquer quoi ? Que tu es une sorcière ?

Il était déchiré entre le désir de la renverser sur le lit pour lui arracher ses vêtements, et le besoin de l'écouter. Rien ne pouvait l'empêcher de la posséder.

Rien à part la vérité.

— Mon nom de naissance est Jeanne Rénan, commença-t-elle en prononçant son prénom à la française.

Il tressaillit. Encore une Française ? C'était une malédiction !

Il avait passé un certain temps en France. C'était là qu'il avait rencontré l'amour de sa vie. Mais il n'avait jamais décelé la moindre trace d'accent français chez Jane. Enfin, Jeanne.

— Mon père, le vicomte Baptiste Rénan, est un vampire.

Elle pressa un doigt sur les lèvres de Michael quand il voulut l'interrompre.

— Ce n'est pas tout. Ma mère s'appelle Roxane Desrues et c'est une sorcière. Tu te souviens quand je t'ai dit que j'étais née en 81 ?

Michael acquiesça en silence.

— Je suis née en *mille huit cent* quatre-vingt-un, à Paris. Je ne suis ni une sorcière ni un vampire. Je ressens la magie en présence d'une sorcière, mais je ne sais pas l'exercer. Je suis incapable d'envoûter qui que ce soit ou de jeter un sort. En revanche, j'ai des pouvoirs, tu t'en es peut-être aperçu ? Tu t'es rendu compte que ton humeur s'améliorait quand j'étais là ?

— Quand je t'ai vue pour la première fois, je… Ça alors, c'est pour ça que j'éprouve une telle attirance pour toi ?

— C'est simplement ton corps qui réagit à ce qu'il veut de moi. Comme tu le sais sans doute, les vampires sont irrésistiblement attirés par le sang de sorcière.

Ce qui les condamnait à une mort certaine, poursuivit-il mentalement, car le sang de sorcière était toxique pour eux. Et soudain, la vérité le frappa, implacable : il venait de passer à un cheveu de la mort.

— Et, poursuivit Jane, grâce au sang de mon père qui coule dans mes veines, je repère les vampires au chatoiement qui les caractérise. Sauf que, jusqu'à aujourd'hui, je ne m'étais jamais rendu compte que l'excitation sexuelle provoquait un chatoiement identique.

Elle semblait troublée.

— J'arpente cette Terre depuis cent vingt-cinq ans, Michael. Et tu es le premier vampire que j'embrasse. Enfin… si on excepte les baisers sur la joue de mon père.

Michael accusa le coup en parvenant à donner le change. Cette nuit virait au cauchemar et il oscillait entre horreur et stupéfaction. Crispant les doigts, il regarda saillir les veines de ses mains.

— Du côté de ma mère, j'ai un oncle qui est…

— Sorcier ? hasarda Michael.

— Non, les sorciers sont rares dans ma famille. La magie a tendance à épargner les hommes. Qui plus est, les sorciers sont malfaisants, contrairement aux sorcières. Non, mon oncle Damien, lui aussi, est un vampire. C'est une longue histoire, un peu compliquée… Pour faire simple, disons que j'ai grandi en compagnie d'êtres surnaturels.

— Ce qui explique que tu n'aies pas peur de moi.

— Oui. Et je sais que tu en es frustré. Tu as envie de ta dose d'adrénaline, pas vrai ? C'est pour cela que tu as voulu me faire peur, hier, en jaillissant du couloir ?

— Tu en sais trop..., murmura-t-il.

Il s'assit sur le lit et s'allongea à bonne distance de Jane. Tout cela semblait si loin... Il avait envie de retrouver la douceur de ses lèvres sur les siennes. Là, sur sa bouche. Il voulait la posséder. Pour le meilleur ou pour le pire.

Mais comment imaginer la toucher de nouveau ? Ils n'étaient pas faits l'un pour l'autre. Sorcières et vampires s'évitaient avec soin et pour cause. Quand un vampire jouissait des quelques moments de plaisir qu'une sorcière pouvait lui procurer, il le payait de sa vie. La mort par le sang.

Véritable sorcière ou non, si Jane disait la vérité, si du sang de sorcière coulait dans ses veines, elle était mortellement toxique pour lui.

— Nous sommes ennemis, alors ?

Il se leva soudain et se dirigea vers les fenêtres. Sur la tablette, un épais bouquet de lilas dégageait un parfum faussement innocent. Il jeta un regard par-dessus son épaule. Jane était toujours assise sur le grand lit, semblable à une poupée de porcelaine. Aujourd'hui, elle n'était pas armée de son cutter, pourtant ses mots lui lacéraient le cœur tout aussi profondément. Ses mots, et les doutes qui s'insinuaient en lui. Comment savoir si elle disait la vérité ? Si elle n'avait pas tout manigancé, depuis le début ?

— A aucun moment, tu ne t'es doutée que j'étais un vampire ?

Elle eut l'air sincèrement blessée qu'il puisse penser une chose pareille.

— Bien sûr que non ! Sinon je n'aurais jamais laissé les choses aller aussi loin.

— Vraiment ? Tu prétends pourtant savoir reconnaître le chatoiement. Cette sensation que seul un vampire ressent au contact d'un individu de sa propre race. Je t'avais déjà touchée avant cette nuit. Tu devais l'avoir compris. C'est peut-être même ce que tu voulais ? Attirer un vampire dans ton lit et ajouter une paire de crocs à ton tableau de chasse !

— Ajouter une… ? Mais qu'est-ce que tu racontes ? Tu me prends pour une tueuse ? Michael, je ne me suis rendu compte de rien. Et puis reconnais qu'il est assez rare qu'un obscur occupe une telle position au grand jour dans la société.

Les obscurs. C'était le nom que les sorcières donnaient aux vampires. Et elles, de leur côté, s'étaient baptisées *les lumineuses.* Foutaises, tout ça ! Il suffisait d'une minuscule goutte de sang pour causer sa mort. C'était forcément maléfique, et il n'y avait rien de lumineux là-dedans.

Michael fit jouer les muscles de ses bras en les balançant d'avant en arrière, tentant d'éliminer son agressivité inassouvie. Les règles du jeu avaient été totalement transgressées et il détestait ce sentiment de ne plus rien contrôler.

Il se mit à faire les cent pas devant la fenêtre, refusant de retourner vers le lit. Jane semblait assez docile, mais c'était peut-être dans sa nature de sorcière. Pourtant, il n'allait pas prendre ses jambes à son cou. Non, ça n'était pas son style. Il affrontait tous les défis, les crocs en avant — c'était ça, son attitude dans la vie.

— Alors, que je comprenne bien. Tu n'es pas un vampire bien que ton père en soit un ?

— Je n'ai jamais eu le goût du sang, pas plus que je n'en ai besoin pour survivre comme c'est le cas pour tous les vampires, je le sais.

— Tu n'as jamais été mordue ?

— Une fois, par mon oncle. Mais ça ne m'a rien fait, je ne suis pas devenue un vampire pour autant. C'est comme ça que nous avons appris que je n'étais pas prédestinée à vampiriser. Quant à lui, il est immunisé contre le sang de sorcière, parce que sa sœur a opéré une sorte de transformation en lui.

Michael n'arrivait pas à trouver une explication logique à son aveu. Une enfant née d'une sorcière et d'un vampire. Comment était-ce possible ? Sans le partage du sang, aucun vampire ne pouvait réellement s'engager envers son compagnon. Le sang était essentiel. Il ne pouvait y avoir procréation sans l'acte sexuel *et* le sang.

— Et tu n'es pas une sorcière non plus, énonça-t-il calmement. Mais ta mère, si ? Est-ce qu'elle jette des sorts et chevauche un balai ?

— Pas de balai, non. En revanche question sorts, elle en jette des flopées.

Un timide sourire naquit sur les lèvres de Jane.

— Tu sais, les sorcières n'ont rien à voir avec ce qui défile dans les rues à Halloween. Ma mère ne ricane pas au-dessus de son chaudron, pas plus qu'elle ne voue un culte au diable. En fait, notre lignée remonte aux temps des druides. Ma mère possède de véritables pouvoirs magiques. Chez elle, c'est de naissance.

Une ombre passa sur son visage.

— En fait, il n'y a que moi qui ne sois pas capable de contrôler ma magie comme le fait ma mère. Pourtant, soupira-t-elle, j'aimerais bien. Ce n'est pas faute d'avoir essayé, crois-moi.

— D'être une sorcière ?

— D'exploiter les pouvoirs que j'ai en moi. Je suis condamnée pour l'éternité à vivre à la frontière des deux mondes.

Michael hocha la tête, assimilant les informations au fur et à mesure.

— Mais tu n'as jamais rêvé d'être un vampire ?

— Non, jamais, répondit-elle d'une voix rêveuse. Je

me suis toujours sentie plus proche de ma mère que de mon père.

Quel luxe d'avoir ses deux parents ! songea Michael. Comment aurait-il pu être proche de son père ? Celui-ci avait quitté sa mère avant sa naissance pour partir à la guerre. La Seconde Guerre mondiale. Ses rangers et ses plaques d'identité étaient arrivées dans un petit carton la veille de son cinquième anniversaire.

— Et puis, continua Jane, il y a une dernière chose. Je suis immortelle. Bien que cette immortalité soit en partie due à un rituel auquel j'ai participé à l'âge de vingt ans, sur l'insistance de mon père et de ma mère.

— Donc tu n'es pas immortelle de naissance ?

Jane se releva sur les coudes et s'appuya contre la tête de lit. Semblant avoir oublié sa nudité, elle ignorait vraisemblablement à quel point elle était désirable — et à quel point c'était frustrant pour lui.

— Pas sûr, répondit-elle. Comment peut-on savoir ce genre de chose avant que ça n'ait été validé par l'expérience ? Mon père voulait à tout prix que sa fille ait une longue vie, il s'inquiétait en permanence du fait que je puisse mourir avant lui. Alors mes parents m'ont encouragée à prendre des mesures pour que ça n'arrive pas. J'ai la peau et le squelette d'une femme de vingt et un ans, mais mon esprit, lui, est très âgé.

— Une âme du passé…

Dans l'esprit de Michael, les pièces du puzzle se rejoignaient petit à petit.

— En fait, reprit-il, depuis le début, je te voyais comme une créature surnaturelle. Pas de ce royaume en tout cas. Je comprends mieux, maintenant. Je comprends ce que tu cachais, derrière ton masque…

— Je ne le portais pas pour me cacher de toi. S'il y a quelqu'un ici qui cachait quelque chose…

Il l'interrompit d'un geste de la main.

— A chacun ses secrets, Jane. Je ne révèle pas que je suis un vampire à tous les gens que je rencontre, et je n'avais aucune raison de te le révéler, à toi. Toi entre toutes, tu dois comprendre ça, non ?

— Ne t'en fais pas, le rassura-t-elle, je ne t'en veux pas. Je suis seulement curieuse, c'est normal. Curieuse de savoir ce que tu comptais faire après m'avoir mordue, par exemple...

Elle lui lança un regard intense.

— Tu m'aurais quittée après avoir effacé mes souvenirs par la transe ? Tu m'aurais tuée ?

— Non !

Michael boxa le vide de son poing serré.

— Ne m'accuse jamais d'une chose pareille, Jane. Jamais je ne ferai ça. Jamais.

Et pourtant, ce dernier mot sortit dans un souffle de sa bouche, presque inaudible.

— Je savais bien que tu n'étais pas comme ceux de ta race. Les obscurs. Tu vaux bien mieux qu'eux, Michael, je le sens.

Elle le sentait ? Mais de quel droit se permettait-elle ce genre de commentaires ? Qui était-elle, pour lui faire la morale, elle, une sang-mêlé, une sorcière ?

— J'ai dit que je ne te ferai jamais de mal. Mais ça ne veut pas dire que je n'en serais pas capable, si je le voulais. Je pourrais te briser la nuque avant même que tu aies eu le temps de te mordre la langue pour me cracher ton sang dessus, sorcière !

Les mots étaient sortis, sur un ton bien plus violent qu'il ne l'aurait voulu.

— Je ne suis pas une vraie sorcière, Michael...

Il prit une longue inspiration pour tenter d'apaiser la boule douloureuse qui venait de se loger dans sa poitrine.

— Comment ça ?

— J'ai du sang mêlé… et je ne saurai jamais si mon sang est mortel pour les vampires. Mon oncle était immunisé, quand il m'a mordue, et aucun autre vampire ne m'a jamais mordue après ça. Alors, si mon sang est un poison pour ceux de ta race, je ne le saurai que trop tard. Trop tard pour celui qui me mordra.

Michael la regarda fixement tandis que l'affreuse vérité naissait dans son esprit. La fin des espoirs un peu fous qu'il avait entretenus depuis qu'il avait rencontré cette femme hors du commun.

— Autrement dit, murmura-t-il enfin d'une voix sombre, je ne pourrai jamais boire ton sang. Je ne pourrai jamais te posséder vraiment.

Il se mit à arpenter la pièce, incapable de rompre le silence qui s'était installé entre eux. Il n'y avait rien à dire. Il s'approcha du lit, dont le couvre-lit gardait l'empreinte du corps de Jane. Attiré par son parfum qui subsistait encore, il s'y allongea, jambes croisées. En un soupir, la chaleur de Jane l'envahit doucement. Et avec elle, le désir inassouvi de la posséder.

La douleur qui lui tordait le ventre n'avait certainement rien à voir avec sa soif de sang. Le monstre avait battu en retraite et se recroquevillait dans un coin, terrorisé par ce qu'il venait d'apprendre. Mais un autre désir n'avait cessé de croitre en lui, encore plus impérieux. Un désir auquel le fait que Jane soit une sorcière ne changeait rien.

— J'ai envie de toi, Jane, avoua-t-il en un souffle. Terriblement envie de toi… Mais je sais que si je te fais l'amour, j'aurai envie de te mordre. Le sang et le sexe sont liés, depuis toujours. Et je n'échapperai pas à la règle…

Pendant qu'il parlait, elle s'était adossée au chambranle de la porte, et elle semblait le manger des yeux.

— Tu en es sûr ? Si tu as vraiment envie de moi, si

tu as envie de moi autant que j'ai envie de toi, alors tu sauras te contrôler...

Se contrôler ? Que croyait-elle ? Qu'il jouait la comédie depuis le début, qu'il pouvait agir à sa guise, faire aller et venir le monstre en lui, à la demande ? Avait-elle seulement entendu ce qu'il venait de lui dire ?

— Nom de Dieu, Jane, ce n'est pas aussi simple !

Puis, après s'être pris la tête entre les mains, il marmonna :

— Mais pourquoi faut-il que tu sois une sorcière, hein, pourquoi ?

Quand il releva les yeux vers lui, elle le fusillait du regard.

— Parce que tu crois que c'est simple, pour moi, de coucher avec un vampire ? Tu crois que ça me ferait plaisir, à moi, de me faire mordre ? C'est toi le problème, Michael ! C'est toi qui ne peux pas te contenir, c'est toi le vampire !

Michael la dévisagea en silence. Elle avait raison. Elle était encore plus belle quand elle était en colère. En effet, il était un vampire, et ça lui interdisait de coucher avec une sorcière.

Pourtant, se rappela-t-il, il y avait de cela très longtemps — des siècles et des siècles —, sorcières et vampires étaient alliés. Jusqu'à ce que les vampires décident de réduire les sorcières en esclavage dans le bessein de récupérer leur force en couchant avec elles. Et en buvant leur sang... Le vampire pouvait alors s'approprier la magie de la sorcière et s'en servir pour jeter des sorts. Face à de tels agissements, la révolte avait grandi chez les sorcières et une guerre avait éclaté. Faisant plus de morts dans le camp des sorcières que dans celui des vampires. Et en conclusion, un grand sort de Protection avait été jeté, afin de garantir aux sorcières que leur sang agirait comme un poison mortel sur les vampires. Depuis, les deux factions étaient ennemies.

— Tu as raison, reconnut Michael. Et tu m'as peut-être sauvé la vie, en m'arrêtant comme tu l'as fait.

Il se tourna sur un coude et contempla la poupée de porcelaine adossée au montant de la porte.

— Tu aurais pu me laisser continuer. Pour le coup, tu aurais été sûre des effets de ton sang. On aurait peut-être continué à faire l'amour, je t'aurais mordue — et le vampire n'aurait pas succombé. Ou bien tu aurais appris que dans tes veines coule le poison le plus toxique. Tu as résisté à l'occasion qui t'était offerte de savoir.

Jane haussa les épaules.

— D'accord, j'en aurais eu le cœur net, mais ç'aurait été un sale coup pour toi.

Michael ne put s'empêcher de sourire. Seule Jane était capable d'instiller un peu de légèreté aux moments graves, même malgré elle. Elle avait le pouvoir de le détendre, de lui faire prendre du recul pour considérer le monde d'un œil neuf. Etait-ce, comme elle le prétendait, la magie qui faisait réagir ainsi les gens en sa présence ?

L'idée d'être manipulé par une sorcière ne l'enchantait guère. Cela dit, si Jane elle-même ne maîtrisait pas ses pouvoirs...

Fermant les yeux, Michael écouta battre la vie de Jane. Des palpitations régulières. Elle avait pénétré en lui. Et malgré la terrible révélation qu'elle venait de lui faire, il ne tenait pas vraiment à la chasser de son sang.

Elle est la lumière. Prends-la !

Sans plus réfléchir, il bondit du lit et traversa la pièce à grands pas pour aller l'enlacer. C'était bon d'entrer de nouveau dans son espace, de la toucher...

— Michael, protesta-t-elle, tu es sûr ?

— Je ne suis sûr de rien... mais je ne peux plus résister.

Glissant les mains dans ses cheveux, Michael se laissa aller contre elle, comme pour absorber son aura. Une aura envoûtante, composée de lilas et de vin de cerise, une aura au charme intact, même s'il savait désormais qu'elle était son ennemie.

Il se sentait... revigoré. Presque *plus fort* qu'au commencement de la journée. Cela ne l'avait pas frappé jusqu'alors, mais il éprouvait une excitation planante, comme lorsqu'il sortait de scène, le corps parcouru de décharges d'adrénaline.

Etait-ce dû à Jane ? Au fait qu'il défiait la mort avec hardiesse en l'enlaçant ?

— Je t'en prie, ne t'approche pas de moi..., murmura-t-elle.

Pourtant ce fut elle qui, en totale contradiction avec ses paroles, l'agrippa par les hanches.

— Rien n'a changé, Michael. J'ai toujours envie de toi. Mais ça serait dangereux. On ne peut pas courir ce risque. *Tu* ne peux pas courir ce risque.

Quoi ? C'était elle qui se souciait de sa sécurité ? Décidément, Jane était comme les immenses rosaces de Notre-Dame de Paris. D'une complexité exquise.

— C'est à *moi* que la décision appartient, tu ne crois pas ?

Et il effleura ses lèvres d'un baiser. Le monstre ne se manifesta pas mais il était là, tapi dans l'ombre, aux aguets. Peut-être fallait-il prendre quand même un minimum de précautions.

Michael libéra Jane de son étreinte et recula légèrement.

— Jane, je ne te ferai pas de mal, mais... Tu as une croix ?

— Quoi ? Je… non. Je ne porte pas ce genre de symbole religieux.

— La plus petite croix suffit. Inutile d'y croire. Regarde-moi, tout ce qui compte, c'est que jadis j'y ai cru et que j'ai été baptisé.

Elle le regarda droit dans les yeux, comme pour souligner la solennité de l'instant.

— Michael, il est hors de question que j'utilise un crucifix contre toi. Ou quoi que ce soit d'autre. Je ne veux pas avoir à te repousser. J'ai envie de toi, pas de lutter contre toi.

— Oh, Jane, je suis parfaitement capable de contrôler ma soif de sang !

— Tu en es sûr ? Dans ce cas, pourquoi t'es-tu retiré dans cette maison coupée du monde ? Pourquoi es-tu ici, Michael ?

Pouvait-il se livrer à elle ? Bien sûr, c'était lui qui les avait fait sortir de leurs rôles d'étrangers, mais partager des épreuves personnelles était un acte plus intime que le sexe.

— Tu tiens vraiment à ce qu'on en parle ?

— Non.

Jane lui lança un regard en coin. Deux émeraudes sombres aux éclats de conte de fées. Son sourire atténua sa crainte.

— Alors c'est la magie qui me donne envie d'être près de toi, de me rapprocher au point de fusionner avec toi ?

— Peut-être, murmura-t-elle. Je sais qu'en faisant l'amour avec une sorcière, les vampires peuvent prendre de sa magie. Cette même magie les rend irrésistiblement attirés par l'odeur de leur sang.

— Un sort vicieux jeté sur notre race !

— Parce que tu crois que c'est facile pour une femme

de désirer un homme qui se méfie d'elle, alors qu'elle n'est pas vraiment une sorcière ?

— Oh, Jane…

Leur baiser commença tendrement, puis elle l'attira contre elle et tous deux approfondirent leur désir brûlant. C'était comme une évidence.

Va au diable ! hurla mentalement Michael au monstre, tout en resserrant son étreinte. Jane lui donnait la lumière. Qui mieux qu'elle pouvait lutter à ses côtés dans son combat contre sa part d'ombre ? Elle, la seule femme capable de le comprendre, car elle avait vécu avec des gens de sa race ?

— Tu n'as donc rien contre les vampires ? murmura-t-il.

Les cils de Jane battaient contre ses lèvres.

— Il y a de bons et de mauvais vampires, tout comme il y a de bons et de mauvais mortels. Je m'entends avec la plupart des gens à condition qu'ils me respectent. Et toi ? Quel effet ça te fait de cohabiter avec une sorcière ? Ça te fait peur ?

— En vrai ? Un peu. Il suffirait que tu te fasses une entaille au doigt et que je sois dans les parages pour que…

Il avait terriblement envie d'elle. Le fait de la tenir dans ses bras assouvissait un désir qu'il n'avait pas pu maîtriser, le désir d'un acte brutal, scandaleux, d'une sombre sensualité. Il avait envie de l'absorber dans son corps et de s'y perdre. Il avait envie de s'adonner à toutes ces choses excitantes que commettent les adultes consentants derrière des portes closes.

Comment embrasser Jane et lui faire l'amour sans que le monstre se joigne à eux ?

Certes, elle savait tout de lui à présent ; ce ne seraient sûrement pas ses crocs ni ses besoins insistants qui la feraient reculer. Mais une seule goutte de son sang pouvait le tuer.

Le cocktail de la mort...

Il déposa un baiser sur son menton. Le goût de Jane — lilas et vin de cerise — affola son cœur. Comme nul autre. Faire l'amour avec cette femme valait peut-être le coup de risquer la mort...

Glissant une main sous son sein, il explora la douceur de la peau à cet endroit-là, osa une caresse sur son mamelon. Par la fine veste toujours ouverte, il pouvait facilement sentir sa texture irrégulière. Comment les femmes au corps si doux pouvaient-elles être aussi dures, voilà qui ne cessait de le surprendre. Il lui pinça le mamelon.

Le gémissement de plaisir de Jane le ravit jusqu'au tréfonds de son âme. Son chant l'attira au bord de l'abîme, le subjuguant par ses accents de désir et sa douce harmonie d'interdit. Ses dents se mirent à le picoter. Sa sauvagerie remonta à la surface. *Un besoin fou, rouge, sauvage.*

L'odeur du sang appelait le monstre.

Michael repoussa Jane et gagna d'un pas décidé le centre de la pièce. Le silence enjôleur semblait lui hurler toutes ses faiblesses. Du bout de la langue il tâta ses dents, si acérées quand il n'y prenait pas garde.

— Ça ne marchera jamais, Jane. Chaque fois que je te touche, l'envie de t'embrasser — de simplement *entrer en contact* avec toi — devient si sombre... Je te désire terriblement, mais je ne veux pas te faire de mal. *Je ne peux pas* te faire de mal, déclara-t-il avec un geste catégorique. Ça risquerait de me détruire.

Il soupira avant de reprendre :

— Ce n'est pas ce que je voulais dire. Je ne veux pas te faire de mal, mais... *te mordre* ? Ce ne serait pas te faire mal, au contraire... Mais moi, que vais-je risquer ? Tu dois me le dire, Jane. Que se passe-t-il vraiment lorsqu'un vampire boit le sang d'une sorcière ?

Passant la langue sur ses lèvres comme pour y savourer le souvenir de son baiser, Jane ramena une mèche de cheveux derrière son oreille.

— Je n'ai assisté qu'une seule fois à ce genre de scène, dit-elle, et je n'avais rien à voir là-dedans. Dès que le sang de sorcière pénètre le corps du vampire, eh bien… il…

— Meurt ?

— Il se dessèche. C'est comme s'il fondait de l'intérieur avant de… d'exploser.

Incapable de contenir sa rage, Michael donna un coup de pied dans la colonne du lit.

— Pourquoi faut-il que la seule femme au monde que j'ai envie de prendre dans mes bras soit celle capable de causer ma mort ? Je ne mérite pas ça !

Mais le méritait-il ? Le méritait-il vraiment ?

— Peut-être pourrais-tu juste me prendre dans tes bras ?

Le souffle court, Michael tendit les bras vers Jane mais ne fit pas un pas pour l'enlacer. Il ne voulait pas la détruire ni être détruit en retour.

— Parfois — la plupart du temps — j'ai envie de t'avoir dans mes bras. J'ai envie de t'embrasser. De…de coucher avec toi, Jane. J'ai envie de t'arracher ce pyjama et de goûter tes seins qui sont divins sous mes doigts, d'enfouir mon visage dans tes cheveux et d'être tout simplement en toi pour que nos deux corps ne fassent plus qu'un.

Il se frappa la paume du poing.

— Mais je ne peux pas, Jane, je ne peux pas ! Mon Dieu, pourquoi est-ce que ma soif de sang est-elle plus forte que mon désir pour toi ? C'est pour ça que je me suis isolé ici. Pour apprendre à contrôler mes pulsions avant qu'elles n'éclatent au grand jour.

Fou de rage, contre lui-même, contre le sort qui s'acharnait contre lui, il se mit à faire les cent pas.

— Avant, j'embrassais une femme ou bien je couchais avec elle, et puis la soif exigeait que je boive son sang. Mais aujourd'hui ? Aujourd'hui, je ne vais plus aussi loin. J'embrasse. Je n'ai pas le temps de penser au sexe parce que le monstre réclame sa dose. Immédiatement. C'est comme si toute cette histoire d'assouvissement par le sexe et le sang s'était enchevêtrée en un nœud inextricable.

Il baissa la tête, pleinement conscient de ce qu'il était en train de dire.

— Je devrais pouvoir faire la part entre le besoin de sang et le désir sexuel. Je devrais, mais j'en suis incapable.

Comme Jane se taisait, il releva lentement les yeux et croisa son doux regard, empli d'une interrogation muette.

— Alors chaque fois qu'une femme t'attire sexuellement, tu... ?

Il prit une longue inspiration.

— Je la mords, oui. Je ne peux plus coucher avec une femme, Jane. Et encore moins vivre une relation amoureuse.

Or, c'était de cela qu'il rêvait, du réconfort de l'amour, de se rapprocher de quelqu'un et de savoir qu'il y avait dans l'univers une personne qui le comprenait et l'acceptait tel qu'il était. Car si, aux yeux du monde, il était une idole vénérée par des hordes de fans, sur scène il savait qu'il était seul. Terriblement seul.

— Mais si tu apprenais à dominer ta soif de sang, nous pourrions faire l'amour.

— Je t'ai promis de ne jamais te faire de mal, Jane. Mais quand le monstre prend le pouvoir sur moi, je ne suis plus maître de mes promesses...

— Jamais je n'exigerais de toi quelque chose que tu

n'as pas envie de faire, Michael, fit-elle en approchant lentement.

— Mais je n'ai rien contre faire l'amour. J'en ai envie, Jane, tellement envie… Je t'en prie, ne me touche pas. C'est tellement… Mes dents.

Il se tourna vers elle. Ses crocs étaient descendus. Il n'arrivait pas à fermer la bouche sur ses armes acérées.

— Je dois m'éloigner de toi. Pour l'instant. Ça n'a rien à voir avec mon désir pour toi.

— Je comprends.

— On se verra demain soir.

— Le temps va me paraître long.

Et à moi donc, songea-t-il.

10

Elle partageait la demeure d'un vampire !

Jane remonta le couloir jusqu'au salon en fourrageant dans ses cheveux. D'un côté, elle aurait dû être excitée. Au moins, elle avait trouvé une source, pour le rituel. Et vivant dans la même maison qu'elle, qui plus est. La promesse d'un avenir sûr lui tendait les bras. Plus besoin de compter sur Ravin Crosse ; le problème s'était résolu de lui-même.

D'un autre côté… Mais fallait-il qu'il y ait un autre côté ?

Elle vivait avec un vampire, certes, mais elle n'avait elle-même rien d'une femme ordinaire. Les femmes ordinaires ne croyaient pas aux vampires. Pour elles, comme pour la plupart des gens, les vampires n'étaient qu'un mythe. Un mythe troublant, attirant, fascinant, mais un mythe. Si populaire qu'il en était presque devenu banal, d'ailleurs. Aujourd'hui, tout le monde adorait les vampires, mais personne n'y croyait vraiment. Et pourtant, c'était là le magistral tour de force des vampires, ils pouvaient s'afficher au grand jour — les gens considéraient cela comme un simple déguisement ou un coup publicitaire.

Mais Jane n'était pas dupe. Et Michael non plus.

Un instant, elle songea à ce qu'elle avait vécu avec son père. Lui aussi était un vampire, et pourtant, elle avait pu vivre avec lui, dans la même maison…

Mais ce qui se passait aujourd'hui était fort différent. Il ne s'agissait pas seulement de vivre sous le même toit que Michael. Elle brûlait de désir pour lui, même en sachant que leur union pourrait être mortelle pour lui. Il avait beau faire bonne figure, il était inquiet. Et à juste titre.

Alors, quand il lui avait demandé de s'éloigner, elle avait accepté. Elle aussi avait besoin de temps, car ses choix de vie lui apparaissaient soudain fort compliqués.

Entrant à grands pas dans le salon, elle se laissa tomber sur le sofa recouvert d'une housse de toile blanche et se prit la tête entre les mains.

Comment avait-elle pu ne pas voir la vérité qui lui crevait les yeux ? Confondre le chatoiement avec le désir sexuel au lieu de le prendre pour ce qu'il était vraiment.

Elle avait succombé aux apparences. Or, maintenant, elle savait que ce qui se cachait sous la surface n'était pas pour elle.

— Je ne veux pas d'un vampire, lança-t-elle d'un ton sévère. Ils ne correspondent pas à… ce à quoi j'aspire. Je veux être normale, c'est tout.

Vraiment ? Depuis le temps qu'elle s'efforçait d'être comme tout le monde, le fait qu'elle ne le serait jamais se rappelait toujours douloureusement à elle. Cette magie intérieure que sa mère lui avait dit de ne pas craindre jouait avec ses nerfs. Jane voulait la contrôler. Pendant toutes ces années, elle avait tenté de maîtriser sa magie latente mais, pas une fois, elle n'y était parvenue.

Elle poussa un soupir à fendre l'âme. Roula sur le côté et posa sa tête sur le bras du sofa, repliant ses jambes en chien de fusil.

Avoir envisagé la possibilité d'une histoire d'amour avec Michael Lynsay était une erreur.

Même si, étrangement, ça avait une option agréable.

***

Midi était haut dans le ciel et Michael n'avait pas envie de dormir. Le studio d'enregistrement ne le tentait pas, bien qu'il ait promis à Jesse de revoir les pistes des quelques chansons sur lesquelles travaillaient les Déchus. Les paroles avaient besoin d'être remaniées. Mais pour cela, il lui fallait son iPod dans lequel il avait enregistré ses fichiers.

Où avait-il bien pu le perdre ? Peut-être un gamin inconnu était-il en train d'examiner les fichiers en ce moment même ? S'il partageait le clip encore inédit avec ses copains, il deviendrait la star de son quartier. Cette idée eut le don de l'énerver. Si la vidéo tombait entre de mauvaises mains, la maison de disques aurait sa tête. Mais après tout, ce n'était pas à lui de se soucier de ce genre de choses !

Qu'on lui donne un micro et qu'on le laisse assurer le spectacle. C'était ça son rôle. Le sens de sa vie. Il ne voulait même pas envisager la vie sans musique. Elle lui procurait le contrepoids nécessaire aux ténèbres.

Mais la musique avait beau être tout pour lui, aujourd'hui cela ne lui disait rien. Le seul rythme sur lequel il avait envie d'improviser, c'était celui qui pulsait sous la peau de Jane. Une peau si douce et si crémeuse qu'il aurait pu la lécher toute la nuit sans jamais s'en rassasier.

Cette rencontre avait détourné de son esprit la raison qui l'avait amené ici. Ce qui n'était pas plus mal. Il ne s'était pas alimenté depuis vingt-quatre heures, chose remarquable. Malgré tout, ce n'était pas sa soif de sang qui lui posait problème. Il aurait tenu presque une semaine, si les concerts des Déchus s'étaient enchaînés coup sur coup. Etre sur scène lui procurait la même décharge d'adrénaline que la peur.

Non, le problème, c'était de savoir où se situait Jane exactement. Pour la millième fois, il se répéta ce qu'elle lui avait appris. Elle n'était pas sorcière, mais du sang de sorcière coulait dans ses veines ? Ça n'avait aucun sens !

Il enfila un T-shirt et sortit résolument de la salle de bains à la recherche de Jane.

Il en aurait le cœur net. Et, sorcière ou pas, il n'allait pas se laisser tenir à distance par une femme.

D'un geste brusque, il poussa la porte de l'atelier mais ne l'y trouva pas. Le premier vitrail était achevé et reposait contre l'une des fenêtres d'origine, vibrant de couleurs. Il approcha et regarda par la fenêtre. Et là, sous le soleil brillant, il la vit. Dans sa jupe bleue qui voletait au vent. Mais curieusement, Jane semblait sabrer l'air avec violence.

Que diable… ?

Un nuage d'insectes déchaînés bourdonnait autour de la tête de Jane. Elle se débattait, les écartant du revers de la main, donnant des coups de poing dans le vide.

Aussitôt, Michael se rua dans les escaliers pour rejoindre Jane. En s'approchant, il distingua des corps d'insectes jaune et noir. Des abeilles.

— Jane, ne te débats pas ! Ils ne te piqueront pas !

— Oh, que si qu'ils me piqueront ! cria-t-elle en continuant à se battre contre les insectes furieux. Ils ne veulent pas me laisser tranquille. Oh, Michael, fais-les partir !

Voyant que les mouvements de bras hystériques de Jane n'étaient guère efficaces pour éloigner les abeilles, Michael ôta rapidement son T-shirt et le fit claquer en direction des insectes. Le tissu en fit reculer cinq ou six, mais ils foncèrent de nouveau droit sur Jane. L'un d'eux grimpa sur ses cheveux. Un autre se posa sur son épaule.

Michael eut un mouvement de recul, comme s'il avait été piqué.

Cette sensation de brûlure, juste au-dessus de son œil… Ce ne fut qu'à cet instant qu'il comprit ce qu'il était en train de faire. Le soleil était haut. Il n'aurait pas dû aller dehors.

Il lui fallait se mettre à l'abri du soleil. Mais pas sans Jane.

S'efforçant de ne pas penser à la morsure du soleil sur sa peau nue, il attrapa une abeille et l'écrasa entre ses doigts avant de la lâcher dans l'herbe, morte. Il refit de même en quelques gestes rapides, obtenant chaque fois le même résultat.

Ses yeux étaient humides et le brûlaient. Son épaule droite le brûlait aussi.

— Jane, laisse-moi te couvrir la tête.

Il lui enveloppa les cheveux de son T-shirt, la força vivement à baisser la tête et l'entraîna au loin.

— Cours !

Ecartant du revers de la main les insectes obstinés, Michael courut jusqu'à la maison et poussa Jane à l'intérieur.

— Elles sont parties ? cria la jeune femme, la tête toujours sous le T-shirt. Michael ?

Il eut un éblouissement qui lui fit tourner la tête. Il chancela. Un coup de soleil, si vite ? Il se tâta le front. Sa chair était à vif.

— *Mon Dieu* ! s'écria Jane en français.

Elle se débarrassa du T-shirt et contempla son visage, horrifiée.

— Tu es brûlé, Michael ! C'est le soleil, pourquoi as-tu fait ça ?

— Tu étais dans de sales draps. Qu'est-ce qui a bien pu prendre à ces fichues abeilles ?

— Je l'ignore. J'ai toujours été attirée par la nature, les plantes, les oiseaux et tout le reste, mais je n'ai jamais été attaquée comme ça par des abeilles. Ou plutôt non, elles ne m'ont pas attaquée, c'était comme si elles voulaient se rapprocher de moi… Oh, mais quelle importance ! Il te faut un médecin.

— C'est ça. Appelle donc une ambulance pour qu'on admette un vampire à l'hôpital.

Elle lui toucha le visage, mais il eut un brusque mouvement de recul. Son corps avait moins souffert que son amour-propre.

— Je vais bien.

— Non, c'est faux. Les plaies suintent. Je n'ai pas apporté de pharmacie de premiers secours, à part quelques cachets d'aspirine, mais je peux te préparer quelque chose avec les herbes qui poussent sous la fenêtre. Viens dans la cuisine. Quelques glaçons te soulageront le temps que je prépare un onguent.

En découvrant des marques rouges sur le cou de Jane, Michael insista pour qu'elle prenne soin d'elle en premier.

Après avoir recouvert ses piqûres de sel humide, Jane entreprit de confectionner un onguent destiné à calmer les brûlures de Michael. Au-dessus de ses yeux et sur son épaule

Ses plaies allaient cicatriser d'ici quelques jours, les brûlures étant heureusement superficielles.. Il avait déjà été brûlé une fois par le soleil et s'était juré que ça ne lui arriverait plus jamais. A l'époque, il était vampire depuis peu et le bras qu'il avait passé à la vitre ouverte de sa voiture tandis qu'il traversait la ville au soleil de midi avait mis trois jours à cicatriser complètement.

Mais pour l'instant, son propre bien-être importait peu. L'essentiel, c'était que Jane soit sauvée.

— Ne bouge pas.

Elle plongea un doigt dans la mixture à l'odeur plutôt désagréable qu'elle avait préparée.

— Tu veux mettre cette chose sur ma peau, Jane ? Sérieusement, l'odeur est répugnante.

— Cet onguent peut accélérer la cicatrisation. De toute façon, ça apaisera tes brûlures. Tu n'as pas mal ?

Michael haussa les épaules. Evidemment qu'il avait mal.

— Non, ça va.

— Oh, Michael... S'il te plaît...

Il l'enlaça et l'attira sur ses genoux. Jane passa son doigt couvert de mixture verte sous le nez de Michael : ça sentait la menthe, une odeur piquante.

— Tu vois, ce n'est pas si terrible.

— Juste un peu, alors.

Il ferma les yeux tandis qu'elle appliquait tendrement l'onguent sur les brûlures situées au-dessus de la tempe droite. La plaie s'étendait jusqu'à sa pommette, et il avait un point de brûlure sur l'aile du nez. Jane lui faisait mal en le touchant. Cela lui rappelait la douleur qu'éprouvaient les mortels. Douleur qu'il ne connaissait plus depuis des décennies. Et avec laquelle il ne tenait pas à renouer.

Il écarta la main de Jane.

— Embrasse-moi.

— Mais je n'ai pas fini. Ton épaule...

— Jane, je te demande une petite faveur. Je crois franchement qu'un baiser aura plus d'effet sur mes blessures que cette crème nauséabonde. Mes lèvres ne sont pas brûlées.

Elle lui effleura la bouche. Avec une douceur infinie. Comme le frôlement d'une abeille. Les abeilles auraient-elles voulu se rapprocher de Jane par amitié ? Cela devait venir de sa magie…

Michael savait très bien qu'un vampire pouvait dérober les pouvoirs d'une sorcière en couchant avec elle. Mais que ferait-il de cette magie ? Il ne pourrait pas jeter de sort ou de maléfice — pour cela, il lui fallait du sang — mais la magie le rendrait plus fort. Peut-être même hâterait-elle sa cicatrisation ?

— Si tu veux m'aider, dit-il à Jane en glissant la main sous son corsage pour caresser ses seins, nous devons faire l'amour.

— Quoi ? Oh… Tu veux dire…

— Faire l'amour avec une sorcière est censé donner de la force à un vampire, accroître sa puissance.

— Oui, mais… je ne suis pas…

Jane courba la tête, rougissant soudain de timidité.

— Tu crois que ça pourrait marcher avec une quasi-sorcière ?

— Je veux bien tenter le coup.

Elle se passa une main dans les cheveux et souffla sur une mèche rebelle.

— Je ne sais pas.

— Je te promets de bien me tenir, cette fois.

— Ce n'est pas la question. Cette étrange rencontre avec les abeilles m'a vraiment chamboulée. J'ai envie de prendre une douche. Pourquoi tu ne me rejoindrais pas là-haut ?

— Je te suis.

Michael l'avait tirée de ce mauvais pas avec les abeilles, et ce sans songer à sa propre sécurité. Il aurait pu écoper de brûlures bien plus graves, car il ne fallait que quelques minutes au soleil pour achever son œuvre dévastatrice sur la chair d'un vampire.

Elle aimait à penser qu'un homme avait volé à son secours. Comme un chevalier servant — sauf qu'elle n'avait pas besoin de chevalier servant. Ni d'un fringant destrier pour le faire entrer dans sa vie au grand galop. Ce qu'il lui fallait, c'était quelqu'un qui l'accepte telle qu'elle était, dans toute sa bizarrerie — le fringant destrier, c'était en option.

Michael semblait être cet homme-là. Mais mieux valait se garder de tirer des conclusions trop hâtives. Pour l'instant, prendre un amant lui suffisait amplement comme aventure.

Jane fit couler l'eau et ôta sa jupe et son corsage qu'elle laissa en tas sur le siège des toilettes. En quelques secondes, l'eau chaude embua toute la pièce, recouvrant le miroir de traînées opaques. Elle entra dans la cabine de douche et se mouilla les cheveux.

Elle connaissait la légende évoquée par Michael. Jadis, les vampires étaient capables de dérober la magie d'une sorcière pendant l'amour, une magie qui augmentait leur force. A cette époque-là, ils pouvaient aussi boire le sang des sorcières, ce qui leur conférait les mêmes pouvoirs que les leurs. La sorcellerie. Les vampires qui avaient obtenu — ou plutôt volé — ces pouvoirs magiques étaient surnommés *les ensorcelés*, et pour cela ceux de leur race les vénéraient.

Mais l'avidité démesurée des vampires s'était retournée contre eux : la Protection avait été mise en place et, à partir de là, le sang des sorcières leur était devenu fatal. Certes, elles pouvaient toujours leur donner de la magie pendant l'amour, mais quel vampire aurait pris un tel risque ?

A ce jour, seule une poignée d'anciens vampires *ensor-*

celés étaient encore en vie. Du moins, c'était ce qu'on lui avait raconté. Aucune preuve n'attestait leur existence. Et de toute façon, la paisible coexistence de ses parents avait ôté à Jane toute peur des vampires.

Non, la seule chose qu'elle redoutait vraiment, c'était que Michael ne puisse maîtriser sa soif de sang. Mais elle était prête à courir le risque.

Parce qu'elle avait envie de lui.

Des portes vitrées fermaient la cabine de douche pour deux personnes. Michael se glissa derrière elle. Elle ne l'avait pas entendu entrer dans la salle de bains, mais sa présence ne l'effraya pas. Des mains puissantes parcoururent ses avant-bras mouillés. Ses cheveux encore secs lui chatouillaient l'épaule. Michael lui déposa un baiser sur le sommet du crâne.

— Merci, murmura Jane. C'est bête, mais ces abeilles m'ont fait peur.

— Elles ont été attirées par ta magie ?

— Je le pense.

La main de Michael remonta la courbe de sa hanche, glissa sur son ventre et s'empara d'un de ses seins. Elle se sentait possédée — *elle !* — et heureuse de l'être.

— Comme moi, murmura-t-il contre son oreille. Moi aussi, je suis attiré vers toi.

Jane avait envie que Michael la serre fort contre lui de façon à ce qu'ils ne fassent plus qu'un. Il l'embrassa dans le cou. Les lignes dures de son corps épousaient ses épaules, ses hanches et ses cuisses. Elle sentait son érection contre elle, n'exigeant rien, simplement là. Un homme qui avait envie d'elle. Un homme qui avait besoin d'elle. Un homme qu'elle voulait apaiser.

— Jane, murmura-t-il au creux de son oreille. Sais-tu comment ça marche, la magie sexuelle ?

— Je n'en sais trop rien.

Du bout du doigt, il dessina une arabesque sur son sein gauche, déclenchant de délicieux frissons à chaque passage.

— Tu n'as pas une formule magique à prononcer ?

— Même si j'essayais, répondit-elle en frémissant, ça ne donnerait rien. Je t'ai déjà dit que je ne contrôlais pas mes pouvoirs, Michael...

— Eh bien alors, il ne nous reste plus qu'à agir pour connaître les résultats.

Il lui inclina la tête en arrière et elle ouvrit sa bouche sur la sienne. Ils s'embrassèrent longuement sous la pluie chaude de la douche, rattrapant le temps perdu. L'eau éclaboussait leurs visages et rendait leurs baisers glissants.

Michael murmura à son oreille :

— Tourne-toi.

Jane lui obéit et agrippa le porte-serviettes en Inox.

— Tu sais, dit-il en suivant des deux mains la mince courbure de sa taille jusqu'à son ventre. Une vieille loi oblige les vampires à demander la permission avant de pénétrer dans une propriété privée.

— Je sais.

Une excentricité stupide qui la surprenait chaque fois que son père essayait d'entrer chez un ami sans y avoir été autorisé.

Elle inclina la tête et murmura :

— Entre, vampire, librement et de ton plein gré.

Ils n'échangèrent plus un mot. Les doigts de Michael glissèrent le long de son buste, voluptueusement, sensuellement. Jane, obéissant à ses instructions muettes, se plaqua contre lui et invita celui qui aurait dû être son ennemi à la prendre à sa guise.

Dans un gémissement, Michael se glissa en elle, lui enserrant le ventre d'une main impérieuse. Elle soupira du plaisir de se sentir totalement dominée. Au début, les va-et-vient de son amant étaient lents mais, très vite, il accéléra le rythme et le tempo exigeant de leur désir s'emballa au-delà du supportable. Elle atteignit l'extase dans un cri étouffé. Et en même temps qu'elle, Michael hurla sa délivrance, la tête rejetée en arrière. La pâmoison les enveloppa tous deux. Cette musique-là ne demandait aucun accompagnement.

Laissant retomber sa tête sur l'épaule de Jane, Michael soupira.

— C'était si bon. Jane, ça a marché.

— Tu es sûr ? Tes brûlures ont guéri ?

— Non, pas ça. Nous avons fait l'amour. Sans que…

— Oh…

Sans qu'il l'ait mordue.

Jane se retourna et passa la main sur son sexe encore dur. Un soupir haletant frissonna sur ses lèvres.

— N'y pensons pas. Si nous n'en parlons pas, nous ne le provoquerons pas.

— Deuxième round ?

Elle effleura le haut de son front, prenant garde à ne pas appuyer sur la méchante brûlure.

— Rien ne saurait me faire plus plaisir, susurra-t-elle d'une voix mutine.

Michael ferma le robinet, puis il souleva Jane, la laissant enrouler ses jambes autour de ses hanches et la porta jusqu'à la chambre. Ruisselant d'eau, leurs deux corps enlacés s'affalèrent sur le lit.

— Ma douce Jane, gémit-il en la pénétrant de nouveau. C'est là qu'est ma place.

11

Michael s'éveilla quelques heures plus tard. Il ne dormait jamais très longtemps s'il n'était pas dans l'obscurité totale.

Jane était couchée sur le ventre, magnifiquement nue, une mèche de ses cheveux entortillée autour de son petit doigt. Il émanait d'elle un parfum sensuel mêlé de sexe, de sel et de rêves. Il aurait bien aimé s'attarder au lit, profiter de sa douceur et glisser dans l'oubli, mais certaines questions pressantes ne pouvaient être ignorées.

Se glissant hors du lit avec précaution pour ne pas la réveiller, Michael ramassa ses vêtements qui jonchaient le parquet de la chambre.

Il passa dans la salle de bains et alluma la lumière. Il observa son reflet dans le miroir, écarta ses cheveux et sursauta.

La brûlure avait disparu ! Comme si elle n'avait jamais existé et, sans le souvenir de la douleur, il aurait en effet pu croire qu'il n'avait jamais été brûlé. Il se tourna pour apercevoir son omoplate. Là non plus, plus de brûlures.

Jane avait véritablement la magie en elle.

Il toucha sa peau. Normale. Comme si elle n'avait jamais été brûlée. Il fléchit le bras pour gonfler son biceps : ne se sentait-il pas plus fort ? Comme s'il sortait d'une bonne séance de remise en forme, lui qui n'avait jamais mis un pied dans une salle de musculation.

Un sourire fleurit sur ses lèvres. Pas question de s'arrêter en si bon chemin. Si une seule nuit avec Jane lui faisait un tel effet, il savait bien comment faire le plein de magie.

Un parfum délicat réveilla Jane. Une légère brise chatouillait ses jambes et son ventre dénudés. Elle renifla et quelque chose remua sur sa lèvre supérieure. Agrippant le drap, elle sentit que ses doigts s'enfonçaient dans une matière douce et légèrement humide.

Elle ouvrit les yeux et sourit. Des pétales de rose jaune recouvraient les draps, d'autres parsemaient son corps. Elle se retourna et promena la main sur l'autre partie du lit. Des pétales vinrent lui chatouiller le cou.

Elle s'étira, regrettant de ne pouvoir passer la journée entière à dormir dans ce nid de pétales, tel un chat paressant au soleil. Puis elle aperçut Michael, appuyé contre la tablette de marbre de la fenêtre.

— Beau travail, murmura-t-elle.

Saisissant une poignée de pétales, elle ouvrit la main au-dessus d'elle et les laissa retomber en pluie sur son ventre.

— Ça te plaît ?

— Tu comptes me couvrir de fleurs tous les jours ?

Michael traversa la pièce et, tel un fauve sensuel traquant sa proie, vint se glisser à côté d'elle.

— Pourquoi, ça te pose un problème ?

— Pas du tout.

Jane se tourna vers lui et embrassa ses lèvres

— Quelle heure est-il ?

— C'est le soir. On a passé tout l'après-midi à faire l'amour. Un, deux…

Elle lui attrapa le poignet et le força à lâcher les pétales.

— Tu aimes bien compter les choses ?

Il éclata de rire et déposa un baiser sur son nez.

— Je suis du genre à tout compter. Tu sais qu'il m'a fallu une bonne heure pour répandre tous ces pétales autour de toi ? La dernière fois que je les ai comptés, il y en avait deux cent voix...

— Oh, *mon Dieu* ! l'interrompit-elle en lui caressant le front et en promenant son doigt le long de sa joue. Ça a marché !

D'un geste espiègle, Michael lui saisit le poignet et porta ses doigts fins à sa bouche.

— La magie sexuelle. Je me vois bien continuer longtemps comme ça.

— Je n'arrive pas à y croire. Ma... magie ?

— Même si tu ne la contrôles pas, il est évident qu'elle est quelque part en toi. Je ne sais pas comment ça marche, mais le résultat est là et je ne m'en plains pas.

— Incroyable ! Donc si nous continuions à...

— Faire l'amour ?

— Oui. Tu accroîtrais ta force ? Peut-être même deviendrais-tu...

— Très puissant ? Capable de franchir des immeubles d'un bond ? Tu veux qu'on remette ça, pour voir ?

Elle le regarda en souriant.

— Je ne sais pas, Michael. Mais ce qui est sûr, c'est que tu as réussi à ne pas me mordre. Tu crois que c'est dû à la magie, ça aussi ?

— N'essayons pas de comprendre, Jane. Ne peux-tu pas simplement accepter le fait que ça se soit passé ainsi ?

— Si, bien sûr.

Elle l'embrassa. Le visage de Michael se fendit d'un immense sourire — c'était la première fois qu'elle le voyait aussi heureux. Envolé le vampire maussade et irritable, il avait cédé la place à un jeune homme fougueux, impatient de profiter pleinement de la vie. Et c'était le plaisir qu'ils avaient partagé qui en était la cause.

— Et moi, susurra-t-elle en s'étirant langoureusement, tu crois que je vais aussi en ressentir des effets bénéfiques ?

Michael captura de nouveau sa main, et, sans la quitter des yeux, la plaqua sur son sexe.

Il était dur, excité. Prêt à recommencer. Une véritable promesse de plaisir. Mais elle n'allait pas lui donner satisfaction si vite.

— Ah, oui ? C'est ce que tu crois…

Un baiser à la pointe de chacun de ses seins la fit bientôt taire. Les mains dans ses cheveux, Jane attira Michael à elle en prenant soin de diriger sa tête sur sa poitrine.

— Oh, c'est bon… J'aime quand tu me fais ça, si… Oh, si légèrement !

— Tu m'as tout à toi, princesse. Ça te va, comme effet bénéfique ?

— Ce n'est pas de la magie, mais ça me va. Oh, oui, ça me va…

Michael répandit quelques pétales sur ses seins.

— Cela dit, nous ne devrions pas crier victoire si vite…

Jane se redressa légèrement dans le lit.

— Que veux-tu dire ?

— Je veux dire que quand nous referons l'amour — car c'est ce qui va se passer —, je ne sais pas si je pourrai encore maîtriser le monstre en moi. Alors, si jamais j'ai l'air de vouloir te mordre, il faut me promettre que tu t'enfuiras.

— Je te le promets. Mais tu sais, ajouta-t-elle avec un regard provocateur, rien ne dit que tu ne pourras résister à l'envie de me mordre. Après tout, un vampire n'a besoin que d'une dose de sang par semaine environ.

— C'est ton père qui t'a appris tout ça ? C'est n'importe quoi !

Jane soupira et ramassa un pétale de rose qu'elle écrasa entre ses doigts.

— Non, je t'assure. Les plus âgés peuvent même s'abstenir plus d'un mois. Mais peut-être que tu as de plus gros… besoins que les autres ?

Elle lui lança un regard mutin.

— Tu l'as déjà prouvé.

Avec un sourire, elle déposa un baiser sur son front et se blottit tout contre lui, au creux de son épaule.

— Et puis mon père est français. Et les vampires d'Europe sont très différents des vampires américains. Ils sont plus civilisés, pour commencer.

— Et c'est une Française qui le dit…

— Je suis sérieuse, Michael. Les tribus que forment les vampires en Amérique sont impitoyables.

— J'ai eu la chance d'éviter ce genre de groupe. Je cache mon jeu en étant sous les feux des projecteurs.

— Tant mieux pour toi. Ici, aux Etats-Unis, ceux de ta race ont tendance à unir leurs forces et ressemblent plus à des gangs de rues qu'à autre chose. Une fois qu'on est tombé entre leurs griffes, on leur appartient.

Elle se mit sur les coudes et lui chatouilla le menton avec un pétale.

— Et c'est pour ça qu'il y a des milices…

— Des milices de vampires ?

— Non, des milices de sorcières. J'ai une amie qui traque les tribus. C'est son boulot. Quand on veut se débarrasser d'un vampire, on va la voir. Elle en a déjà tué un nombre incalculable. Crois-moi, ce n'est pas le genre de fille que tu rêves de croiser le soir dans une ruelle mal éclairée.

Jane caressa la lèvre de Michael. Le bout de sa langue jaillit, mais elle la lui fit rentrer dans la bouche.

— Michael, je suis contente que tu te tiennes à l'écart des tribus. Tu es un individu à part entière. Tu aimes être adulé des foules. Et je t'adore pour ça. Tu ne seras jamais de ceux qui obéissent aux ordres ou rasent les murs.

— Tu crois ça ?

— Ça t'éloignerait trop de la lumière des projecteurs...

Il gémit doucement tandis qu'elle continuait à le caresser, de manière encore plus suggestive. Ça devenait intenable.

— Mmm... Tout cela ne me dit pas comment faire pour me libérer de mon goût du sang...

— On dit que le meilleur moyen de se libérer d'une dépendance, c'est de la remplacer par une autre.

Du pouce, Michael lui caressa la bouche.

— Serais-tu en train de me suggérer de me droguer à la magie sexuelle ?

— Peut-être.

— Alors je suis ton homme.

Il l'embrassa d'un effleurement des lèvres, puis, de la langue, lui fit ouvrir la bouche. En règle générale, il évitait les baisers profonds et, quand il y consentait, ceux-ci étaient brefs. Une chose était sûre, Jane et lui couraient moins de risques s'il gardait ses dents cachées.

Une idée s'imposa soudain à son esprit. Et s'il y avait un moyen qui lui permettrait d'assouvir son désir pour elle, complètement, sans risque ?

— Jane, tu m'as bien dit l'autre jour que ton oncle était immunisé contre le sang des sorcières ? Tu ne crois pas que s'il peut l'être, alors peut-être que moi aussi...

— Les choses sont différentes, et l'histoire de mon oncle Damien est compliquée. Je ne... La seule chose dont je suis sûre, c'est qu'en goûtant mon sang, tu cours le risque d'une mort pénible et douloureuse. Et je refuse de prendre un tel risque.

— Oui, sans doute…

— Sans doute ? Michael…

Elle lui prit la tête entre les mains et le força à la regarder droit dans les yeux.

— … répète après moi : sang de sorcière égal cocktail de mort.

— Je sais, mais tu n'es pas…

— Le sang de ma mère coule dans mes veines. Et c'est une sorcière. Maintenant, ça suffit. Je ne te laisserai jamais me mordre.

Elle semblait déterminée, il pouvait le voir à l'éclat qui brillait dans ses yeux. Hélas, les choses n'étaient pas aussi simples. Car s'il ne pouvait pas la mordre, il ne pourrait rien vivre de vrai avec elle.

— Jane, il faut que tu comprennes une chose à mon sujet. Toi et moi, s'il doit y avoir un toi et moi… Le sang est au centre de tout, tu le sais bien. Si je ne peux pas boire le tien…

Jane s'assit sur le lit et se tourna vers lui. Des pétales de roses étaient collés sur ses bras.

— Je ne suis pas comme les autres femmes. Tu n'as pas besoin de mon sang, Michael. C'est une idée que tu te fais.

— Jane.

Il lui saisit la main et la fit asseoir près de lui.

— Je *sais* que j'en ai besoin, affirma-t-il. C'est ma vérité, alors, s'il te plaît, entends-la.

Alors que les doigts de Michael chatouillaient son bras nu, Jane sentit qu'elle ne pourrait jamais lui garder rancune de quoi que ce soit. Surtout concernant un phénomène qu'ils ne pouvaient gérer ni l'un ni l'autre.

— Si je ne dois jamais connaître le goût de ton sang, expliqua Michael, alors tu ne feras jamais partie de moi.

— Mon père n'a jamais goûté mon sang et nous sommes pourtant très proches.

— Je te parle de sexe, Jane. Ne fais pas comme si tu ne comprenais pas.

Bien sûr qu'elle comprenait. Le sexe sans le sang, c'était différent. Et sans le sexe, le sang n'avait aucun sens. Le mariage sexe et sang, en revanche, c'était toute la vie de Michael. Ne voulait-elle pas faire partie de sa vie ?

Si, tu le veux. Alors pourquoi ériges-tu un mur entre nous ?

Parce que le fait d'être dans l'ignorance l'empêchait de se laisser aller. Et parce qu'elle était venue dans cette petite ville avec un but bien précis : accomplir le rituel.

Ravin trouverait-elle à temps une source ? Et quand bien même elle la trouverait… Si Michael et elle passaient par-delà le rituel et songeaient à faire leur vie ensemble, quel genre de couple formeraient-ils ?

En vérité, Michael ne pourrait jamais boire de son sang. Il n'éprouverait jamais de véritable communion avec elle.

Jane soupira et posa la tête sur son épaule. Ce n'était pas le moment de se perdre dans ce genre de pensées. Il fallait profiter de l'instant. Enlacer cet homme, profiter de ce qu'il avait éveillé en elle.

Quelque chose de merveilleux.

— Tu viens au concert, ce soir ? s'enquit-il.

— Je ne le manquerais pour rien au monde.

12

Si on lui avait demandé de choisir une bande son pour illustrer sa vie, Jane aurait opté pour le silence. A peine avait-elle fait dix pas sur la piste bondée du club, qu'elle sentit toute sa sérénité fuir loin d'elle. Des vagues d'agressivité et de luxure l'envahirent, martelant son psychisme de chocs invisibles. Elle fut rapidement assaillie par le désir et les pulsions qui vibraient dans toute la salle, dont les murs peints en violet foncé, presque noirs, donnaient l'impression d'être plongé dans un caisson obscur. Au plafond, un stroboscope lançait de brefs éclats frénétiques, tandis qu'une poignée de fans, agglutinés au bord de la scène y tambourinaient en rythme.

Pourtant, à son grand étonnement, Jane arriva indemne jusqu'au balcon. Chaque fois qu'elle avait l'impression qu'on allait la bousculer, elle était simplement effleurée par un bras ou une épaule. Sans doute un effet de sa magie, devina-t-elle, et un effet bénéfique, cette fois.

D'un hochement de tête entendu, un videur lui indiqua une table vide — celle du groupe.

Un groupe de femmes, maquillées à outrance, les seins siliconés débordant de hauts microscopiques, se mit à glousser tandis que Jane se glissait sur une banquette en demi-cercle surplombant la scène.

— Jane ?

Un homme en costume gris à fines rayures rouges se

précipita pour lui tendre la main, sans cesser de siroter ce qui ressemblait à un Martini.

— C'est vous la copine de Michael ?

— Euh, oui.

Entendre son statut confirmé par un inconnu donnait plus de réalité à la situation. Oui, elle était bien la copine de Michael — et heureuse de l'être, merci.

— Phil Sloane, dit l'homme. L'agent du groupe.

Jane lui serra la main et dut crier pour couvrir la voix de l'animateur qui venait d'apparaître sur la scène en poussant un rugissement pour exciter la foule.

— C'est ici que je suis censée m'asseoir ?

L'homme traça d'un geste une ligne invisible entre ses yeux et la scène.

— C'est ça ! En plein dans le champ de vision de Michael. Je vais chauffer la salle, mais je reviendrai dans un petit moment. Qu'est-ce que je vous apporte à boire ?

— Du vin blanc, s'il vous plaît.

— Pas de bière ?

L'homme eut un sourire narquois.

— Mais où Michael vous a-t-il dénichée ? Je reviens tout de suite !

Michael ne l'avait dénichée nulle part, songea-t-elle en regardant Phil se frayer un chemin en direction du bar situé au niveau supérieur. Ils s'étaient rencontrés par hasard, réunis par une remarquable coïncidence de leurs aspirations personnelles. Mais qui des deux verrait ses besoins satisfaits ?

Elle pouvait assurément venir en aide à Michael. Avec quelle stupéfaction avait-elle découvert que ses brûlures au front et à l'épaule avaient complètement disparu, et tout ça grâce au sexe !

Mais elle, qu'avait-elle à y gagner ? Elle repoussa une idée qui voulait s'infiltrer dans son esprit. Pourquoi cela aurait-il été égoïste de sa part de vouloir retirer de leur relation une quelconque satisfaction ?

Un roulement de batterie fit monter un rugissement de la foule, l'interrompant dans ses pensées. Il lui fallut un moment avant de s'adapter à cette déferlante de bruit, et le temps qu'elle y parvienne, trois guitares s'étaient jointes à la batterie.

Un peu plus bas, des disciples aveugles boxaient l'air en cadence de leurs poings serrés. Les têtes s'entrechoquaient, les hanches ondulaient et la foule interpellait ses héros. Une énorme vague d'énergie monta de la piste de danse quand Michael se mit à chanter.

C'était fascinant de voir les Déchus se produire en public. Sur la scène régnait une frénésie déchaînée, accompagnée de hurlements sauvages, et Jane sentait tout son corps vibrer et résonner violemment de la supplique que Michael lançait en direction de la foule avec une énergie débordante.

Et quelle voix… Envoûtant le public d'un feulement sensuel parfaitement contrôlé, Michael grimpait ensuite deux octaves pour pousser des hurlements incroyables sans même reprendre sa respiration.

Michael n'avait-il pas dit quelque chose sur le rôle essentiel du hurlement ?

Cet homme régnait sur la salle, commandait à la foule, lui ordonnait de succomber à cette cérémonie faite de bruit et de gesticulations désordonnées.

Sexy ? Félin, véloce, Michael était sur scène comme un dieu svelte et souple, balançant la tête en cadence, faisant voler ses cheveux en tous sens ; sans cesse en mouvement, il électrisait l'air autour de lui. Il était torse nu et son pantalon noir hypermoulant le rendait encore plus sexy.

Lorsque le groupe attaqua la deuxième chanson, les trois

guitaristes s'alignèrent au bord de la scène et se mirent à jouer en hommage à leur maître — le public.

La chanson de Michael était comme un sortilège cruel. Brandissant son micro comme un totem phallique, il crachait des paroles que le public tout entier reprenait. Bras tendu devant lui, il entraînait la foule et se désignait lui-même du doigt, symbole de sauvagerie et d'euphorie.

Et tout à coup, Jane eut une illumination.

Elle comprenait à présent pourquoi les filles se pâmaient devant les rock stars. Avec son air d'ange vengeur terrassant le diable en personne, Michael dominait la foule. Dans ses yeux brillait une lueur sauvage tandis qu'il parcourait du regard chacune des têtes qui se balançait en cadence, chacun de ces adolescents en délire. Il avait un sourire éblouissant qui captait la lumière des projecteurs comme une lame réfléchit les rayons du soleil.

Et tandis que le public se repaissait de son sourire, Michael narguait Jane depuis son refuge, ébranlait le rempart derrière lequel elle abritait soigneusement sa vie. Pendant des décennies, elle s'était satisfaite de vivre dans l'ignorance du monde, se contentant simplement d'exister. Car écouter son cœur n'apportait que douleurs et souffrances.

Réveille-toi, douce Jane.

Quelle merveilleuse euphorie recélait cet homme, vibrant de passion malgré son tourment. Elle désirait Michael Lynsay, cet ange noir, ce chanteur extraordinaire. Ce vampire. Elle rêvait de son énergie et de sa sombre vitalité.

L'espace d'une seconde, leurs regards se croisèrent. Balançant la tête en cadence avec la batterie qui enchaînait plus calmement sur la chanson suivante, Michael lui décocha un clin d'œil. Dans la foule, ce fut le délire. Chacun croyait que l'œillade lui était adressée.

Mais Jane, elle, savait. Elle sentit le lien qui les unissait traverser la salle. Et le chatoiement, marque exclusive des vampires, s'infiltra par ses pores pour envahir son âme tout entière. Michael prenait possession d'elle, mêlant sa séduction perverse à sa magie naturelle. C'était ça la vie, cette sensation d'être vivant.

Avant de continuer, Michael murmura dans son micro :

— Je dédie cette chanson à la douce Jane.

Ce n'était pas une chanson d'amour. Jane devina que le groupe ne donnait pas dans la guimauve. Mais lorsqu'il entonna un couplet sur les souvenirs d'enfance en évoquant une promenade dans un jardin, Michael croisa de nouveau son regard.

— Oh, il est trop mignon ! roucoula une fille à la table voisine de celle de Jane. Et il arrête pas de regarder par ici ! Vous avez vu ? Cette nuit, je vais me le faire !

Jane éclata de rire si fort qu'elle s'en étrangla.

— C'est quoi ton problème ?

La femme qui avait parlé se tourna vers elle et se pencha sur la banquette en vinyle noir.

— Tu crois peut-être que c'est toi qu'il regarde, hein ?

Elle remua le buste de façon suggestive, ce qui fit tressauter ses seins impressionnants.

— C'est mes bonnets E qu'il matait, pauvre nulle. T'as mieux à offrir ? Ça m'étonnerait.

Elle se retourna vers ses copines et toutes se mirent à glousser.

Ces filles étaient ivres. C'était juste un groupe de pauvres filles maquillées comme des voitures volées. Sûrement pas le genre de Michael.

Quoique ?

Jane balaya la salle du regard, scrutant le balcon,

puis baissa les yeux sur la piste de danse. Rien que des poupées Barbie branchées sexe — tenue sexy et maquillage à l'avenant. C'était ça, l'univers de Michael. Evidemment qu'il couchait avec ce genre de filles.

Comment, songea-t-elle sombrement, comment pouvait-elle imaginer rivaliser avec ce genre de filles toutes seins dehors, manifestement prêtes à tout pour s'envoyer en l'air ?

Oh, arrête ! Il se fiche bien des tailles de soutien-gorge ! Et regarde un peu ces tonnes de maquillage... N'importe quel homme refuserait d'embrasser ces lèvres tartinées de rouge.

Pas sûr...

— Jane Rénan ?

Elle se retourna et découvrit que quelqu'un s'était glissé sur la banquette voisine de la sienne. Elle se raidit. Un jeune homme, les cheveux en brosse, la fixait d'un regard d'un bleu inquiétant.

— Comment connaissez-vous mon nom ?

Sans répondre, il fouilla dans son blouson et en sortit un iPod qu'il déposa sur la table, devant elle.

— Ça appartient à votre copain.

Interloquée, Jane le dévisagea fixement.

— Michael Linsay, c'est bien votre copain, non ?

Comme elle ne répondait toujours pas, il ajouta :

— Vous lui direz que Sylvan Banks lui a rapporté ça. Il comprendra bien assez tôt.

Puis il se leva de la banquette et se mêla à la foule.

Encore stupéfaite, elle se mit à tapoter le baladeur. Ce type avait-il mis le nez dans les chansons de Michael ou dans les autres fichiers ? Michael conservait-il là-dedans de choses susceptibles d'éveiller la convoitise de quelqu'un ?

Brutalement ramenée au présent par un spectaculaire

fracas de batterie, Jane reporta son attention sur la scène et croisa le regard intéressé de Michael. Elle se tourna vers la table voisine de la sienne. Une demi-douzaine de paires de seins se trémoussaient ostensiblement.

Elle en avait assez vu pour ce soir.

13

Une bouffée d'air sec, mêlé de fumée de cigarettes, emplit les poumons de Michael. Près de la porte de service, deux douzaines de femmes faisaient le pied de grue, la plupart brandissant un bout de papier dans l'espoir d'obtenir un autographe — requête qu'il ignora. Au lieu de quoi, il leur tapa dans les mains et répondit d'un hochement de tête à leurs cris d'enthousiasme.

Soudain, une croix en or jeta un éclair et une angoisse inexplicable força Michael à détourner le regard. *Eviter le sacré.* Il s'esquiva sur la droite, mais une femme tira sur son T-shirt marqué du logo des Déchus et il le lui abandonna sans regrets. En revanche, pas question d'abandonner son pantalon !

Par chance, le videur déboula du club par la porte de service et entreprit de maîtriser les femmes, si bien que Michael parvint tant bien que mal à traverser le parking et s'engagea dans la ruelle pour fuir le chaos.

C'était comme fuir sa propre soirée. Mû par l'envie d'y retourner et de se repaître de l'adulation de ses fans, il jeta un regard vers les gens qui traînaient à l'extérieur du club.

Ce soir, il n'avait pas ressenti le besoin impérieux de planter ses crocs dans le cou de quelqu'un. C'était le côté positif des concerts : l'euphorie de la scène s'apparentait à la décharge d'adrénaline qu'il éprouvait en buvant du sang. Ça lui suffirait jusqu'au matin.

Mais la douleur qui cognait dans sa poitrine n'avait rien à voir avec la soif de sang. Il lui manquait quelque chose et il ne pouvait concevoir de rentrer avant de l'avoir trouvé.

Il tourna à l'angle de la ruelle et scruta la rue où s'alignait une demi-douzaine de boutiques et de bistros. Là, devant une boulangerie, se tenait une sirène aux reflets cuivrés, en pleine conversation avec quelqu'un — homme ou femme, vu d'ici, c'était impossible à dire.

Il traversa la rue à grandes enjambées, bras écartés.

— Jane ! Mais qu'est-ce que tu fiches ? Tu ne peux pas filer comme ça sans prévenir !

La personne avec qui elle parlait se tourna. Les mains sur ses hanches, l'air insolent, elle huma l'air avant de gronder :

— C'est *lui* le Michael dont tu me parlais ?

— Oui, répondit Jane en coulant vers lui un regard ambigu, c'est Michael Lynsay quand il joue à être une rock star. Michael, je te présente Ravin Crosse, la femme dont je t'ai parlé.

Le sang de Michael se figea. Il fit un pas en arrière et leva les mains en geste d'apaisement.

— Je me souviens. La sorcière milicienne.

Visiblement propriétaire du chopper garé en bas de la rue, la femme vêtue d'un blouson et de jambières en cuir dominait la situation en dépit de sa silhouette menue.

— Tout juste, et tu ferais mieux de te préparer à mourir, vampire !

— Ravin, non ! protesta Jane. Je ne veux pas que Michael meure.

Ce dernier allait acquiescer quand Ravin se tourna vers Jane. Un rayon de lune se refléta sur l'énorme croix en argent qui pendait au cou de la sorcière, et il recula d'un pas, blessé par l'éclat du crucifix.

— Ne t'inquiète pas, intervint Jane en s'interposant entre lui et Ravin, je ne la laisserai pas te faire de mal.

Tant mieux. Car ce crucifix, effilé comme la lame d'un poignard, n'était qu'un avant-goût des souffrances que cette femelle vengeresse aurait pu décider de lui infliger.

S'avançant d'un pas, il s'adressa à Ravin :

— Pourquoi me veux-tu du mal ? Je ne t'ai jamais rien fait, je n'ai jamais rien fait à personne. Je suis un gentil, moi. Alors lâche l'affaire.

— Un gentil ? Ça n'existe pas, les gentils vampires !

Ravin se tourna vers Jane.

— Notre conversation n'est pas terminée, Jane. Il faut qu'on se parle très vite. A demain.

Elle jeta un regard meurtrier à Michael et cracha :

— Quant à toi, tu ne perds rien pour attendre. Vampire !

Puis elle s'éloigna d'un pas vif, enfourcha son chopper, fit rugir le moteur et partit en trombe.

— Cette femme est folle ! s'exclama Michael après que la moto eut bifurqué hors de leur vue.

— Ravin n'est pas folle, protesta Jane. Elle n'aime pas les vampires, c'est tout, et du coup, elle réagit parfois de manière... excessive.

Michael sentit une espèce de rage monter en lui. Il venait de se faire menacer par une folle furieuse qui avait juré d'avoir la peau de tous les vampires de la Terre et qui se promenait avec deux pistolets accrochés dans le dos, et Jane aurait voulu qu'il se montre compréhensif ?

Il s'apprêtait à laisser éclater sa colère, mais elle retomba d'un seul coup lorsqu'il vit Jane s'étirer en bâillant devant lui. La soie de son chemisier épousait tous ses mouvements, et ne laissait rien ignorer de ses mamelons durcis. Le clair de lune glissa sur ses mèches les plus blondes.

— Le concert est fini ? dit enfin Jane.

— Depuis vingt minutes.

— Je vois qu'une fan au moins est repartie satisfaite...

Michael passa la main sur son torse nu et sentit une griffure sous ses côtes. La femme qui lui avait arraché son T-shirt s'était aussi servie de ses ongles.

— Ça fait partie du boulot, expliqua-t-il en haussant ls épaules. Quand je rentre chez moi avec le T-shirt que j'avais avant de partir, c'est que quelque chose ne va pas.

Il esquissa un sourire grinçant, puis il se passa la main dans les cheveux.

— Pourquoi es-tu partie, Jane, alors que je t'avais demandé de ne pas bouger ?

— J'avais besoin de prendre l'air. J'étais saturée jusqu'à l'écœurement par toute cette fumée et ces relents d'alcool qui m'assaillaient des quatre coins de la salle.

— Pourquoi n'as-tu pas dit à quelqu'un où tu allais ? Enfin, Jane ! Tu ne peux pas filer comme ça.

— Et pourquoi pas ? lança-t-elle. Parce que je suis la copine de Michael Lynsay ? Tu crois que ça te donne un droit de propriété sur moi ? Mais tu as oublié de m'enchaîner à la table, mon chéri, tu t'attendais à quoi ?

Stupéfait, il la dévisagea comme s'il n'avait jamais vu la jeune femme qui se tenait devant lui. En colère, elle était encore plus belle. Plus désirable. Plus vivante.

— Jane, dit-il en voulant la prendre dans ses bras, qu'est-ce qui te prend ?

— Et toi, renchérit-elle en se dégageant de son étreinte, ses yeux lançant des éclairs, qu'est-ce qui te prend ? Je suis tout à fait capable de prendre soin de moi, je ne t'ai pas attendu pour ça ! Et puis je ne suis pas allée bien loin, et regarde sur qui je suis tombée : Ravin. S'il y a quelqu'un qui m'aurait défendue contre les méchants, c'est bien elle.

Les méchants ? Michael sentit tout son corps se raidir.

— Vampire égale méchant, c'est ça ? C'est comme ça que tu me vois ? Comme un méchant ?

— Oh, Michael, je t'en prie !

— Non, dis-moi. Je dois savoir si tu trembles de peur quand je te fais l'amour. A moins que… tu n'assouvisses une sorte de fantasme chaque fois que tu couches avec moi ?

Cette fois, le regard qu'elle lui lança était franchement assassin.

— Je m'en vais. A l'évidence, je ne suis pas ton genre de fille.

— Jane, arrête !

Michael la rattrapa et la serra tout contre lui, enfouissant son nez dans ses cheveux. Elle ne sentait pas le lilas, mais le tabac et l'alcool.

— C'est ma faute.

Pas de réponse.

— C'était beaucoup te demander, admit-il. J'aurais dû attendre et t'inviter à un concert plus intimiste.

Il frissonna contre elle, son corsage de soie chatouillait son torse nu. C'était terriblement excitant — pas l'air frais non, mais… Oh, oui ! Ses mamelons durcis imploraient ses caresses. Elle avait beau prétendre être en colère, elle était tout aussi excitée que lui.

— Mais tu as vu ? Je t'envoyais des messages d'amour depuis la scène.

Elle s'écarta de lui.

— De l'amour, vraiment ? ironisa-t-elle. C'est pas un

peu exagéré, pour une fille qui ne couche avec toi que pour rechercher des émotions fortes ?

— Oh, Jane, tu sais très bien ce que je veux dire. Je tiens à toi, Jane. Tu m'as manqué pendant la dernière chanson. Je voulais la chanter rien que pour toi.

— Eh bien, je suis sûre que les femmes assises à la table voisine de la mienne ont beaucoup apprécié que tu la leur dédies.

Comme il lui lançait un regard interrogateur, elle précisa :

— Mais si, tu sais bien, ces filles en chaleur, avec des gros seins. En attendant, tu m'excuses, mais je vais sauter dans ma voiture et rentrer à la maison. Mais tu n'as qu'à continuer à t'éclater, à faire ce que tu fais après un concert, à…

— Jane, l'interrompit-il.

— Je suis fatiguée, Michael. Et j'ai eu ma dose de vacarme pour ce soir.

— Tu ne veux pas que je rentre avec toi à la maison ?

Ses mains quittèrent son dos, glissant sur le corsage de soie pour aller caresser ses seins. Il ne pouvait pas s'empêcher de la toucher.

Et à l'évidence, elle ne pouvait pas non plus s'empêcher d'aimer qu'il le fasse, malgré ses protestations. Très vite, elle se mit à ronronner de plaisir lorsqu'il lui cajola les seins, excitant ses mamelons doux et durs à la fois. Il en pinça un à travers la soie, et un éclair de désir le transperça comme une flèche. Depuis sa montée sur scène, il planait sous l'effet de l'adrénaline, mais là, c'était carrément le septième ciel.

— Oh, Jane…

Parcourant son cou de ses lèvres, il titilla sa veine, gorgée de sang, palpitante de vie. Ses canines pointues étaient des armes acérées, mais il refusa de les laisser descendre ; même son désir ne parvint pas à les libérer contre son gré. Il caressait simplement l'idée de mordre dans cette chair moelleuse, imprégnée d'une odeur mêlant la fumée et le lilas.

— C'est trop bon.

D'un ongle, elle lui effleura un mamelon. *Encore, chérie, touche-moi encore. Oui, ici. Sois brutale.* Il lui mordit le cou, les dents protégées par ses lèvres pour ne pas égratigner sa chair.

— On ne devrait pas faire ça dans la rue, en pleine ville, murmura-t-elle. Michael, j'ai envie de toi.

Elle glissa la main vers la ceinture de son pantalon, puis la laissa descendre un peu plus bas, et ce contact déchaîna le désir furieux de Michael.

— Michael, susurra-t-elle d'une voix sensuelle. Rentrons à la maison.

Quand Jane stoppa la Mini dans le garage de la maison, Michael s'en extirpa avec un grognement. Les quinze minutes de trajet n'avaient pas émoussé son désir, au contraire, et dès que Jane fut sortie de la voiture, il l'étreignit et la pressa contre lui. Puis, glissant les mains sous ses cuisses, il la souleva pour l'installer sur le capot. Il se pencha sur elle et répandit une pluie de baisers sur son cou et sa chevelure.

— Tu sens la fumée. Mais je crois quand même avoir trouvé quelques odeurs de fleurs, dit-il.

Là, dans le creux moelleux à la base de son cou, il huma son parfum de lilas. *Tentation enivrante, colorée, sexuelle.* Remontant la soie de son corsage, il exposa ses seins et lécha ses mamelons durcis.

— Je t'ai déjà dit à quel point j'aimais le lilas ?

Elle lui répondit par un gémissement de plaisir.

— J'aime le lilas, répéta-t-il, mais je pourrais aussi bien m'enticher de roses ou de n'importe quelles fleurs dans lesquelles tu choisirais de marcher pieds nus…

A cet instant, Jane enroula ses longues jambes autour de ses hanches et se pressa contre lui, excitant encore un peu plus chacun de ses sens. Michael poussa un grognement. Elle voulait passer aux choses sérieuses ? Qu'à cela ne tienne…

Il glissa une main sous sa jupe, ses doigts épousant l'arrondi de ses fesses. Pas de petite culotte. Son sexe était dur, et… et… Non, il ne fallait pas penser à ça ! Pour l'instant, le monstre n'avait pas secoué ses chaînes.

— Rentrons, murmura-t-elle alors. Nous serions mieux dans un lit.

— Chérie, je ne crois pas que je tiendrai jusque-là.

Des ongles acérés se plantèrent dans son torse. Michael s'écarta brusquement, surpris par la fougue de Jane. Avec un petit sourire, elle sauta du capot et fila à l'intérieur de la maison.

Il la suivit dans le couloir jusqu'au salon. Là, elle arracha une housse blanche, révélant un sofa recouvert d'un luxueux velours vert sur lequel elle s'allongea. Incapable de résister à cette vision tentatrice, il la rejoignit d'un pas vif, et lui ôta son chemisier avant de le lancer par terre.

— Comment as-tu pu te laisser impressionner par quelques bimbos siliconées ? Tu as des seins magnifiques. Et ils ont le goût du péché.

— Et ça a quel goût, le péché ? demanda-t-elle en lui tournant la tête de façon à ce qu'il puisse pleinement honorer ses deux seins — ce qu'il fit avec docilité.

— Le goût de la fumée et des fleurs. Maintenant, laisse-moi t'enlever cette jupe. Oh, oui…

Michael poussa un gémissement. Jamais encore il n'avait

rencontré de femme aussi réactive, aussi libre dans son corps, aussi prête pour le plaisir. C'était comme si, sous ses caresses, elle révélait enfin son vrai tempérament au grand jour.

Haletante, elle glissa une main vers son entrejambe, explorant la forme de son sexe raidi à travers son pantalon.

— Toi, d'abord, Michael…

Sans le quitter des yeux, elle lui ôta son pantalon, puis, d'un mouvement souple, elle se laissa glisser au sol, devant lui. Il était nu, et elle le mangeait du regard, excitant son désir d'une manière quasi intenable. Jamais ange n'avait eu sourire aussi démoniaque.

Enfin, ses lèvres grenat se posèrent sur son sexe bandé, et Michael sentit le monde chavirer autour de lui.

La tête rejetée en arrière, les doigts enfouis dans le cuivre désordonné des cheveux de Jane, il ferma les yeux et s'abandonna à l'audacieuse caresse de cette fille du diable.

Sa douce Jane qui flânait pieds nus dans les fleurs du jardin… Cette femme avait vécu plus de vies qu'il ne pourrait jamais l'imaginer. Elle connaissait le monde et avait probablement peaufiné ses talents d'amoureuse auprès de nombreux amants. Jane n'avait rien d'une fleur flétrie, effrayée par ses propres passions.

— Oh, chérie…

Michael serra les dents. Il aurait voulu faire durer ce plaisir, encore et encore, mais c'était impossible. Il ne pouvait plus attendre, il ne pouvait plus prolonger cette délicieuse torture.

Il atteignit l'orgasme dans un sursaut de noirceur douce-amère. Mais il n'eut pas le temps de relever la tête de Jane pour l'embrasser et se blottir dans ses cheveux avant de la caresser jusqu'à l'extase.

Ses crocs avaient décidé d'entrer en scène. Le monstre

s'était faufilé en lui sans crier gare. Il n'avait pas senti monter la faim.

Et maintenant, il était trop tard.

Il rejeta brutalement Jane loin de lui.

— Va-t'en ! Je ne veux pas te faire de mal !

Jane hésita un instant, puis elle se redressa maladroitement et tenta de s'échapper mais, d'un bond, Michael la saisit par le bas de sa jupe. Jane tomba par terre et heurta le parquet avec un cri de douleur.

Michael remonta son pantalon sur ses hanches et ordonna une nouvelle fois à Jane de se dépêcher.

Celle fois, elle ne lui jeta pas un regard et elle s'enfuit, sa jupe rose virevoltant hors de la pièce. Des pieds nus montèrent les marches quatre à quatre.

Le vampire contourna le sofa mais, au moment de passer le seuil de la porte, son corps eut un sursaut et se convulsa. Agrippé des deux mains au chambranle, Michael se recroquevilla sur lui-même. L'envie était si forte ! Elle le déchirait. Grondait en lui.

Quelques minutes plus tôt, son corps avait obtenu satisfaction. A présent, l'heure était venue d'assouvir sa véritable soif.

— Pourquoi ne puis-je arrêter ça ? gémit-il.

Il se contracta tellement que tout son visage s'empourpra ; à coup sûr une veine en lui allait se rompre, faisant jaillir le sang impur qui irriguait son corps.

— Je dois me battre !

Va la chercher.

Il courut le long du couloir, ses pieds prenant l'initiative avant même que son cerveau ait pu faire la part entre le bien et le mal.

Mais ça ne leur fait pas mal ! Elles prennent plaisir à se faire ponctionner du sang. Accorde-lui cette volupté !

— Jane !

14

Ce n'était pas un verrou de la taille de son petit doigt qui allait la protéger de quoi que ce soit cette nuit. En tout cas, pas d'une rock star déchaînée. Ni d'un monstre enragé.

Avisant le lit, une idée lui vint soudain à l'esprit. Le cadre était de bois, la colonne surmontée d'une boule chantournée de la taille d'un poing. Elle pouvait toujours dévisser le pied et le briser en deux. Un pieu.

— Non. Je ne peux pas lui faire ça, murmura-t-elle.

Mais que faire dans ce cas ?

A cet instant, elle aurait tout donné pour posséder une croix ou quelques gouttes d'eau bénite. Cela n'aurait d'autre effet sur Michael que de lui infliger une vilaine brûlure qui calmerait peut-être la bête enragée pour la nuit. Au moins le temps de le ramener à son cercueil où il succomberait au sommeil. Comme elle trouvait ce cercueil ridicule !

Même en sachant qu'en dernier recours, son propre sang pouvait lui servir d'arme contre un vampire, Jane n'avait jamais ôté la vie à personne et n'avait pas l'intention de commencer maintenant — et surtout pas avant la pleine lune.

Fonçant dans la salle de bains, elle ouvrit l'armoire à pharmacie. Dans la chambre, la porte tremblait. Michael grondait. Le monstre voulait du sang.

La bête aurait pu défoncer la porte, si elle l'avait voulu. Il y avait donc encore un code moral enfoui au plus profond de Michael qui le tenait à distance. Mais, au final, elle savait qu'il serait impuissant à surmonter son besoin inné de se nourrir. Il s'était enfermé dans un cercle vicieux de sexe, de sang et de rock'n'roll. Comme elle avait été naïve de croire qu'elle pourrait le changer !

Elle passa en revue ce dont elle pourrait se servir pour lutter contre lui. Elle ne disposait que d'une brosse à dents, d'un tube de dentifrice, d'un rasoir en plastique et... d'un flacon d'aspirine. Deux cent cinquante comprimés d'aspirine.

Elle fixa un instant le flacon. N'avait-elle pas toujours entendu dire que les vampires ne pouvaient s'empêcher de compter tout ce qui leur tombait sous les yeux ? Les tombes, les fleurs... Alors pourquoi pas les cachets d'aspirine ?

— Ça devrait l'occuper un moment.

S'emparant du flacon, elle le déboucha et retira l'opercule argenté. Au même moment, la porte de bois émit un craquement et un gond vola dans les airs, manquant la joue de Jane de quelques centimètres.

Michael apparut, torse nu, haletant, bras écartés. Une âme déchue s'efforçant de s'arracher aux flammes de l'enfer. Un homme luttant pour maîtriser ses sombres pulsions.

— Va-t'en, Jane, siffla-t-il. Je t'en prie.

— Non.

Elle n'avait pas pour habitude de fuir devant un défi. Et pour aller où, de toute façon ?

— Nous avions passé un marché, Jane, gémit-il, manifestement à la torture de se retenir de se jeter sur elle. Tu devais t'enfuir quand je te l'ordonnerais. Ne me pousse pas à faire quelque chose que je regretterai.

— Respire profondément, Michael, et essaie de te calmer.

— Trop tard.

Il se passa la langue sur la lèvre.

— J'ai l'odeur de ton sang dans les narines. Tu es à l'intérieur de moi, Jane.

Il entra dans la chambre d'un pas raide. Il s'efforçait de combattre le monstre, de le retenir. Elle le sentait. Et il fallait qu'elle détourne son attention.

D'un geste sec, elle éparpilla la moitié des comprimés sur le sol, recula et contourna le lit, mettant ainsi une barrière entre Michael et elle.

Oh, mon Dieu ! Pourvu que ça marche !

Il enjamba l'aspirine répandue, mais une fois de l'autre côté, s'arrêta pour contempler les petits comprimés blancs.

— Qu'est-ce que c'est que ça ?

— Combien y en a-t-il, à ton avis ? lança Jane en grimpant sur le lit, sortant de son champ de vision.

Les bras repliés, la poitrine haletante, Michael inclina la tête sur le côté telle une bête intriguée, et fixa le sol. Il avait cessé de haleter et de gronder. Il se pencha, fasciné par les comprimés d'aspirine.

— Il doit y en avoir des centaines. Pourquoi les as-tu renversés ? Jane ! Où vas-tu ?

Il releva la tête, visiblement partagé entre l'envie de compter compulsivement les comprimés et celle de suivre sa proie. Ayant atteint la porte qui tenait encore à un gond, Jane fit tomber un autre cachet d'aspirine et Michael se dirigea vers elle, tout en ramassant chaque petit cachet blanc sur le chemin.

Jane battit en retraite dans le couloir et alla jusqu'à l'escalier, semant derrière elle un sillage de comprimés d'aspirine. Conduisant la créature jusqu'à son antre. Pourvu que son stratagème ne se retourne pas contre elle !

Penché en avant, obnubilé par sa tâche, Michael apparut sur le seuil de la chambre, ramassant les cachets qu'il comptait tout en la suivant jusqu'à l'escalier.

Lorsqu'elle atteignit la dernière marche menant au sous-sol, Jane renversa les derniers comprimés dans le cercueil ouvert et se fondit dans l'ombre. Rasant le mur, elle lança son bras en avant et frappa le poing fermé de Michael, qui descendait dans l'obscurité.

Les comprimés d'aspirine volèrent, atterrissant sur le sol en ciment et s'éparpillant dans les ombres de la pièce.

— Pourquoi tu as fait ça ?

Il se jeta sur les comprimés, et elle grimpa l'escalier en hâte.

— C'est pour ton bien, Michael. Reste en bas, je t'en prie. Essaie de dormir, ça ira mieux demain.

Arrivée en haut des marches, elle referma la porte. Mais celle-ci n'avait pas de verrou.

Soufflant sur les mèches qui lui tombaient sur les yeux, Jane s'adossa contre le mur. Fuir ne rimait à rien. Soit Michael avait suivi son conseil et il s'était couché en attendant que ça passe, soit le monstre allait bientôt tambouriner à la porte. La nuit promettait d'être longue...

La bête dormait. En fait, rien ne bougea en bas avant le milieu de l'après-midi suivant. Bien que furieuse contre Michael, qui l'avait poursuivie de sa rage la nuit précédente, Jane ne pouvait se résoudre à lui en vouloir.

Quand avait-elle commencé à éprouver des sentiments pour lui ? Après leur premier baiser dans le jardin ?

Non, ça datait de ce matin qui avait suivi leur nuit d'amour, quand elle s'était réveillée dans un lit de pétales de roses. Elle avait cherché la brûlure sur le visage de Michael et ne l'avait pas trouvée. Il était guéri.

Aussi ne le blâmerait-elle pas d'avoir dérapé la nuit précédente. Cet homme était un drogué. On ne guérissait pas d'une addiction, on la gérait. Et ils avaient lentement commencé à maîtriser le monstre qui vivait à l'intérieur de Michael.

Alors que Jane apposait la touche finale au troisième vitrail, les lames du parquet craquèrent dans le couloir. Sans se retourner, Jane écouta Michael s'agiter dans son dos.

Il faisait les cent pas ? Le frottement de son pantalon en suédine lui semblait ridiculement bruyant. Cet homme était toujours en mouvement. Animé d'une sensualité chaotique. Impossible de repérer sa respiration — elle ne pouvait donc déterminer son humeur. Pourtant sa magie s'éveilla, cherchant à dresser une barrière entre elle et lui. Et si finalement, c'étaient ses pouvoirs qui avaient tenu le vampire à distance la nuit dernière ?

La source. Cet homme est une source idéale. Allez, Jane, il t'est tombé dans les bras. Tu n'as pas besoin de Ravin. Ce qu'il te faut, c'est mettre un terme à cette amourette ridicule.

Fermant les yeux, Jane lutta contre la voix de la tentation.

Il a failli te mordre. Pourquoi ne te sers-tu pas de lui ?

Finalement, Michael contourna l'établi et prit quelques instants pour examiner son travail. Ne trouvant pas les mots qui auraient pu changer leur perception de la nuit dernière, Jane préféra opter pour le silence.

Michael inspira à fond et se pencha sur l'établi. Son poing s'abattit sur la planche de contreplaqué, dérangeant les pièces de verre. Il ouvrit la main et des dizaines de comprimés blancs se répandirent sur une plaque d'un rouge vibrant.

Sa bouche s'incurva en un bref sourire.

— Qu'est-ce que tu comptais faire avec ça ?

Encouragée par son sourire, Jane poussa un soupir de soulagement. L'espace d'un instant, elle avait craint qu'il ne bondisse sur elle pour terminer ce qu'il avait voulu commencer la nuit dernière.

Elle secoua la tête, encore surprise du pouvoir que lui avait donné une chose aussi banale. De l'aspirine.

— Quel est le meilleur moyen de triompher d'un vampire ? répliqua-t-elle. Lui donner quelque chose à compter. La tradition populaire raconte comment les paysans enterraient jadis les éventuels vampires avec des filets de pêche. Comme ça, si le corps du défunt se ranimait et qu'il cherchait à partir en quête de sang, il était obligé d'abord de compter tous les nœuds du filet. Tu ne le savais pas ?

— Dans ces moments-là, je ne sais pas grand-chose. Je veux juste du sang. J'en veux et j'en bois. Donc... pour triompher de moi, il faut me donner quelque chose à compter ?

— Ça a marché, non ?

Il joua avec un cachet, puis il recula et laissa échapper un éclat de rire.

— Oh, Jane ! Cette nuit, tu as réussi à dompter le plus cruel des vampires. Avec ton flacon de comprimés.

Tout à coup, Michael se frappa le front de la paume, sous le coup d'une révélation soudaine.

— Jane, je viens de comprendre ! Je n'en reviens pas. Depuis tout ce temps...

Il se passa les doigts dans les cheveux.

— J'ai toujours aimé compter. C'est bizarre, non ?

— C'est assez logique.

— N'est-ce pas ?

— Alors, dit-elle en passant une main sur le vitrail qu'elle venait de réaliser, tu te sens moins affamé aujourd'hui ?

— Oui. Une fois en bas, j'ai réussi à me calmer, dans le noir. Seul avec mes comprimés d'aspirine. Ainsi, ça marcherait avec n'importe quoi ? Un tas de pierres ou une pile de médiators ? N'importe quoi qu'on peut compter ?

Jane acquiesça d'un hochement de tête.

— C'est tellement bizarre.

— Mais bien moins dangereux qu'un pieu, tu ne trouves pas ?

Michael reporta soudain son attention sur la table. Une lueur proche de la peur étincela dans son regard.

— Qu'est-ce que tu insinues ? demanda-t-il.

— J'avoue que j'ai envisagé cette solution, la nuit dernière.

Après tout, Michael méritait de connaître la profondeur du désespoir qu'elle avait éprouvé.

— Sérieusement ?

— Sérieusement.

De la main, elle balaya le vitrail des restes de ruban de cuivre adhésif et se recula pour juger du résultat.

— Tu es dure, Jane. Je t'ai déjà dit que pour rien au monde je ne voudrais te faire de mal.

— Et je te crois. Mais c'est quand même toi qui as enfoncé la porte de ma chambre cette nuit, non ?

— Je pourrais te répondre que c'est mon côté obscur, mais ça serait une mauvaise excuse. Jane, je n'ai pas le choix. Je dois assumer les actes du monstre.

Il s'interrompit un instant, puis articula lentement :

— Il fait partie intégrante de moi.

— Oh, Michael, c'est la chose la plus sensée que tu m'aies dite jusqu'ici !

Non, elle ne pouvait se détacher de ce vampire. Ni songer à se servir de lui pour le rituel. Ça ne se passerait pas comme ça. Dans la vie, certaines choses ne valaient pas le coup d'être sacrifiées. La confiance de cet homme, par exemple.

— Je crois qu'on est allés trop loin, cette nuit, reprit-elle. On aurait dû s'y prendre plus progressivement.

— Trop loin ? répéta-t-il, une lueur coquine s'allumant dans son regard. Jane, je ne sais pas où tu as appris à faire l'amour comme ça, mais quand tu t'y mets, on a du mal à freiner les choses...

— Je ne plaisante pas, Michael. Je pense que nous devrions y aller un peu plus doucement avec le sexe.

— C'est bien aussi de faire durer le plaisir...

Il se pencha par-dessus l'établi en contreplaqué et ses cheveux frôlèrent sa main.

— ... toute la nuit, nous deux, enlacés.

— Oui, et à mon avis c'est pour cette raison que ça a marché l'autre fois, sous la douche. Nous étions tous les deux fatigués et on y est allés en douceur. Et peut-être tes sens ont-ils été distraits par l'eau. Tu ne pouvais pas te concentrer sur la pulsion de colère qui était en toi.

— C'est possible.

— C'est même probable. Il nous faut être raisonnables. Soit on y va doucement, soit on prend des précautions.

Assemblant quelques pièces de verre émeraude, Jane forma une feuille dans le quadrant inférieur du vitrail numéro trois. Michael ramassa les comprimés d'aspirine et les balança dans le carton qu'elle gardait sous la table pour y jeter les chutes et débris.

— Alors, s'enquit-elle, comment te sens-tu aujourd'hui ?

— Bien.

— Mieux ?

— Tu veux dire, plus fort ? Plus puissant ? Je crois, oui. Et cette nuit, nous ne sommes même pas allés jusqu'au bout. Ça marche vraiment, Jane.

— Ravie d'apprendre que je peux t'être utile.

Elle vit une ombre passer sur son beau visage.

— Je ne fais pas ça que dans le but d'accroître ma puissance, Jane. Si c'est ce que tu penses...

— Je ne pense rien. Je sais que ça n'a rien à voir.

— Exactement. A moins que... ? Et si c'était ta magie qui m'attirait ? Toi qui m'incitais à agir ainsi ?

Jane laissa échapper une pièce de verre qui se brisa en deux.

— Comment oses-tu suggérer une chose pareille ? Je n'ai pas besoin de manipuler un homme pour qu'il ait envie de coucher avec moi !

Elle jeta les bris de verre dans le carton et se dirigea d'un pas décidé vers les fenêtres.

Envahie par une colère subite, elle se mit à taper du pied contre le sol.

Quel idiot, ce type ! Si imbu de sa personne !

Michael vit le vitrail vaciller, mais le temps de songer à prévenir Jane, il comprit que c'était trop tard. Il s'élança vers elle alors que l'édifice de verre haut de deux mètres cinquante basculait en avant dans un silence total.

Jane fit volte-face, vit ce qui se passait et eut un mouvement de recul.

— Non, va-t'en ! cria-t-il, mais il était trop tard.

Le vitrail tomba. Une myriade de couleurs fendit l'air en direction de Jane. Michael attendit son cri. Mais il ne vint pas.

Le vitrail ne s'écrasa pas au sol, n'explosa pas en milliers d'éclats scintillants.

Jane s'était accroupie, les mains levées comme pour retenir le vitrail. Le verre, en morceaux colorés azur, rouge et émeraude, planait à quelques centimètres de ses doigts. Le vitrail tout entier était en suspension dans l'air, à mi-chemin du sol, intact.

Elle le… retenait ?

Michael ne savait comment réagir. Soit il poussait Jane et la sauvait d'une mort certaine. Soit il empoignait le vitrail et le projetait au loin. Quelle action serait la plus rapide ?

Avant qu'il ait pu se décider, le verre se fendit et poursuivit sa chute vers le sol, de chaque côté de Jane.

Elle ne criait toujours pas. Elle était comme pétrifiée. Et, toujours immobile, elle regarda tomber le vitrail, bouche bée, sans qu'un éclat ne vienne entailler sa chair.

Du verre rubis étincela avant de s'écraser sur le parquet. Des fragments azurés, aux bords luisants comme des lames mortelles, s'éparpillèrent dans toute la pièce en épargnant la jeune femme.

Quand tout fut fini, Michael saisit Jane et l'entraîna loin des morceaux de verre. Elle se cramponna à lui, tremblante. L'odeur de sa peur lui faisait une aura semblable à un essaim d'insectes pris dans ses cheveux.

Michael la serra de toutes ses forces comme s'il voulait ne faire qu'un avec elle, ne serait-ce que pour lui offrir un abri. Pourtant, le parfum de sa peur fit sortir ses dents. Il ouvrit la bouche, luttant contre sa pulsion involontaire.

— Michael ?

Le corps tendu dans son combat contre l'envie de sang, il l'enlaça plus fortement, soucieux de la réconforter alors qu'il luttait contre lui-même.

Sur le sol, à l'endroit exact où s'était tenue Jane, il n'y avait pas un seul morceau de verre.

— Le verre est tombé autour de toi ?

Jane parvint à se retourner dans l'étau des bras de Michael pour contempler le désastre.

— *Mon Dieu...*, murmura-t-elle. Ça marche vraiment.

Un frisson de peur la fit se plaquer contre Michael — non, ce n'était plus de la peur. Il ne sentait plus le relent âcre de l'angoisse exsudé par tous ses pores, cette odeur avait été remplacée par la douceur et la chaleur qu'il avait ressenties le jour où il avait rencontré Jane. La joie l'avait emporté sur la peur — et les dents de Michael se rétractèrent.

Il poussa un terrible soupir de soulagement, et elle le regarda, totalement inconsciente de la lutte intérieure qu'il venait de mener.

— Je ne comprends pas, dit-il. Pourquoi le verre ne t'a-t-il pas entaillée ?

— Il y a quelques semaines, une telle chose ne serait jamais arrivée, affirma-t-elle. Tout s'est passé si vite, mais... Je l'ai *contrainte* à m'éviter. J'ai invoqué ma magie, Michael. C'est *moi* qui ai fait ça.

— Comment ça ? Tu veux dire que c'est... depuis que tu m'as rencontré ?

Jane hocha la tête et voulut inspecter le vitrail brisé, mais Michael la tint contre lui. Elle était pieds nus.

Il la souleva dans ses bras et elle l'enlaça en l'embrassant.

— C'est grâce à moi ? demanda-t-il. Vraiment ?

— Comme je n'étais pas sûre que ça se produirait, j'ai préféré ne rien dire. Quand nous faisons l'amour, tu puises de la magie en moi. Or, je ne sais pas pourquoi, Michael, mais tu as libéré les pouvoirs que j'ai toujours été incapable de contrôler.

— Donc... nous sommes bénéfiques l'un à l'autre ?

— Oui.

Il sortit à grands pas de l'atelier, évitant de marcher sur le verre, et ne reposa pas Jane avant d'avoir atteint la cuisine.

— Je ne sais pas trop quoi en penser..., finit-il par murmurer.

— Comment ça, fit Jane en s'emparant du champagne et de la crème de cassis qui se trouvaient dans le réfrigérateur, tu ne sais pas trop quoi en penser ?

Les bouteilles tintèrent sur la table en écho à son brusque revirement d'humeur.

— J'ai peur de comprendre : ça ne te dérange pas de prendre ma magie, en revanche, maintenant que tu sais que ça marche aussi dans l'autre sens... ?

Il croisa les bras sur sa poitrine et s'efforça d'échapper à son regard.

— Eh bien, je ne trouve pas ça... normal.

— Voilà bien les hommes !

Elle s'éloigna résolument de lui et se dirigea vers la porte de derrière.

Michael resta planté là. Il frissonna à cause de la gifle invisible qu'elle lui avait envoyée. Il l'avait sentie claquer sur sa joue. Etait-ce un effet de sa magie ou le fruit de son imagination ?

— Ça ne va pas se passer comme ça.

Pas question qu'il laisse une femme prendre l'avantage.

15

Le lendemain matin, Jane retrouva Ravin dans un restaurant. D'autorité, cette dernière lui avait commandé une portion de tarte. Jane attaqua sa pâtisserie encore chaude, tandis que Ravin terminait les dernières miettes de son French Silk.

— Je suis contente de te revoir, déclara Jane en sirotant le café que la serveuse venait de lui apporter.

— Laisse tomber les politesses, Jane. Je t'ai vue hier soir. Avec un vampire.

— Quel sens de l'observation ! Ah, mais c'est vrai, tu as la Vision.

— Ne joue pas à ce jeu-là avec moi. Nous nous connaissons depuis trop longtemps.

Tandis que la serveuse décapsulait la bouteille d'eau glacée qu'elles avaient commandée, Ravin s'appuya d'un bras sur la banquette rembourrée et, la tête inclinée, enveloppa Jane d'un regard pénétrant.

— En tout cas, tu as une mine superbe. Bien meilleure que la semaine dernière. En fait, tu es resplendissante. L'air de la campagne te réussit, pas vrai ? Si je ne te connaissais pas, je dirais que tu as la tête de quelqu'un qui s'éclate au lit, mais je sais que jamais tu ne coucherais avec un vampire.

Jane regarda son amie avec un petit sourire.

— Ah, oui ? Et comment le sais-tu ?

— Oh, Jane ! Ne me dis pas que tu t'es laissé culbuter par ce buveur de sang ?

— A t'entendre, on dirait que je suis une femme soumise et timorée, qui laisse les hommes faire d'elle ce qu'ils veulent ! N'exagère pas, quand même !

L'air méprisant, Ravin lui lança un regard interrogateur.

— C'est ce qui se passe avec ce type ?

Elle portait sa tenue de cuir habituelle. Sa tenue de motarde, sans doute. Impressionnante, en tout cas.

— Je l'ai probablement désiré avant qu'il ait envie de moi.

Pas de réponse, juste un haussement de sourcil critique. Dans cette simple mimique étaient contenus des siècles de souffrances, mais Jane refusa de se laisser émouvoir. Ravin poussa un soupir et désigna la table d'un hochement de tête.

— Tu ne manges pas ta tarte ?

Jane planta sa fourchette dans le gâteau.

— Si. Et toi, vas-y, commande une autre portion.

Ravin héla la serveuse qui lui apporta une seconde part de French Silk, dont elle engloutit la moitié en à peine quelques bouchées.

— Autrement dit, fit-elle en s'essuyant la bouche avec sa serviette en papier, nous sommes toutes les deux sur la même source.

Jane sentit son cœur palpiter un peu plus fort.

— Une source de toute façon totalement inexploitable, reprit Ravin, vu que c'est un personnage public.

— Même s'il n'était pas célèbre, je ne me servirais pas de Michael.

Ravin planta sa fourchette dans la pâtisserie. D'une torsion du poignet, elle en broya l'intérieur.

— Jane, tu manques de recul. Cette situation est

inacceptable. Ce vampire se sert de toi pour s'emparer de ta magie, il n'y a pas d'autre explication.

— Et si c'était moi qui me servais de lui ? lança Jane sur un ton de défi. Après tout, c'est à lui que je dois ma mine rayonnante.

— Non, lâcha Ravin en levant la main. Ne t'aventure pas sur ce terrain, Jane. Je refuse d'entendre ce genre de choses.

— Ravin.

— Jane.

Jane se pencha par-dessus la table, promena son regard sur les clients des tables voisines, n'en vit aucun intéressé par leur conversation et reprit en baissant la voix :

— Ça s'est passé par hasard. On ne savait rien l'un de l'autre, et on était déjà en train de...

— J'ai dit que je ne voulais pas de détails. Par tous les... Bon sang, mais tu es folle ou quoi ? Tu couches avec une sale paire de crocs ? Un buveur de sang !

— Ma mère le fait bien chaque soir.

— Ce n'est pas la même chose !

Ravin repoussa son assiette vide qui vint heurter le verre d'eau de Jane, et quelques clients leur lancèrent un regard furtif avant de reporter leur attention sur leur petit déjeuner. Baissant le ton, Ravin siffla entre ses dents :

— Il se sert de toi.

— Je te dis que non.

— Alors pourquoi un vampire prendrait-il le risque de coucher avec l'ennemi ? Il te dérobe quelque chose, Jane. Tes pouvoirs magiques ! Tu ne sais donc pas qu'il peut te vider de ta magie chaque fois que vous couchez ensemble ? Les vampires n'ont même pas besoin de mordre, ils absorbent notre magie. Pendant l'acte sexuel. Je préfère ne pas savoir comment.

— Mais moi, je sais et j'ai vu que ça marchait. Michael

a été brûlé par le soleil, et il a suffi qu'on fasse l'amour ensuite pour qu'il guérisse de ses plaies.

— Oh, bon sang !

Ravin resta silencieuse un moment, comme si elle laissait la colère monter en elle.

— Et tu trouves ça bien, peut-être ? Sache que ça ne l'est pas ! Parce que tu ne peux pas lui résister. Il est en train de faire de toi son esclave, Jane.

— C'est ridicule ! Je m'arrête quand je veux.

— Mais pas lui. Tu lui es devenue nécessaire. Plus il couche avec toi, plus il te dérobe de magie. Et plus il en prend, plus son corps en exige. Tu ne comprends donc pas ? Ta magie lui fait l'effet d'une drogue. Et à l'arrivée, on aura un vampire sacrément puissant, alors que toi, tu seras devenue son idiote d'esclave.

— Mais moi aussi, je lui prends quelque chose !

— Ah, oui ?

Ravin se cala contre le dossier de la banquette, l'air furieux.

— Et qu'est-ce que tu lui prends ? Rien du tout. Tu ferais mieux de l'inciter à te mordre afin qu'il soit réduit en cendres. C'est un bon plan, tu sais ? J'ai moi-même précipité la fin de quelques vampires en leur offrant mon cou. Mais jamais en couchant avec eux, Jane. On ne couche pas avec un vampire. Pigé ?

— Je ne suis pas comme toi, Ravin. Je n'ai pas ta haine des vampires. Mon père en est un !

— Très bien, alors. Continue, laisse-toi réduire en esclavage par une sale paire de crocs. Laisse-le prendre son pied avec toi. Espérons simplement qu'il restera dans le coin jusqu'au rituel…

— Jamais je ne me servirai de Michael pour le rituel !

Ravin poussa un soupir éloquent.

— Tu t'es mise dans de sales draps, Jane. Je crois qu'il est temps que j'aille rendre visite à ce vampire, histoire de lui coller une bonne trouille. Et peut-être même un pieu dans le cœur…

— Il n'en est pas question ! Je sais ce que je fais, ajouta-t-elle d'une voix plus calme.

Jane se recula sur sa chaise et fixa son assiette avant de prendre conscience d'un phénomène étrange.

— Tu as vu ? dit-elle en désignant la part fumante de tarte aux pommes. Elle est encore chaude.

— Et alors ?

— Et alors ça fait une demi-heure que nous sommes là. Depuis le temps, elle devrait avoir refroidi. Tu ne comprends donc pas, Ravin ? Je crois que Michael active *ma* magie. Ce truc que je n'ai jamais été capable d'utiliser de ma vie. Je viens de le contrôler, là, maintenant. Je voulais que ma part soit chaude, et regarde…

— Ce n'est pas… normal. Mais c'est sans doute dû à ta capacité à réaliser les vœux.

— Si faire l'amour avec Michael active ma magie au point que je puisse commencer à m'en servir et à la maîtriser, eh bien, c'est fantastique ! N'exclus pas cette possibilité, Ravin.

— Sauf qu'entre-temps, tu crées un vampire superpuissant qui, même s'il accroît éventuellement tes pouvoirs, en retire autant de toi pour son usage personnel.

— Ce n'est pas comme s'il pouvait se transformer et devenir un de ces ensorcelés ! Pour ça, il faudrait qu'il boive de mon sang.

— Est-ce *vraiment* impossible ?

Jane haussa les épaules.

— Je n'en sais rien, mais je refuse de faire courir ce risque à Michael.

— Et si je te trouvais deux sources ? Une pour accomplir le rituel et l'autre pour tester ton sang ? Comme ça, tu saurais.

— Tu serais prête à m'aider afin que je sache si oui ou non Michael peut boire mon sang ?

Ravin soupira.

— Tu as raison. C'est une idée stupide. Je ne sais pas ce qui m'a pris. Tu sais, en réalité, je me fiche qu'il soit un personnage public. Si jamais je le revois, Jane, je lui enfonce un pieu dans le cœur.

— Si tu fais ça, tu peux tirer un trait sur notre amitié.

Ravin se redressa sur la banquette, les yeux rivés à ceux de Jane. C'était sans doute avec ce regard sombre et glacial qu'elle jaugeait l'ennemi avant de l'éliminer.

Mais Jane non plus ne plaisantait pas. Elle se montrerait sans pitié à l'égard de la sorcière si elle nuisait à Michael.

— Il a déjà commencé à t'asservir, remarqua Ravin. Sans que tu t'en rendes compte. Tu prends ça pour de l'amour, mais c'est de la soumission. Je ne tolérerai pas que ça arrive à une amie.

— Une amie qui voit les vampires sous un jour très différent du tien, ne l'oublie pas, Ravin.

Frappée par la justesse de cette remarque, Ravin perdit un peu de sa superbe.

— Et ton père ? Que penserait-il s'il savait que sa fille couche avec un vampire ?

— Ça fait des mois que je ne lui ai pas parlé. Et il s'en ficherait royalement.

— Ah, oui ? Je ne connais pas Baptiste Rénan personnellement, mais d'après ce que tu m'as dit de lui, ça m'étonnerait qu'il voie d'un bon œil l'asservissement de sa fille.

— Je ne suis *pas*...

Jane baissa la voix.

— ... son esclave. J'y gagne autant que lui dans l'histoire.

Elle repoussa son assiette au milieu de la table et se mit à fouiller dans son sac à la recherche de monnaie.

— Je n'ai plus faim. Je dois rentrer.

— Parce que tu es *obligée* de retourner vers lui ?

— Ravin, je t'en prie, crois-moi quand je te dis que je suis tout à fait capable de prendre soin de moi.

— Et cette source dont tu as besoin dans *moins d'une semaine* ? Ça aussi, tu es capable de t'en occuper toute seule ?

— Non. Pour ça, j'ai encore besoin de ton aide. Je ne saurais pas comment m'y prendre pour trouver un autre vampire.

— Commence donc par regarder entre tes draps...

— Ravin, je t'en prie !

Jane regarda son amie se lever de la banquette. Elle lança un billet de vingt dollars sur la table et enfonça les mains dans ses poches.

— J'espère que tu sais ce que tu fais, Jane. Mais au cas où tu l'ignorerais, je continuerai à veiller sur toi.

Puis elle tourna les talons et s'éloigna d'un pas décidé.

Jane la regarda partir en soupirant. Et si Ravin avait raison ?

Et si elle avait craqué un peu vite pour Michael ?

Jane était assise sur le sofa, devant l'imposante cheminée en pierre, promesse de chaleur douillette, et qui sentait bon les flambées d'hiver. Le sofa et une chaise constituaient l'unique mobilier de la pièce, et tous deux étaient drapés d'une épaisse toile blanche.

De la poussière avait dû s'envoler du sofa quand Jane s'y était assise, songea Michael, car une sèche odeur de renfermé lui emplit les narines tandis que de fines particules lui envahissaient la gorge.

Une fois de plus, il sourit. Il lui suffisait d'entrer dans l'aura de Jane pour être heureux. C'était dû à la magie de la jeune femme, il le savait désormais car il s'était habitué à ce chatouillis particulier. Il le portait en lui depuis qu'il faisait l'amour avec elle.

D'un geste fluide, il agrippa le dossier du sofa et, d'un bond, vint s'asseoir à côté de Jane. Il atterrit si près d'elle que leurs épaules se touchèrent.

— Qu'est-ce qui se passe ? demanda-t-il. Tu ne travailles pas ?

— Je fais une pause. Je réfléchis.

Elle lui posa une main sur la cuisse. Ce n'était pas une invite, on aurait plutôt dit qu'elle se concentrait, qu'elle testait… il ignorait quoi. Elle demeura ainsi un long moment avant de brusquement retirer sa main.

— Le chatoiement, murmura-t-elle avec un faible sourire. Parle-moi de toi, Michael. Depuis quand es-tu un vampire ?

Il admira son profil. Cette peau d'une douceur inouïe. Cette bouche exquise, tendre, plus sucrée qu'une cerise. Il lui inclina légèrement la tête et l'embrassa à la commissure des lèvres. Elle n'eut aucune réaction mais il n'attendait rien en retour. Il aimait l'explorer. D'autant que désormais, il parvenait mieux à maîtriser ses pulsions en sa présence. C'était dû à la magie sexuelle, il le savait.

— J'ai été transformé dans les années 60. Ça fait presque cinquante ans que je suis un vampire. Une paille au regard de l'éternité, je le sais bien.

Il étendit une jambe en travers de celle de Jane, imposant sa présence face à son attitude réservée.

— Mon maître du sang était une garce cruelle.

— Une femme ?

— Oui, une femme. Elle m'a d'abord séduit, et quand elle s'est lassée de moi, elle a décidé de me révéler sa nature de vampire et a procédé à ma transformation. Ensuite elle m'a quitté. La même nuit.

— C'est vrai ?

— Oui. Elle m'a dit qu'elle m'aimait, puis elle a disparu. Je ne l'ai plus jamais revue.

— Tu le regrettes ?

— D'être ce que je suis ? Pas du tout. J'assume totalement ma nature.

Il eut un petit sourire.

— Je suis même sacrément doué, pour un vampire ! Rares sont ceux qui pourraient faire de la scène comme moi et garder leur secret. Non, ce que je regrette, c'est la façon dont ça s'est passé. Tout est allé si vite ! Le temps que je comprenne, elle était déjà partie.

— Tu étais amoureux d'elle ?

L'image d'Isabelle LaPierre surgit dans la mémoire de Michael. Si pâle, si merveilleusement délicate et précieuse. Le premier soir, il l'avait suivie jusque chez elle après l'avoir vue seule au cinéma. Le film était un thriller, l'histoire d'un cambrioleur qui avait volé un joyau. Isabelle, elle, lui avait volé son cœur.

— Bien sûr que je l'aimais. Nous étions ensemble depuis six mois quand elle m'a révélé sa nature de vampire. Jusque-là, je n'y avais vu que du feu.

Après un silence, Jane demanda :

— Tu penses encore à elle ?

— Non, affirma-t-il.

Avec trop de précipitation. Car, en fait… Non, il ne pensait plus à Isabelle. En revanche, il s'interrogeait souvent à son sujet.

— Elle fait partie de mon passé, maintenant. Je ne suis même pas sûr qu'elle soit encore en vie. Et après elle, je n'ai plus jamais eu de liaison durable. De toute façon, ajouta-t-il, la vie est plus simple sans engagement.

— Surtout quand on se bat contre une addiction comme la tienne.

— Oui. Certains jours, je me dis que même si je le voulais, je ne pourrais pas vivre une histoire d'amour. Et pourtant...

Il lui prit la main et la porta à ses lèvres.

— Regarde où nous en sommes. J'ai fait l'amour sans te mordre. C'est absolument incroyable, Jane !

Michael se pencha pour lui prendre la tête à deux mains, pressant son front contre sa tempe.

— Je veux encore plus de toi. Je te veux maintenant, je te veux tout à l'heure, je te veux toute la journée, tous les jours, fidèle et toujours à mes côtés.

— Est-ce que tu...

Il sentit un tremblement parcourir son bras et sa cuisse lorsqu'elle se dégagea de son étreinte.

— ... as l'intention de faire de moi ton esclave ?

— Bien sûr que non !

Il ferma les yeux et l'embrassa très fort. Où était-elle allée pêcher un truc pareil ?

Mais l'idée s'insinua dans son esprit. Cherchait-il réellement à faire d'elle son esclave ? Pouvait-il agir ainsi à son insu ? Après tout, il était constamment attiré par sa magie, c'était comme une drogue. Comme l'adrénaline. La magie sexuelle avait réussi à le détourner de son addiction première.

— Peut-être, corrigea-t-il. Je ne veux pas que tu te soumettes à ma volonté, Jane. Mais j'ai envie que tu sois à moi, c'est vrai.

— Au péril de ta vie ?

— Oui, même à ce prix-là. Tant que nous respectons notre accord. Quand je te dis de t'enfuir, fais-le. Dans ces conditions, on doit pouvoir y arriver.

— Je refuse de passer ma vie à fuir, Michael. Je veux que tu contrôles ta soif. Je t'en crois capable.

— Je ne peux pas te promettre que ça marchera à tous les coups. Le sexe sans le sang… Ça ne va pas.

— Alors quand nous avons fait l'amour, ça n'allait pas ?

— C'était génial. Sauf que…

Il soupira. Il lui *manquait* quelque chose. Mais entre l'orgasme et la mort, le choix était vite fait, non ?

Inspirant à fond, Michael examina la situation. Que quelqu'un connaisse sa dépendance et ne s'en soucie pas outre mesure, cela avait un côté complètement irréel. Comme si le projecteur n'était plus braqué sur son apparence extérieure, mais l'éclairait à l'intérieur, au plus profond de sa poitrine, là où naguère il éprouvait une si grande solitude.

L'autre soir, sur scène, pour la première fois il ne s'était pas retrouvé seul. Car il sentait la présence de Jane, dans l'ombre, et il percevait ses battements de cœur.

— Je t'ai déjà expliqué que j'avais besoin d'un échange de sang pour m'unir à toi par un lien absolu. Mais comme je sais que ça ne pourra jamais se faire, je me suis résigné.

— Vraiment ? s'étonna-t-elle en se blottissant contre lui.

Michael lui caressa les cheveux.

— Vraiment.

Mais c'était un mensonge. Il voulait davantage de Jane. Même si elle faisait partie intégrante de lui, leur union ressemblerait à une simple harmonie de fond. Jamais à une mélodie.

Le pouls d'Isabelle était toujours en lui. Il n'avait qu'à penser à elle pour que ce tempo lent et sensuel s'immisce dans ses veines. Cela faisait longtemps qu'il n'avait pas pensé à elle. Et la seule façon de se débarrasser d'elle était de remplacer son pouls par celui d'une autre.

— Tu ne m'as pas dit que c'était bientôt ton anniversaire ? demanda soudain Jane.

— Si, acquiesça-t-il, s'arrachant au rythme persistant d'Isabelle. Dans quelques jours.

— Tu veux qu'on organise une fête ?

— Bien sûr. Tu aimes les soirées ?

— Et toi ?

— Je pourrais organiser une petite fête privée. Rien que toi et moi. Quelques verres de vin, quelques pas de danse, de la musique... Sauf qu'ici la réception radio est nulle, et sans mon iPod, je crains que ça soit mal parti.

— Oh, j'avais complètement oublié !

Jane se leva et dévala les marches jusqu'au garage.

— Je l'ai mis dans ma poche, le soir du concert. Il a dû glisser dans la voiture pendant le trajet du retour.

Elle ouvrit la portière de la Mini et se mit à chercher le lecteur.

— Le voilà ! s'écria-t-elle en le brandissant devant Michael.

— Où l'as-tu trouvé ?

Jane referma la portière et s'y appuya, les bras croisés.

— C'est un jeune qui me l'a donné au club, la nuit dernière. Sylvan Banks, c'est le nom qu'il m'a donné. Il a dit que tu comprendrais bien assez tôt. A vrai dire, c'était plutôt osbcur.

— L'enfoiré ! s'exclama Michael.

Ça devait être le type qu'il avait coincé au cimetière,

l'autre jour. Il aurait mieux fait de le fouiller avant de le laisser partir…

— Je suppose qu'il a fouiné dans mon carnet d'adresses et dans mes chansons inédites.

Il alluma le lecteur et passa en revue les différents programmes. Puis il parcourut la sélection vidéo, dans l'intention de vérifier le nombre de visionnages.

Un visage apparut sur le petit écran, puis l'image sembla se consumer.

— Non ! s'exclama-t-il.

L'iPod lui échappa des mains et Michael, chancelant, se retint à la rampe en fer de l'escalier.

— Michael ? Qu'est-ce qu'il y a ?

Il se baissa pour examiner l'iPod. Le lecteur était toujours allumé, mais au lieu d'un flot d'images colorées, l'écran affichait un petit dossier clignotant. Il devait l'avoir cassé en le laissant tomber.

Mais ce visage… Il connaissait ce visage.

— Il a touché à tes fichiers ? Michael ? s'inquiéta Jane en lui tapotant le bras. Parle-moi.

— Je crois que j'ai vu un fantôme.

16

Lundi, il lui avait coupé du muguet. Mardi, des tulipes jaunes qu'il avait découvertes sous un tapis de feuilles mortes. Mercredi, il était allé en ville pour lui faire livrer des roses car il avait cueilli toutes les fleurs du jardin.

Le jeudi, Michael déballa quatre douzaines de pivoines aux fleurs magnifiques. Le sombre cramoisi de leurs pétales était veiné de blanc. Leur parfum évoquait l'arôme d'un vin exotique.

Jane lui ayant demandé de la rejoindre au sous-sol ce soir-là — elle avait une surprise pour lui —, il prit dans ses bras l'encombrant bouquet de délicates pivoines et partit rejoindre cette femme qui exigeait qu'on la courtise en lui offrant des fleurs, toujours plus de fleurs.

La maison entière embaumait comme un jardin. Michael avait même autorisé Jane à placer un vase de marguerites dans le studio d'enregistrement — cela dit, leur parfum n'était pas terrible.

Jane envahissait son âme telle une plante grimpante se répandant en corolles. Et il n'y voyait pas le moindre inconvénient. Les parfums des fleurs détournaient un peu son goût du sang.

En un sens, ils protégeaient son esprit de la réalité.

Parce qu'en fait, sa cohabitation avec Jane n'avait rien de réel. C'était plus un fantasme qu'il n'aurait jamais espéré réaliser. Ils ne pouvaient être plus différents l'un de l'autre. Jane n'était pas son genre de femme, et il n'était pas son type d'homme.

Mais surtout, ils ne seraient jamais unis par le sang. Là-dessus elle avait été très claire. Et jamais ils ne connaîtraient la relation dont il rêvait.

Malgré tout, il ne voulait pas que son fantasme s'achève.

En passant près du studio, Michael jeta un œil à l'intérieur et aperçut son iPod, qu'il avait jeté sur une table du studio, l'autre soir. Comme pour échapper à la vision qui l'avait hanté. Un fantôme ou une espèce de sosie, voilà ce qu'il avait vu. Ça ne pouvait pas être autre chose. Mais comment l'image de cette femme s'était-elle retrouvée sur son iPod ? Etait-ce le type du cimetière qui l'avait mise là ? Forcément.

Mais cela n'expliquait rien. Comment ce journaliste savait-il ce qui était susceptible de provoquer un tel émoi en lui ?

Non… C'était sans doute un simple clip parmi ceux de ses fichiers, un flash d'une ancienne vidéo représentant un visage admirable qui lui avait rappelé son passé, voilà tout. Pour le savoir vraiment, il lui fallait accéder aux fichiers, mais après sa chute, l'engin devait être reformaté et le logiciel original était chez lui, à Los Angeles.

De toute façon, il ne s'agissait que d'une coïncidence. Il pensait à elle, il venait d'en parler avec Jane et, comme son image était encore présente à son esprit, il avait cru la voir sur son iPod. Point à la ligne.

Michael descendit d'un pas traînant l'escalier menant au sous-sol et pénétra dans la pièce allumée.

— Oh, elles sont magnifiques !

Jane se jeta dans ses bras et un parfum capiteux monta des fleurs écrasées.

— J'aime encore plus les pivoines que les roses.

Elle enfouit sa tête dans les fleurs et ferma les yeux pour inhaler leur parfum.

— On dirait du vin, tu ne trouves pas ? C'est une sensation enivrante.

— Rien ne peut m'enivrer plus que toi... Mais qu'est-ce que... ?

Michael venait de remarquer les chaînes pendant sur le mur opposé. Elles n'étaient pas là la veille. Espacées d'environ un mètre quatre-vingts, elles étaient fixées au mur de béton par une plaque en fer et quatre énormes boulons.

— Ça te plaît ?

— Si ça me... quoi ?

Les fleurs lui glissèrent des bras et Jane eut beau en rattraper certaines, Michael les piétina de ses santiags en traversant la pièce.

— C'est ça, ta surprise ? demanda-t-il en attrapant l'une des menottes. Je t'en prie, dis-moi que ce n'est pas pour moi.

— Mais si, c'est pour toi. C'est ça ta surprise.

Michael pivota si vite sur lui-même qu'il en perdit l'équilibre.

— Tu es sérieuse ?

— Je suis toujours sérieuse.

— Tu ne vas pas te livrer à des expériences magiques sur moi ?

— Tiens, c'est une bonne idée, ça ! Mais non, Michael, j'ai juste envie de faire l'amour. Sans avoir à redouter la bête qui est en toi. Alors je me suis dit que le meilleur moyen était sans doute de l'enchaîner...

Michael se passa la main dans les cheveux, agité par des émotions contradictoires. Les rares fois où ses fantasmes avaient comporté des menottes et ce genre de mise en scène, il n'était pas celui qu'on attachait, mais celui qui possédait les clés...

— Pas question. C'est impossible.

— Et pourquoi pas, Michael ?

Pourquoi pas ? Il se sentait tiraillé entre la crainte et une étrange fascination sexuelle. Cette femme suggérait de l'enchaîner au mur et de lui faire l'amour...

Glissant les mains dans ses poches, il se pencha pour examiner les menottes. Et comme si elle était certaine que ses réticences ne tiendraient pas face à son désir, Jane lui ordonna d'une voix rauque :

— Déshabille-toi.

Michael contempla les chaînes d'un œil fixe. Froides, dures et noires, elles ressemblaient à la panoplie de scène d'un groupe de hard rock. Peut-être était-il outrancier et désinhibé sur scène, mais dans la vie, il appréciait le naturel et la simplicité au lit.

Quoique...

Il n'avait jamais essayé ce genre d'accessoires, il ne pouvait donc pas les repousser *a priori*.

— Michael..., murmura-t-elle en lui caressant le torse, et en enfonçant légèrement ses ongles dans sa peau sensible, à travers le T-shirt.

Se déboutonnant avec lenteur, Michael finit par ôter son T-shirt à manches longues et le laissa tomber par terre. Puis il la dévisagea avec un sourire.

— Ça fait combien de temps qu'on se connaît, quinze jours ? Tu m'as vraiment ensorcelé, sorcière...

Jane leva vers lui des yeux où brillait un désir incandescent.

— Ça te pose un problème ?

— Non... Pas de problème. Ça m'exciterait même plutôt...

— Parfait, approuva-t-elle en passant une langue

sensuelle sur ses lèvres, ce qui ne fit qu'augmenter le désir qui palpitait en lui. Et de toute façon, tu n'auras qu'un mot à dire, si tu veux que je m'arrête.

Le jean ouvert, toujours sur les hanches, Michael se tourna vers Jane. Des mèches folles lui barraient le visage. Son pâle sourire l'aguichait d'un air si coquin…

— Parce que tu as l'intention de me faire des choses pour lesquelles je risque de te demander grâce ? Tu as caché des fouets dans le cercueil ? plaisanta-t-il.

— Ne dis pas de bêtises.

Du bout de l'ongle, Jane lui caressa le torse et vint lui titiller un mamelon, suscitant en lui un délicieux frisson.

— Souviens-toi que c'est pour t'aider, Michael. Tu peux contrôler ta soif de sang, j'en suis sûre. Mais tu dois le vouloir vraiment.

— Je le veux !

— Autant que tu me veux, moi ?

— Enchaîne-moi, chérie…

Lorsque les lèvres de Jane remontèrent de son ventre à sa poitrine, Michael oublia jusqu'à l'existence de ses entraves. Il contracta ses abdominaux et tout son corps se tendit vers la volupté. Afin de capturer cette volupté perverse et de s'en repaître.

Le cliquetis des chaînes avait cessé de le déranger. A présent, il n'entendait plus que le rythme cardiaque de Jane et le chant de son désir.

La caresse de son baiser incendiait sa peau de décharges électriques. Lorsqu'elle fit glisser ses lèvres sur son mamelon, il poussa un gémissement de désir. La volupté le mettait au supplice, envoyant des étincelles de plaisir jusqu'à l'extrémité de ses membres. Une douce flamme consumait son corps tout entier : il se sentait vivant, tellement vivant !

Jane pressa un baiser sur sa bouche. Une odeur de kir parfumait son haleine, liquoreuse — un vin de cerise très doux, comme elle. Elle se blottit contre lui de façon si suggestive qu'il sut qu'elle ne le frustrerait pas de son plaisir. Cette femme n'était pas du genre à l'appâter par des gâteries qu'elle escamoterait au moment où sa main avide voudrait s'en emparer.

Même si, en ce moment, tendre la main lui était impossible…

Oui, il lui faisait confiance. Rien ne le rendait plus heureux que d'être debout devant elle, en train d'absorber son aura riche et sombre. Sans oublier sa magie. Comme si cela lui permettait de s'en imprégner encore un peu plus, il prit une profonde inspiration et s'offrit au corps de Jane tout entier.

Elle se pressait contre lui, amoureusement, sensuellement. Si vivante et palpitante qu'il en avait le tournis.

— Oh, Michael, je ne maîtrise pas encore l'art des sortilèges. Mais ce que je souhaite par-dessus tout, c'est que ton envie de sang ne reprenne pas le dessus.

— Je n'ai pas vraiment faim pour l'instant… Enfin, pas de sang…

— Tu es si dur, Michael, si excitant. Je voudrais te faire l'amour, là… Oh, Michael !

Il se tendit vers elle, desespérant de la sentir encore plus profondément. Il aurait voulu la pénétrer, la posséder, lui faire l'amour par tous les pores de son corps, de son âme.

— Jane, j'ai envie d'être en toi. Tout de suite. Avec ces chaînes, je ne peux pas…

Il s'énerva contre la menotte qui lui enserrait le poignet

gauche. Il tira dessus et la chaîne se tendit brusquement. Les boulons qui la fixaient au mur oscillèrent.

— Attends, Michael, il y a une clé !

— Pas le temps ! rugit-il. Tout ce que je veux, c'est toi. Que ton sexe enveloppe le mien…

Les boulons cédèrent. Michael libéra son bras et attrapa l'extrémité de la chaîne avant qu'elle n'aille frapper Jane. La clé, il s'en occuperait plus tard. Il n'avait pas besoin de ses deux mains.

En un éclair, il plaqua Jane contre le mur et elle enroula une jambe autour de sa hanche. Alors, il perdit toute patience. Il s'enfonça en elle et, ensemble, ils connurent le plaisir suprême.

Michael resta une éternité cramponné à Jane, à écouter sa respiration s'apaiser, à suivre ses battements de cœur qui finirent par se calmer et reprirent leur rythme habituel en lui. Au niveau des tempes, elle avait les cheveux humides de sueur. Il y enfouit le visage pour mieux savourer l'arôme salé de sa peau.

Sans la lâcher, il tira sur la chaîne qui lui retenait encore un bras. Elle céda. Sans le moindre effort. Un morceau de ciment se balançait au bout de la chaîne ; il le posa par terre afin d'éviter que Jane ne se blesse.

— C'est incroyable, Michael !

Il haussa les épaules. Sa force s'était accrue, d'accord. Mais ça n'avait rien à voir avec la magie.

— Tu aurais pu faire ça avant ? Pendant l'amour ?

— Probablement.

Probablement, oui. Sauf que, sur le moment, il n'avait pas eu la tête à ça. Normalement, il aurait dû casser ces menottes et prendre le contrôle. La clouer au mur des deux mains et la pilonner de ses coups de reins, encore et encore, même après le premier orgasme.

Quelle sorte d'homme était-il devenu ? Jane était-elle

en train de prendre le dessus ? Il n'avait jamais laissé une femme le dominer. Et il n'allait pas commencer maintenant.

— Michael, j'ai encore envie de toi, murmura-t-elle alors.

Sans un regard pour elle, il alla ramasser ses vêtements et lâcha enfin ce qui lui obscurcissait l'esprit :

— Pas moi. Et de toute façon, la seule chose qui t'intéresse, c'est d'accroître ta magie.

— Quoi ? Michael, comment oses-tu... ?

Il fit brusquement volte-face.

— Ça suffit, siffla-t-il. J'ai eu ma dose pour aujourd'hui. Va chercher la clé.

A sa grande satisfaction, Jane s'exécuta sans un mot. Non, elle n'aurait pas le contrôle sur lui.

17

Jane enfila sa longue robe à bretelles pervenche et descendit dans le jardin.

Après la scène de tout à l'heure, Michael était parti au volant de la Mini, sans un mot. Très bien. A présent, elle comprenait mieux sa mère, quand celle-ci reprochait à son père son attitude arrogante et tyrannique. Cette façon de toujours se croire un cran au-dessus des autres. Bien sûr, c'était peut-être inhérent à la relation entre les vampires et les sorcières. Les sorcières se sentaient supérieures aux vampires et *vice versa*. A moins que ça ne soit un problème entre les hommes et les femmes ?

Jane ne se sentait supérieure à personne — chanceuse, c'est tout. Quoique encore un peu circonspecte. Jusqu'ici, ses pouvoirs magiques ne l'avaient jamais effrayée, puisqu'elle était incapable de s'en servir. Mais maintenant... Et si elle n'arrivait pas à les maîtriser avec autant de talent que sa mère ? Allait-elle commettre quelques terribles erreurs ? Comment faisait-on pour inverser un sort qui avait mal tourné ? Elle avait tant à apprendre !

Arrivée près de la fontaine du jardin, elle se pencha pour l'examiner. L'eau ne coulait plus. Elle repéra le compartiment du moteur, mais pour y accéder il aurait fallu soulever la vasque et celle-ci était bien trop lourde pour tenter le coup.

Hum...

D'un autre côté... Avait-elle vraiment besoin d'un vampire furieux et bien bâti ?

Depuis quelques jours, il lui suffisait de vouloir une chose pour que celle-ci arrive — elle avait donc le pouvoir de faire que les vœux se réalisent... Aussi se concentra-t-elle sur le fonctionnement interne de la fontaine, imaginant l'eau qui remontait par les tuyaux en plastique pour jaillir...

— Oui !

L'eau gicla de la bouche de l'angelot et éclaboussa les mains de Jane.

D'abord ravie, elle sentit une sorte de découragement s'abattre sur elle. Pourquoi le seul homme qui comptait pour elle affectait-il d'ignorer ce qui constituait un tournant majeur dans son existence ? Comme s'il n'y avait rien d'extraordinaire dans le fait de pouvoir user de sa magie après avoir passé cent vingt-cinq ans sans y toucher !

Or, cela, elle le devait entièrement à Michael.

Assise dans l'herbe qui entourait la fontaine, elle croisa les jambes et se prit la tête entre les mains.

— Alors, Jane, que vas-tu faire maintenant ?

Elle était en quête perpétuelle d'elle-même. Elle prenait des amants. Elle succombait au désir. Mais jamais à l'amour. Coucher avec un vampire ? C'était bien. Et la nuit dernière, Michael avait réussi à se contrôler.

Mais ça n'était pas forcément de l'amour. A moins que...

Pendant très longtemps, sa vie s'était écoulée dans une merveilleuse simplicité.

Alors comment un homme, son contraire à tous points de vue — un *vampire* ! — avait-il pu si aisément conquérir son âme ?

Parce que le sort de Michael lui tenait à cœur. Elle voulait qu'il maîtrise sa part de ténèbres afin de rendre possible sa réussite matérielle. Et elle voulait le protéger des harceleurs, des tribus et autres ombres qui rôdaient dans l'espoir de lui dérober les derniers lambeaux de son innocence.

Comme toi, Jane ? Ne cherches-tu pas à lui prendre un peu de cette innocence ?

Sa conscience était parfois d'une cruelle franchise... Et cette fois, elle avait la voix de Ravin. Car, en dépit des choses merveilleuses qui lui arrivaient, Jane ne pouvait ignorer le rituel plus longtemps. Il ne lui restait que quelques jours. Et toujours pas de source en vue.

A part celle qui te déshabille la nuit.

Repoussant les fins rubans d'herbe qui s'accrochaient à ses jambes nues, Jane laissa échapper un soupir et partit en reconnaissance dans le jardin. Pas d'abeilles bourdonnant dans les parages.

Michael était-il devenu comme les abeilles ? Irrésistiblement attiré par elle et pourtant incapable de lui faire du mal au-delà de quelques rapides piqûres ?

Elle lui avait menti en prétendant n'avoir jamais eu de petit ami. Des dizaines d'années plus tôt, elle avait quitté un homme qu'elle aimait vraiment. Guy avait fait partie de sa vie pendant seize ans. Jamais il ne l'avait questionnée sur ses parents ou son éternelle jeunesse. Et lorsqu'il avait fini par le faire... Elle avait paniqué, l'avait quitté sans un mot d'explication et avait couru se blottir dans le refuge sacré — mais humiliant — des bras de son père. La vérité était bien plus facile à fuir qu'à affronter.

Et pourtant, elle avait de but en blanc révélé sa véritable nature à Michael. Voilà qui était singulier.

Tu es folle amoureuse de lui, ma fille !

— Bon, d'accord, murmura-t-elle pour elle-même, je suis peut-être amoureuse de lui. Probablement, même. Il est si sexy. Si...

Vivant. Fougueux. Excitant.

— Et c'est un amant fantastique.

Et avec lui, le sexe était une indéniable bénédiction.

— Mais qu'est-ce que je vais faire de lui dans dix ans ? Dans vingt ans ?

S'il vivait jusque-là. Le fait qu'il ne l'ait pas encore mordue était déjà remarquable.

Son père et sa mère avaient réussi leur immortalité — ainsi que leur couple, et pourtant, pour Jane, le mariage n'avait jamais été à l'ordre du jour. Elle mettait la vie conjugale dans le même sac que les enfants : ça ne l'intéressait pas. Mais à présent, il lui fallait songer à l'avenir si elle acceptait que Michael partage sa vie. Il allait être son compagnon pour l'éternité — enfin, à condition qu'elle accomplisse le rituel d'immortalité.

— Peux-tu accepter cela, Jane ?

Au même moment, une voix familière l'appela au bout du jardin.

Elle tressaillit de joie, se retourna et courut se jeter dans les bras de son père. Il la souleva de terre pour la serrer contre lui avec la force d'un grizzly, avant de la reposer au sol et de la faire pirouetter devant lui.

— Jane, ma chérie, tu seras toujours une petite sauvageonne !

Il la détailla de pied en cap.

— Tu ne mets donc jamais de chaussures ?

— Papa ! Pourquoi ne me préviens-tu jamais de tes visites ? J'aurais... Oh, tu es superbe ! Je n'arrive pas à croire qu'il n'y a qu'un an qu'on s'est vus. J'ai l'impression que ça fait dix ans que je me languis de toi.

Assurément, Baptiste Rénan ne manquait pas d'allure. Remontant ses lunettes de soleil sur son crâne, il recula pour se faire admirer dans son costume anthracite dernier cri. Armani, sans doute. Son père avait toujours eu un faible pour les couturiers italiens. Sous la veste, sa chemise apportait au complet une élégante touche vert pâle. Céladon, la couleur préférée de Baptiste. A le voir, on aurait pu croire qu'il était de la même génération que Jane, tant les siècles avaient glissé sur son visage sans en altérer les traits. Toutefois, il avait domestiqué ses longs cheveux noirs qu'il portait désormais plus courts sur la nuque.

— Mère t'a enfin décidé à raccourcir tes cheveux ?

— C'est elle qui me les a coupés, lâcha-t-il avec un petit sourire entendu.

Saisissant les mains de Jane, il tendit les bras pour la contempler.

— Tu as toujours été une enfant de la nature, ma Jane. Quand réussirai-je à t'habiller de cachemire et de diamants ?

— Oh, papa, garde tes richesses pour maman ! Elle adore que tu la couvres de jolies choses. Mon plaisir à moi, c'est de passer du temps avec vous deux. Comment m'as-tu dénichée ?

— J'ai appelé la quincaillerie du coin, répliqua Baptiste en l'enlaçant par la taille pour la serrer contre lui. On m'a indiqué le chemin.

— Mais pourquoi maintenant ? Qu'est-ce qui se passe ?

— J'ai reçu un appel très troublant la nuit dernière. D'une sorcière.

— Oh, non, Ravin ?

Il hocha la tête.

— Elle pense que tu es amoureuse d'une source, ma chérie.

— Oh, papa…

Non, aurait-elle voulu répondre à son père, mais elle

n'avait jamais su lui mentir. Pourtant, la fierté qui illuminait le regard de Baptiste lui fit tenir sa langue.

— C'est compliqué.

— Je m'en doute.

Baptiste passa la main sur les sections de vitrail disposées sur l'établi en contreplaqué.

— Cette couleur-ci.

— Céladon. Ta préférée.

Jane se pencha par-dessus l'épaule de son père tandis qu'il suivait du doigt l'arrondi vert pâle qui formait le dessous d'une feuille stylisée.

— J'inclus toujours cette couleur dans mes motifs. Ça me donne l'impression que maman et toi veillez sur moi.

Son père lui serra la main.

— Tu es tellement douée, ma fille chérie. Ta mère tient absolument à ce que nous te réservions les fenêtres de la suite du premier afin que tu puisses laisser libre cours à ton imagination. Tu le feras ?

— Comme si tu avais besoin de me le demander ! Après ce chantier, j'ai un autre travail qui m'attend à l'automne, mais je suis sûre que je pourrai être à Venise d'ici au printemps.

— Jane, Jane... Quand je pense que tu me traites toujours d'hyperactif ! C'est toi qui as un emploi du temps tellement chargé que tu as du mal à y caser ta famille. Note « famille », quelque part sur ton agenda mental. Ou « détente ». Ou encore « conversation ». Tu sais faire ça ? Te... détendre, tout simplement ?

Jane ne put réprimer un petit sourire. Son père était complètement déconnecté de son mode de vie.

— Me détendre ? Mais je ne fais que ça, papa. Ce n'est

pas comme si j'avais un métier fatigant ! J'ai besoin de cette excitation, plus que de toute autre chose.

— Ta mère et moi sommes en mesure de te la procurer, tu sais ? *Carnivale* ! Oh, oui ! Il faut que tu viennes à Venise pour le carnaval. Je te commanderai un déguisement fabuleux et je demanderai à Esmeralda de te confectionner un masque. Il scintillera de diamants et d'émeraudes pour être assorti à tes yeux. Ne dis pas non !

Elle sourit.

— Dans ce cas, je dis oui.

— Tu acceptes si facilement ? s'étonna Baptiste avant de lui embrasser les joues et le front. Ma Jane adorée. Je ferai décorer ta chambre dans ce style indien que tu aimes tant, avec une abondance de perles et de franges, et aux murs je mettrai des tentures de velours, assorties aux oreillers, et des étoffes riches et luxueuses.

— Papa, un simple lit me suffira.

Un sourire ironique fleurit sur les lèvres de son père. Cet homme avait toujours été outrageusement coquet et assumait sans complexe son côté efféminé. Une caractéristique qui à l'époque avait séduit la mère de Jane, et continuait depuis.

— Très bien, concéda Jane. De riches étoffes. Et si tu veux tout savoir, je préfère les oreillers moelleux, pas fermes.

— Je commanderai une demi-douzaine d'oreillers moelleux pour les appartements de ma princesse, promit-il d'un ton traînant où perçait la délicieuse pointe d'accent français qu'il n'avait jamais fait l'effort de perdre. Ta mère sera folle de joie. Elle s'ennuie ces derniers temps. Je dois tous les jours trouver une nouvelle expérience pour l'occuper. Je t'ai dit qu'elle s'était fait faire un tatouage ?

— Quoi ? Papa, elle n'a pas fait ça ?

— Si. Dans le dos, tout en bas, juste au-dessus des...

— Tais-toi. C'est toi qui le lui as demandé, je suppose ?

— Absolument pas. Elle a commencé à flirter de façon très coquine avec un artiste du coin. Enfin, tu comprends bien qu'au bout de tant d'années, il faut bien nous amuser un peu…

— Ça ne doit pas être facile d'entretenir la flamme pendant si longtemps.

— Non, pas du tout. Il faut juste s'autoriser quelques flirts, ma chérie, c'est tout.

— Ne m'en dis pas plus, papa. Je veux garder dans mon cœur une image chaste de votre amour, si ça ne te dérange pas.

— Notre couple est et sera toujours basé sur une relation monogame. Promis.

Il avait retiré la veste de son costume et sa chemise céladon évoquait un coin de jardin.

— Bien, fit alors Baptiste en se tapotant la lèvre, l'air soucieux. Cette source dont m'a parlé Ravin. Même si je suis ravi que tu aies envisagé d'accomplir le rituel, je crains que ce ne soit pas le genre de plan auquel je m'attendais. Qui, quoi, quand, où, et comment ?

— Il s'appelle Michael Lynsay et il séjourne ici, dans cette maison. Il était là avant mon arrivée. En réalité, ajouta-t-elle avec un petit sourire, c'est moi qui ai fait irruption dans son intimité.

— Oh ? Tu es tombée par hasard sur une source ? Jane, toi qui toute ta vie as veillé à fuir l'étrange…

« L'étrange ». Son père avait toujours eu le plus grand mal à employer le mot de « vampire ».

— Crois-moi, je ne l'ai pas cherché. Michael fait partie du même groupe de rock que le propriétaire de la maison.

— Je vois. Joli coup, vu que tu avais besoin d'une source.

— Ce n'est pas ça. En fait, je crois que je…

— *Mon Dieu*, Jane ! La sorcière avait raison ? Tu sors avec ce chanteur ?

Tête baissée, Baptiste s'abîma dans la contemplation du sol.

— La marque du siècle est arrivée, déclara-t-il. Jane, il y a cent ans ce mois-ci, tu as accompli le rituel. Il reste à peine deux nuits avant la pleine lune.

Deux nuits. A quoi son esprit était-il occupé au lieu de se concentrer sur cette échéance si proche ?

— Dois-je te rappeler qu'il te faut accomplir le rituel une fois tous les cent ans pour conserver ton immortalité ?

Non, ce rappel était inutile. Pour Jane, ce rituel était une expérience parfaitement répugnante et, à la seule pensée de le réitérer, ses bras et son cou se couvraient de chair de poule. Malgré tout, elle l'accomplirait. Sauf que Michael ne devait pas y être impliqué. En aucun cas.

— Je…, commença-t-elle.

Une note d'angoisse tinta dans son cerveau, aussi réelle qu'un pincement de corde de guitare. Comment être franche avec son père ? Cet homme qui avait toujours voulu le meilleur pour elle ?

— Je ne suis pas certaine de…

— Jane, mon petit cœur, l'heure n'est plus aux tergiversations.

Baptiste avança vers elle et la prit par les épaules.

— Ce vampire est ton seul espoir de faire perdurer ton immortalité. Enfin, c'est ton oxygène ! Tu as besoin de lui.

— Mais, père…

Baptiste inspira à fond et vida lentement ses poumons. Baissant la tête, il l'observa derrière ses paupières à demi closes. Whisky mêlé de miel, c'était l'expression qu'avait employée un jour sa mère pour lui décrire la couleur des yeux de son père. Vifs, redoutablement perçants. Mais à cet instant, ils étaient empreints de douceur.

— Jane, es-tu amoureuse de ce vampire ?

Elle ne put qu'acquiescer d'un hochement de tête. Exprimer ses sentiments à haute voix aurait officialisé la trahison des attentes de son père. Quant à lui dire que Michael et elle avaient fait l'amour et partagé la magie…

— Je vois, soupira Baptiste d'un air las. Je vais être obligé de te parler sans détours, ma chérie. Quel genre d'amour sera le vôtre, *pourrait* être le vôtre si, dans deux jours — au cas où tu n'accomplirais pas le rituel —, tu venais à mourir ? Qu'adviendrait-il de ta romance avec un vampire ?

— Papa, ce n'est pas très juste de ta part…

— Non, mais c'est un fait qu'il te faut prendre en considération. Tu es en sursis, Jane.

D'accord, il lui fallait survivre — et conserver son immortalité… Mais avait-elle le droit d'ôter la vie afin de prolonger la sienne ? Oh, comment débattre d'un choix aussi cornélien ? Et pourquoi, soudain, cette question la tourmentait-elle ainsi ?

Pourquoi ?

L'amour.

— Jane, écoute-moi. L'heure n'est plus aux amourettes ni même à la simple tendresse. Dans deux jours, tu devras sacrifier Michael Lynsay.

18

Michael arrêta la Mini au bout de la route gravillonnée. Une voiture de location était garée dans l'allée. Hum… Ça ne pouvait pas être la sorcière milicienne : elle chevauchait ce chopper du tonnerre. Pour autant qu'il sache, Jane n'avait pas d'autre amie dans la région, mais peut-être se trompait-il.

Un sac de courses dans une main et un bouquet de freesias dans l'autre, Michael entra d'un pas décidé. Il avait hâte d'être au lit avec Jane pour froisser dans ses cheveux ces fleurs orange, si ridiculement odorantes. Et lui murmurer des excuses pour son comportement macho de tout à l'heure.

D'accord, il ne manquait pas d'autorité envers les femmes. Cela ne lui donnait pas pour autant le droit de manquer de respect à Jane.

Un attaché-case en cuir était posé sur la table de la cuisine ; au-dessus de la poignée luisait un verrou digital. Tous ses sens se contractèrent et ses dents se mirent à le picoter.

— Michael, nous sommes en haut !

Il fonça droit à l'atelier du premier étage, guidé par la voix de Jane, qu'il découvrit aux côtés d'un jeune premier au look hollywoodien, vêtu d'un costume impeccable.

Ses crocs le titillaient. Sous le coup de l'étonnement, il aurait laissé échapper les fleurs, si, par réflexe, ses doigts ne s'étaient crispés sur les tiges, empêchant le bouquet de tomber par terre.

— Elles sont pour moi ? demanda Jane en s'approchant.

— Qui c'est, ce type ? siffla Michael à voix basse.

Elle lui prit les fleurs et les agita sous ses narines.

— Du calme, ne monte pas sur tes grands chevaux, chuchota-t-elle.

Il inspira à fond et parvint à bloquer la descente de ses crocs.

Jane lui prit la main et le mena vers l'homme qui attendait près de l'établi.

— Michael, je te présente Baptiste Rénan. Mon père. Papa, Michael Lynsay.

Son père ? Une vague de soulagement envahit Michael. Il laissa choir le sac de courses pour serrer vigoureusement la main tendue de Baptiste. Le chatoiement lui envoya une onde de choc jusqu'à l'épaule.

— Je suis ravi de faire votre connaissance, monsieur Rénan. Votre fille m'a un peu parlé de vous. Et savoir que vous faites partie des miens me rend cette rencontre encore plus agréable. Jane était au courant de votre visite ?

Baptiste dégagea sa main de la poigne de Michael et la glissa dans sa poche.

— J'ai l'habitude de surprendre ma fille par mes visites car son ridicule refus de l'électronique rend toute communication avec elle pratiquement impossible.

Michael acquiesça, tout en détaillant Baptiste de la tête aux pieds. Un vampire, comme lui. Et l'air si normal avec son costume trois pièces !

— Jane m'a dit que vous viviez à Venise ?

— Et vous en Californie ?

— Là où le vent me mène. Mais effectivement, je possède une résidence à Los Angeles.

— Et qu'est-ce qui vous amène dans le Minnesota ?

Michael haussa les épaules.

— Je prends un peu de repos. Jane vous en a parlé ?

— Je n'ai pas eu le temps de bavarder avec papa, coupa Jane en glissant son bras sous celui de Michael.

Elle s'appuya contre son épaule, et il la sentit se raidir sous l'effet d'une subtile anxiété; son cœur néanmoins restait calme.

— Il ne va pas rester. Il est juste venu me taquiner.

— Jane, fit son père avec une moue moqueuse. Je ne te taquine jamais, et quand je te demande quelque chose, c'est toujours pour de bonnes raisons.

La tension entre le père et la fille était palpable, remarqua Michael. Il aurait fallu être mort pour ne pas s'en rendre compte. Et il n'avait rien d'un mort-vivant...

— Vous pouvez quand même rester cette nuit ? s'enquit-il. J'aimerais beaucoup discuter avec vous...

De la vie au quotidien avec une sorcière. Des recettes pour que ça marche. Du meilleur moyen pour dominer le sentiment de jalousie qu'il éprouvait à voir le pouvoir de Jane s'amplifier. Mais pouvait-il révéler à Baptiste Rénan qu'il avait couché avec sa fille ? Pas sûr. Et malgré tous ses efforts, il n'arrivait pas à déchiffrer l'expression de Jane.

— Je suis vraiment navré, Michael. J'aimerais beaucoup bavarder avec vous, mais je dois prendre congé.

— Vous venez à peine d'arriver !

Michael se tourna vers Jane, dont le visage restait impassible.

— N'insiste pas, Michael, Une fois que papa a pris une décision, on ne peut plus le faire changer d'avis. Papa, je te raccompagne ? conclut-elle en se tournant vers son père.

Elle s'éloigna et Michael perçut de nouveau sa tension

tandis qu'il la regardait traverser la pièce à la suite de son père. Tout en elle avait changé. Elle était terriblement raide. Et elle donnait l'impression de vouloir lui cacher quelque chose.

Avait-il interrompu une dispute ? Pourquoi cet homme avait-il fait tout ce chemin depuis Venise pour voir sa fille si brièvement ? Il ne pouvait être arrivé depuis plus de deux heures, puisque Michael était encore là trois heures auparavant.

Il leur emboîta le pas et lorsqu'ils atteignirent la porte d'entrée, Baptiste se retourna pour lui serrer la main et prendre congé.

— J'ai été enchanté de faire votre connaissance, Michael. *Adieu* !

Jane embrassa Michael sur le menton.

— Reste ici. Je raccompagne mon père jusqu'à sa voiture.

Les doigts crispés sur le chambranle de la porte, Michael les regarda s'éloigner, luttant contre l'envie de les suivre au-dehors.

Ces deux-là avaient leurs secrets. Et ne le laisseraient pas s'immiscer dans leur monde. L'attitude de Jane avait tellement changé que Michael ne savait que penser de Baptiste. Ce dernier exigeait-il de Jane l'attitude de dévotion qu'elle affectait à son égard ?

Elle se retourna vers lui lorsqu'ils s'arrêtèrent au niveau de la voiture de location. *Ne regarde pas.*

Michael referma la porte et se cogna le front contre le chambranle, une fois, deux fois.

— Ne me quitte pas.

Jane fixait le sol d'un œil nostalgique, tandis que son père l'embrassait sur la joue en la serrant dans ses bras.

Elle savait qu'il comptait séjourner à Minneapolis — un cinq étoiles, sinon rien. Et qu'il ne quitterait pas la ville avant la pleine lune.

— Je ne peux pas faire ça, lâcha-t-elle. Je l'aime.

— Si vite ?

— Oui…

La réponse avait jailli, du plus profond d'elle-même.

— … et ne me dis pas que les coups de foudre n'existent pas. Tu as vécu la même chose lorsque tu as rencontré maman, c'est toi-même qui me l'as raconté. Ne t'arrête pas à ses allures de rock star ! Michael ne se soucie que de moi et jamais il ne me ferait de mal.

— Tu m'as dit qu'il ne contrôlait pas sa soif de sang. Comment peux-tu savoir qu'il ne s'attaquera pas à toi ? Et qu'adviendra-t-il alors ? L'homme que tu aimes sera réduit en cendres, affirma Baptiste en claquant des doigts. Comme ça. Rideau. Finie la touchante histoire d'amour. Et si ce n'est pas lui qui meurt ? Eh bien, c'est toi qui souffriras de cette redoutable passion.

— Papa, arrête. Je t'en prie. M'as-tu souvent entendue dire que j'aimais un homme ?

— Très souvent. Et toujours au début de votre relation. Je me souviens très bien de ce type qui était danseur au Moulin Rouge — comment s'appelait-il déjà ?

— Papa…

— Tu étais prête à tout plaquer pour le suivre jusqu'en Chine, où tu comptais te consacrer à la maternité et à la cuisson du riz…

Baptiste simula un frisson d'horreur.

— Jane, une fois de plus tu t'es entichée d'un musicien bohème qui vit comme l'oiseau sur la branche, sans attaches, sans moralité et sans but. Reconnais-le. Tu réagis encore en adolescente ; tu confonds l'amour et la bouffée de désir qui va de pair avec la rencontre d'un nouvel amant.

Jane, tu as besoin de ce vampire. Il représente ton unique source ! Votre amour n'est pas fait pour exister.

— Tu n'en sais rien.

— Tu as couché avec lui, n'est-ce pas ?

— Papa !

Elle n'avait pas envie d'aborder ce sujet avec son père.

— Tu sais ce qui va se passer, Jane. S'il arrive à dominer sa soif de sang et à te faire l'amour, il te dérobera le peu de pouvoirs que tu as en toi. Ne fais pas ça, Jane. N'abandonne pas ta magie à cet imbécile.

— Je donne ma magie à qui je veux. Et puis tu peux parler, toi ! Tu en prends bien à mère chaque fois que vous...

Non, elle ne pouvait se résoudre à le dire ; elle ne parlait jamais de sexualité avec son père.

— Entre ta mère et moi, c'est différent, Jane. Nous avons partagé le sang à ma création, alors ce n'est pas pareil. Je ne peux pas faire de ta mère mon esclave grâce à la magie sexuelle et d'ailleurs je n'en ai pas le désir. Mais ce vampire..., fulmina-t-il en désignant la maison, ce vampire veut se servir de toi !

— Et si lui aussi me donnaït quelque chose ?

— C'est-à-dire ?

Jane se mordilla la lèvre. Sa magie s'était accrue ; ses pouvoirs commençaient à se développer. Non, elle ne pouvait rien divulguer à son père, pas avant d'être sûre de maîtriser ses nouveaux pouvoirs dans la durée. De plus, si elle lui révélait la vérité, Baptiste l'expédierait sur-le-champ à Venise afin que sa mère entreprenne son éducation de sorcière. Sans se soucier du vitrail qu'elle n'avait pas encore achevé et encore moins de Michael, qu'elle laisserait derrière elle.

— Il m'aime, papa. Et je refuse de faire une chose

pareille. Je ne sacrifierai pas Michael pour le but de prolonger ma vie !

Baptiste avança vers Jane et joua avec la pointe de ses mèches qui voletaient dans la brise. Sans un sourire, sans croiser son regard.

— Et que fais-tu de la fameuse maxime : « Fais ce qu'il te plaît tant que tu ne nuis à personne » ? s'enquit-elle.

Son père eut un sourire en coin. C'était la devise des sorcières, pas la sienne...

— Tu ne trouveras jamais d'autre source en deux jours, ma chérie.

Elle aurait voulu lui dire que Ravin était en chasse, mais la sorcière réussirait-elle ?

— Jane, tu n'as donc pas eu ta dose d'artistes et de musiciens ? Cet homme est un petit salopard en manque. Et au-delà... c'est un vampire. Moi qui te croyais farouchement hostile à ma race...

— Ne dis pas ça. Je t'aime, papa. Simplement, je me suis toujours efforcée d'être normale.

— Parce que Michael Lynsay est normal, lui ? Ce garçon... Car ce n'est qu'un gamin, Jane, surtout au regard de l'immortalité et de la vie éternelle ! Ce garçon n'est qu'une star arrogante et gâtée.

— Non, il est passionné. Un peu insolent, je te l'accorde, mais tu es exactement pareil. Tu ne t'en rends pas compte ?

Frappée par une soudaine révélation, Jane plaqua sa main sur sa poitrine pour tenter de calmer les battements effrénés de son cœur.

— Qu'est-ce qui se passe ? Jane ?

— Je suis tombée amoureuse d'un homme qui est le portrait craché de mon père.

Baptiste bomba le torse.

— Ce type n'a rien de commun avec moi.

— Mets-lui une redingote, prends un micro, et je ne saurai vous distinguer l'un de l'autre. Oh, papa, va-t'en, je t'en prie ! Je ne peux pas faire ça ! Je refuse !

Son père la toisa, une lueur de défi dans le regard. Dans la lumière du crépuscule, ses yeux de miel la sondèrent avec une telle autorité qu'elle fut brutalement ramenée au temps de son enfance, quand il la grondait pour avoir couru les rues sans chaussures, dans ses fins bas de soie.

Cet homme était son havre, il lui procurait amour et sécurité. Mais ils jouaient cette comédie depuis trop longtemps : Baptiste la faisait toujours passer pour une adolescente qui choisissait ses petits amis afin de faire enrager son père. Ne lui accorderait-il jamais la liberté dont rêvait son âme indomptée ?

C'était donc ça ? Après un échec sentimental, elle courait systématiquement se réfugier dans les bras de son père. Quand romprait-elle enfin ses chaînes ?

— Tu ne dois pas sacrifier ta vie pour une passade, Jane.

— Que… que se passera-t-il si je n'accomplis pas le rituel ?

— Au lieu de vieillir avec élégance, toutes ces années volées à la vie vont s'abattre sur toi pour te détruire.

— C'est… Tu en es sûr ?

Il ne prit même pas la peine de répondre, et Jane ravala une larme, surprise par ce subit accès d'émotion. Il n'était pas dû au sermon de son père. Et même si un câlin de sa mère aurait été le bienvenu, en cet instant elle n'avait pas besoin de son affection.

A vrai dire, elle connaissait la cause de ses larmes : elle ne voulait pas le perdre, *lui*.

Pas plus qu'elle ne voulait envisager sa propre mort. On lui avait octroyé sur terre un séjour plus long que celui des simples mortels, elle avait fini par s'y faire et n'était pas disposée à admettre que tout cela prenne fin d'un coup.

— Jane.

Son père appuya sa joue contre la sienne. Mais cette fois, ce geste ne lui fut d'aucun réconfort.

Laisse-moi voler de mes propres ailes ! Laisse mes rébellions me mener où je dois aller.

Pourtant, elle n'avait fait que ça depuis un siècle : se rebeller. L'heure était-elle venue de rentrer dans le rang ? De se soumettre aux exigences de son père ?

— Ne quitte pas ce monde, mon trésor, chuchota Baptiste à son oreille. Empare-toi de ta vie, Jane. Saisis-la !

19

Michael patienta le temps que le logiciel se charge de nouveau sur l'iPod. Jesse le lui avait envoyé la veille par courrier express. Le camion de la FedEx venait de le lui livrer.

La nuit dernière, tout de suite après le départ de son père, Jane s'était plongée dans un bain chaud. Ce matin, levée très tôt, elle s'était rendue droit à l'atelier, sans un coup d'œil au studio pour voir s'il y était. Pas de problème, il la laisserait respirer. Il attendrait qu'elle vienne à lui. Du moins, le temps de quelques heures d'impatience. Après, le sort en serait jeté.

Cette femme lui manquait, et ce sentiment était amplifié par le fait qu'elle était là, si proche et pourtant inaccessible. Elle pulsait à l'intérieur de lui. Et pourtant aucune fleur, en quelque quantité que ce soit, aucune extase même ne semblait pouvoir soulager Jane du tourment qui la rongeait.

Et sa souffrance était aussi celle de Michael. C'était comme s'il ressentait sa peine. Le monstre n'aimait pas ça et l'homme aurait tout donné pour changer la situation, pour libérer l'âme de Jane du chagrin.

Le logiciel se chargea avec succès et Michael entreprit de passer en revue ses vidéos. Le premier titre n'était qu'une succession de A. Jamais il n'avait enregistré un truc pareil. Il cliqua dessus. De nouveau, le visage lui apparut fugacement — pas plus de deux secondes.

De longs cheveux blonds masquaient le visage de la femme. Elle avait la bouche ouverte, comme si elle parlait, mais même avec les écouteurs, il n'entendait aucun son. Elle secoua ses cheveux et... il n'y eut plus que des parasites.

Le cœur de Michael s'arrêta de battre.

Ce n'était pas possible. Elle lui ressemblait tellement !

Qui pouvait savoir que cette image l'affecterait autant ? Comment ?

Il n'y avait aucun indice joint au clip, pas même une icône avec une description sommaire. Une fois encore, il repassa la vidéo. Et une fois encore, il retint son souffle en la voyant.

Michael examina les autres fichiers, les podcasts, les photos et les chansons — tout était là. Rien de nouveau. Les adresses. Une minute ! Ce n'était pas lui qui avait ajouté cette entrée. Banks. Sylvan Banks.

Le nom que le gamin du club avait donné à Jane. Le type du cimetière. Michael lut les coordonnées. C'était une adresse à Clear Rapids, une banlieue de North Lake. Pas de numéro de téléphone ni d'adresse mail. Au-dessus de l'adresse, quelques mots : « Pour me trouver. »

Bien.

Quelqu'un jouait au chat et à la souris avec lui.

Mais cette personne avait-elle conscience qu'à ce petit jeu-là, elle pouvait se retrouver face à face avec un vampire ? Et si tel était le cas, était-il, lui, en sécurité ?

***

Jane cassa un morceau de verre ivoire et examina la pièce en forme de crâne, tandis que son esprit vagabondait.

Elle ne voulait pas accomplir le rituel.

Et en même temps, elle le voulait.

Il lui garantissait l'immortalité… Le seul problème, c'était qu'il lui fallait une source. Une source, c'est-à-dire un vampire. Et quand toutes les litanies auraient été récitées, les vœux prononcés et les sacrifices accomplis, il ne resterait plus grand-chose du vampire. Les obscurs avaient une autre expression pour désigner leurs malheureux congénères choisis pour être une source : des cendres.

Si jamais tu as besoin de quoi que ce soit, je suis là.

C'était la promesse que lui avait faite Ravin Crosse. Après avoir vu ses parents se faire assassiner par des vampires alors qu'elle n'était encore qu'une enfant dans la Bulgarie du XVIIIe siècle, cette dernière n'éprouvait aucune sympathie pour les buveurs de sang, quels qu'ils soient.

Le problème, c'était que Jane n'aurait pas de source si la sorcière ne trouvait pas de vampire. Elle était assez surprise d'ailleurs qu'elle n'en ait pas encore déniché un. Ravin s'était vantée de posséder la Vision, et elle-même avait été témoin de ce phénomène. Alors, où étaient donc tous ces vampires ?

Jane posa le crâne à côté du morceau de verre émeraude figurant un brin d'herbe. Etait-il égoïste de sa part de prolonger sa vie au moyen de sortilèges, d'artifices et de magie ?

— Oui, incontestablement, marmonna-t-elle.

Mais son savoir s'arrêtait là.

Née de deux êtres appartenant à un autre monde, elle avait toujours su que les choses qui semblaient impossibles ne l'étaient pas vraiment. Le monde était peuplé d'êtres inhumains ou immortels, qui étaient proches des hommes — sans pour autant faire partie de leur race.

Les loups-garous couraient les campagnes. On en trouvait dans tous les pays, dans toutes les forêts, à travers tous les territoires. Les vampires traquaient l'ombre, condamnés à survivre dans la clandestinité.

Quant aux lutins et aux trolls, Jane en avait croisé certains au cours de ses pérégrinations. Les elfes et les fées étaient aussi variés et uniques que les représentants de la race humaine. Elle était sortie avec un elfe, une fois, jusqu'à ce qu'elle comprenne qu'il lui préférerait toujours l'absinthe... Les lutins, eux, étaient de sang royal et s'abaissaient rarement à frayer sur le terrain des mortels.

Non que ce monde se composât uniquement de territoires détenus par les mortels. Tant de lieux appartenaient à d'autres royaumes ! Le plus souvent volés par les mortels au cours des siècles. C'était ainsi que ces lieux devenaient mythiques. Parce que les mortels cessaient de les voir.

Jane, elle, se trouvait fort bien à la frontière des deux mondes. A tous égards, elle était simple mortelle. Pourtant, elle était immortelle.

Et si elle choisissait de ne pas accomplir le rituel.

Si sa vie s'achevait soudain ?

Vivre pour Michael était peut-être le premier acte désintéressé qu'elle ait jamais envisagé d'accomplir.

Pourquoi s'était-elle laissée aller à aimer un homme qui n'aurait dû être qu'un simple instrument pour elle ?

— Jane ?

Michael approchait, sans bruit, pieds nus. Un jean délavé moulait ses cuisses et son T-shirt imprimé de têtes de morts semblait le serrer. Ses vêtements avaient-ils rétréci ?

— Un problème ? s'enquit-il.

— Je ne sais pas. Ton T-shirt a rétréci ?

Il plia le coude, tendant le tissu à le faire craquer.

— Je le portais l'autre soir et il m'allait très bien. C'est bizarre mais... Je crois que je... grandis.

Jane eut un petit sourire.

— Tu ne t'en rends peut-être pas compte, mais la magie opère.

— La magie rétrécit mes vêtements ?

— C'est toi qui forcis, Michael. Tu prends des muscles et bientôt, tu feras craquer les coutures de tes vêtements.

Il se frappa la poitrine et plia les genoux.

— Tu as raison. Je vais aller en ville m'acheter de nouveaux vêtements.

— Tout de suite ?

— Oui, à moins que tu ne veuilles que je reste ? Ou que tu n'aies envie de parler ?

Jane saisit l'allusion. Depuis que son père était parti, elle fuyait Michael. Comment le regarder dans les yeux, sachant ce qui devait être accompli ?

— Tout va bien, Michael. J'essaie de rattraper le retard que j'ai pris avec ce vitrail cassé. Excuse-moi si tu as cru que je t'évitais.

— Tu es sûre que ça n'a rien à voir avec ton père ?

— Rien du tout...

C'était la vérité, ou du moins ce qui s'en rapprochait le plus.

— ... Simplement, on s'est très peu vus ces derniers temps. Je devrais pourtant avoir coupé le cordon avec mes parents depuis le temps que je vis !

— Je comprends. Tu sais..., lui avoua-t-il en traçant doucement une ligne le long de son bras, ça me plaît bien de sortir avec une femme plus âgée.

— Parce qu'on sort ensemble ? Est-ce que partager la même maison, c'est « sortir ensemble » ? Je pensais qu'on était...

— Quoi ?

— Je ne sais pas.

Jane déplaça une pièce de verre sur la table, libérant ainsi son bras du contact de Michael.

— Amants, tout bêtement.

— Ah, oui ? Amants, *tout bêtement* ? Comme… de l'herbe, tout bêtement.

Il croisa les bras sur la poitrine.

— Qu'est-ce qui t'arrive, Jane ? Quelque chose te tracasse, je le vois bien. C'est moi ? Tu m'aimes, non ?

— Je t'adore, Michael.

— Alors pourquoi es-tu si distante ?

— Je, nous… Euh, que sommes-nous exactement ?

— Amants ?

Il l'embrassa.

— Amis.

Un autre baiser.

— Une sorte de famille. Nous faisons tous deux partie d'un monde de ténèbres.

— Je ne suis pas une obscure, moi ! protesta-t-elle. J'aime la lumière.

Il recula d'un pas et la toisa d'un œil sombre.

— Je vois. Tu peux coucher avec un vampire, en faire ton amant, mais pas question de l'aimer pour de bon ? D'en faire ton petit ami ? C'est quoi ? s'emporta-t-il. Tu as peur qu'il se mette à saliver du sang sur toi, qu'il te vampirise ou qu'il te morde ?

— Ne m'en veux pas, Michael, ça n'a rien à voir avec toi. C'est juste que je n'ai pas tellement envie d'être en couple. Je n'en ai jamais eu envie. Ça me fait… peur. Et je ne l'ai jamais fait. Enfin si, une fois, une regrettable erreur…

— En plus de cent ans, tu n'as jamais eu de petit ami ?

— Réfléchis un peu. Pour une femme qui va vivre

éternellement, ce n'est pas très pratique de se lier provisoirement à un homme. Tandis que je continue de m'épanouir et de vivre des aventures, sans jamais être altérée par les ans, ceux qui m'entourent vieillissent et finissent par mourir.

— Tu n'as jamais connu le grand amour ?

Jane fit non de la tête, mais en évitant les yeux pénétrants de Michael. Certains mensonges étaient nécessaires, ne serait-ce que pour refouler les regrets et les larmes.

— D'ailleurs, c'est quoi le grand amour ? Une utopie. Rien de concret.

— Je ne te suis plus, Jane.

Michael glissa un bras autour de sa taille et l'obligea à le regarder en face. Là, au fond de ses yeux, elle lut sa franchise mêlée à une soif de vérité.

— Tu ne veux pas tenter le coup avec moi ? demanda-t-il.

La vérité vint aux lèvres de Jane à son corps défendant.

— Si, je… Je le veux vraiment. Mais ne me bouscule pas, s'il te plaît. J'ai besoin de prendre la vie au jour le jour.

Elle prit une longue inspiration.

— Tu veux la vérité, Michael ? Tu veux savoir ce que je ressens pour toi ?

Il hocha la tête. Pouvait-elle lui avouer ses véritables sentiments ? Le pari était plutôt osé… Mais comme toute cette malencontreuse aventure, c'était un défi, et, comme tout défi, elle allait le relever.

— Je crois que je suis en train de tomber amoureuse de toi.

— Tu es sérieuse ?

— Je suis…

— … toujours sérieuse, acheva-t-il avec un sourire.

— Et toi ?

— Moi, c'est simple. J'ai eu le coup de foudre à l'instant où je t'ai vue dans la chambre, ton terrible cutter à la main. Tu avais un regard sauvage et débordant de vie. Tes cheveux étaient en bataille... Tout en toi aguiche le monstre, Jane, et tout le reste l'apaise. Qu'ai-je fait pour te mériter ?

— Rien du tout. Ce n'était pas une question de mérite ni de destin. Nous avons tous les deux eu de la chance.

— Je ne crois pas à la chance. J'ai vu trop de choses pour y croire.

Haussant les épaules, elle se libéra de son étreinte et fit le tour de l'établi.

— Je me fiche pas mal de ce que tu as vu ou pas, lui lança-t-elle. Ce qui compte, c'est ce en quoi tu crois.

Michael la rejoignit, l'enlaça par-derrière et, lui ôtant son coupe-verre, il lui emprisonna les mains dans l'étau de sa poigne.

— Je crois en nous, Jane. Que ça ne t'effraie pas. Quoi que tu exiges de moi, je te le donnerai. Quoi que ce soit.

Jane courba la tête, lui embrassa la main et ferma les yeux. Quoi qu'elle exige de lui ? Michael était loin d'imaginer l'effroyable faveur qu'une sorcière pouvait solliciter d'un vampire...

Au volant de la Mini, Michael roulait vers Maple Street. Rabaissant ses lunettes de soleil sur son nez, il scruta les environs.

Après sa brûlure de l'autre jour, dans le jardin, il préférait ne pas tenter le diable. Aussi se protégea-t-il le visage et les oreilles avec son T-shirt. Un T-shirt tout neuf; en chemin, il s'était arrêté dans une galerie marchande.

Il était passé du L au XL — rien qu'en faisant l'amour avec Jane.

Après avoir consulté son plan, il longea le trottoir d'un pas vif, jusqu'au refuge qu'offrait l'ombre de la maison. De vieux journaux jonchaient le perron de la petite bâtisse en stuc vert. Michael scruta la façade. Les fenêtres étaient obscurcies par des stores. Les buissons poussaient en tous sens faute d'entretien et l'herbe avait bien besoin d'être tondue.

Après avoir sonné cinq fois à la porte, Michael décida de faire le tour de la maison à la recherche d'une porte de derrière. Rasant les murs pour rester à l'ombre, il avança d'une démarche raide parmi les herbes. La porte grillagée frotta avant de s'ouvrir comme un ressort — on aurait dit qu'elle était restée des siècles collée par la peinture.

Dissimulé dans l'ombre, quelqu'un l'épiait de l'intérieur. Si Michael ne pouvait distinguer ses traits, il sentait très nettement une odeur chimique s'exhaler de la demeure.

— Je me demandais quand vous passeriez, lança la personne à l'intérieur. Entre, vampire, librement et de ton plein gré.

Le cœur de Michael avait bondi dans sa poitrine en entendant l'invitation — le type *savait.* Michael poussa la porte grillagée et agrippa le type par les épaules. Il le plaqua contre le mur et le secoua avec une telle violence qu'il entendit ses os craquer.

— Qui diable es-tu ?

— Calmez-vous ! Je m'appelle Sylvan Banks, et vous n'êtes là que parce que je vous ai donné des indications pour me trouver. Alors calmez-vous, répéta-t-il d'une voix maîtrisée, mais sous laquelle Michael sentait monter la peur.

— C'est toi que je vais définitivement calmer si tu

continues à me parler sur ce ton. C'est quoi ton problème ? Je ne t'ai jamais rien fait ! Je ne te connais même pas.

Il le repoussa contre le mur. Sylvan Banks. Le type du cimetière. Et ce n'était plus un gamin, même s'il avait encore de l'acné et une allure empruntée.

— Pourquoi tu m'as volé mon iPod ?

— Je ne l'ai pas volé. Je l'ai trouvé dans le cimetière.

— Tu l'as trafiqué.

— Je voulais que vous arriviez jusqu'à moi. Et c'est fait, vampire. Lâchez-moi !

— Les vampires n'existent pas.

Michael cogna le type avec violence contre le mur avant de le libérer, puis se dirigea à grands pas vers la pénombre d'un salon humide.

Pour tout mobilier la pièce comptait un sofa miteux et une table basse à plateau de verre, tous deux disposés devant une télévision qu'on aurait crue sortie d'une série télé des années 50. L'atmosphère de la pièce était bizarre. Ça sentait le renfermé. Le lieu inhabité.

— Qui diable es-tu ?

— J'ai été engagé pour vérifier votre état de santé et vous ramener à ma maîtresse.

— Vérifier mon…

La colère lui noua le ventre. Il lui fallait garder son calme. La douce aura de Jane était bien trop loin de lui pour apaiser sa rage tenace.

— Qu'est-ce que tu veux, de l'argent ? C'est ça ? Tu t'imagines que parce que je suis une rock star, je suis plein de fric ?

— On m'a filé suffisamment de fric pour que je n'aie pas besoin de vous en demander.

Banks passa la main dans ses cheveux ébouriffés.

— Je me fous complètement de qui vous êtes ou de ce

que vous êtes. En revanche, ça intéresse beaucoup ma maîtresse.

— Ta maîtresse ? Quelle maîtresse, nom de Dieu !

— Vous saurez qui c'est quand vous la verrez.

— Je la connais ?

Banks tapota d'un doigt ses lèvres fines, mais ses yeux trahirent le sourire qu'il s'efforçait de dissimuler.

Michael inspira profondément en bombant le torse, ce qui le fit paraître encore plus grand.

— Je te préviens, t'as pas intérêt à me foutre en rogne. Sinon…

Il parvint à maîtriser sa colère — enfin presque. Il ne vampiriserait pas ce type. Ce serait une perte d'énergie. Il pouvait contrôler le monstre puisqu'il l'avait déjà fait avec Jane ; il n'y avait pas de raison pour qu'il ne puisse pas y arriver maintenant, sans elle.

— Sinon quoi ? Vous boirez mon sang ? Je suis au courant. J'ai déjà eu affaire à des salopards de votre espèce.

D'un doigt, il écarta le col de sa chemise, révélant un objet qui brilla d'un éclat métallique.

A la vue de la petite croix en or, Michael eut un mouvement de recul.

Banks tapota sa croix, satisfait qu'elle remplisse son office sans qu'il ait à la brandir.

— Comme je vous l'ai dit, c'est ma maîtresse qui veut vous voir, pas moi. Permettez-moi de vous mener à elle et peut-être serai-je enfin débarrassé de cette garce de buveuse de sang.

Michael plaqua sa main sur le cou du petit crétin, le repoussa contre le mur et le souleva aisément de quelques centimètres. Oui, ses crocs étaient descendus ! Et, oui, la croix le brûlait.

— Qu'est-ce que tu racontes ? C'est qui, cette maîtresse ?

— Isabelle LaPierre, fit alors une voix en provenance de la pièce voisine.

Michael laissa retomber le journaliste. Sur sa main, la brûlure fumait. En entendant cette voix, tout son corps se raidit.

La voix de son maître du sang. La femme qu'il attendait depuis des décennies.

20

Oui, des décennies. Chaque fois qu'on frappait à sa porte, il allait ouvrir, plein d'espoir, priant pour qu'elle soit de retour. Mais ce n'était jamais elle. Il décrochait le téléphone dans l'attente de sa voix. Mais ce n'était jamais la sienne.

Il avait repoussé maintes femmes, les unes après les autres, certaines plus belles qu'elle. Pourtant, son lit était resté vide, en manque d'amour comme son cœur. Des dizaines d'années plus tôt, il avait bien failli se cloîtrer définitivement chez lui, refusant de chasser la nuit s'il ne pouvait le faire à ses côtés.

Aucune femme ne l'avait jamais attiré au-delà du sang qu'elle pouvait lui donner. S'il ne pouvait l'avoir, elle, il n'en voulait aucune autre.

Il avait mis des dizaines d'années à émerger de cet état pathétique — pour retomber dans une dépendance encore plus destructrice. La quête d'adrénaline.

Du sang dégoulina le long de sa gorge. A peine un filet, au goût âcre. Il s'était mordu la langue. Déglutir lui parut une tâche insurmontable.

L'odeur du sang… *Non, c'est le tien.* Michael chassa son impérieuse envie d'attaquer ; pourtant elle ne se dissipa pas et d'ailleurs, il n'y tenait pas.

Attaquer ? Sa pulsion n'était pas normale. Elle ne pouvait pas l'être.

Un flot de soleil, fatigué d'avoir brillé tout le jour, pénétra par une fenêtre de côté et illumina le parquet nu. Répandu comme un tapis de lumière, le rayon stoppa net devant un sofa de velours bleu aux accoudoirs de bois incurvés. Des particules de poussière s'élevaient comme un écran trompeur entre Michael et la pâle silhouette.

Elle se tenait devant le sofa, de dos — un dos largement dénudé, car la profonde échancrure de sa robe descendait jusqu'à ses hanches.

Une soie d'une pâleur extrême, couleur chair, piquetée d'éclats de diamants, épousait sa fine silhouette aux formes néanmoins suggestives. Sa peau se confondait avec le tissu. Ses longs cheveux tombaient en cascade comme un torrent jusqu'au doux arrondi de ses fesses, le long de la chute attirante de son dos nu.

Elle glissa un œil par-dessus son épaule, ne révélant que le côté gauche de son visage, sans croiser totalement le regard de Michael. C'était une pose, se dit-il, rien de plus. Il en avait vu des centaines dans les médias. Et lui-même avait suffisamment posé devant les photographes pour ne pas se laisser duper. Ne jamais révéler l'image complète ; laisser le public sur sa faim.

Mais, au-delà, qu'y avait-il ? songea Michael.

Pourquoi maintenant ?

La « belle dame sans merci » était réapparue dans sa vie. C'était ainsi qu'il l'avait surnommée. Elle n'avait rien d'un tyran impitoyable, mais réclamait toujours un orgasme supplémentaire quand ils faisaient l'amour. Encore un, puis un autre, et un autre encore. Elle était insatiable, sans pitié pour lui, et l'épuisait à la tâche. Non qu'il ait beaucoup protesté à l'époque…

Sauf qu'ensuite elle l'avait quitté. De la pire façon.

Michael se ressaisit face au flou de l'oubli qui, de manière inattendue, menaçait d'anéantir sa calme logique.

Etait-ce dû au simple fait de se trouver dans la même pièce que la femme qui l'avait créé ? Son sang pouvait-il reconnaître celui d'Isabelle ? Bien sûr... Car maintenant qu'il se concentrait, il la sentait à l'intérieur de lui. Ses battements de cœur étaient aussi précipités que ceux d'un colibri. *Contrairement à ceux de Jane.* Frénétiques. Elle devait être nerveuse. Bien.

— Ça fait longtemps, Michael.

Sa voix, calme et grave — toujours surprenante de la part d'une créature aussi délicate — envahit le sang de Michael, faisant sur lui le même effet que le whisky sur un alcoolique repenti. Ils étaient trop loin l'un de l'autre pour se toucher, pourtant il sentit le chatoiement se propager dans ses veines à la vitesse de l'éclair. Il la sentait... partout, à l'intérieur comme à l'extérieur de lui. Son sang pulsait dans ses veines. C'était elle qui l'avait créé. Chaque fois qu'il se nourrissait, elle murmurait encore dans son sang.

— Isabelle.

Il prononça son prénom à la française, comme elle préférait qu'on le fasse.

Cela faisait des dizaines d'années qu'il n'avait pas articulé ce prénom à voix haute, mais le temps n'avait pas eu prise sur elle.

Le rayon de soleil l'évitait mais elle n'avait pas besoin de lumière. Telle une reine des neiges dominant la pesante monotonie d'un paysage aride, elle rayonnait. Et ses yeux — du moins l'œil qu'il pouvait voir — étaient dorés comme ceux d'un chat et entourés de tellement de blanc... Inquiétants. Dévastateurs.

Pourquoi ne se retournait-elle pas complètement pour lui faire face ?

— M'as-tu pardonné mon absence ?

C'était une question ridicule. Et Michael, interloqué,

tendu comme une arbalète, l'accueillit par un rire sec. Il relâcha toute sa tension, fit jouer ses épaules et donna de la voix comme s'il était sur scène.

— Pardonner ? répéta-t-il.

S'éloignant de quelques pas pour ne pas voir ce visage de porcelaine qui n'avait pas changé en cinquante ans, Michael remonta le cours de ses souvenirs.

— Nous avons eu une liaison fantastique qui a duré six mois. Je ne vivais que pour toi. J'ai quitté mon boulot à la radio pour pouvoir satisfaire tes moindres désirs. Ceux de ma chère Isabelle qui se tenait tous les soirs, à 21 heures, devant ma porte. Prête à faire l'amour. Je ne me suis jamais douté de quoi que ce soit. Tu ne m'as strictement rien dit sur toi. Et le jour où tu as décidé de tout me révéler, tu m'as mordu et tu m'as changé en vampire avant de me lancer : « Que la vie te soit douce, mon amour ! »

Il se tourna vers Isabelle. Elle était calme et le regardait sans broncher.

— J'ai bien résumé l'histoire ?

— Tu n'as pas changé, Michael. Toujours aussi effronté et arrogant, imbu de toi-même. Oui, c'est à peu près ça. Mais je ne t'ai jamais promis l'amour éternel. Je pensais que, depuis le temps, tu t'en étais remis.

— J'ai définitivement tourné la page, Isabelle. Il y a des dizaines d'années que je ne pense plus à toi.

— Pas un jour ne s'est passé sans que moi, je ne pense à toi.

— Tu mens.

— Tu restes le plus bel homme que j'aie jamais tenu dans mes bras.

Michael tourna la tête pour lui décocher un grand sourire.

— J'espère bien.

— J'adore ton arrogance. Allez, embrasse-moi, veux-tu ?

— Non, sans façon... Je refuse de retomber dans nos vieux travers, Isabelle. J'ai ma vie, maintenant. Et tu n'en fais pas partie.

— Elle est si jolie que ça ?

— Qui ?

— Ta vie ?

— De l'eau a coulé sous les ponts, des dizaines d'années ont passé. J'ai accompli des tas de choses. Je mène une vie formidable. Je possède des biens et je suis matériellement à l'abri pour un temps infini. Mais, selon toi, il n'y aurait qu'une femme pour me donner autant de satisfaction ?

— C'est généralement le cas pour les personnages publics dans ton genre. Je soupçonne le vampire de s'être noyé dans l'adoration des fans et les flashes des photographes. J'ai vu tes clips. Les Déchus... Quel à-propos pour un groupe dont le chanteur est un vampire ! C'est très audacieux de ta part de t'exposer ainsi aux foules. Tu ne crains pas d'être un jour démasqué ?

Michael sonda les yeux d'Isabelle à la recherche d'une menace. Il ne tenait qu'à elle de révéler son secret au monde entier. Quoique ce ne serait pas très sage venant d'elle...

S'il l'approchait, retomberait-il dans le même piège ? Déjà, le rythme cardiaque d'Isabelle galopait aux côtés du sien. Ces palpitations rapides, furieuses, toujours provocantes, l'encourageaient à se mesurer à elles, à plonger dans l'excitation.

Michael tendit la main mais ne rencontra que le vide. Rien à toucher. Pas de pseudo-sorcière à qui s'agripper en guise de réconfort.

Mais il n'avait pas besoin de l'aide de Jane. Qu'aurait-elle eu à lui proposer ? *Au-delà de la force que tu as puisée dans sa magie ? Elle t'offre un foyer, de l'amour et...* Non, pas la passion que lui avait fait connaître Isabelle. Jane ne pourrait jamais rivaliser face à Isabelle, elle ne ferait jamais d'ombre à son pâle rayonnement lunaire.

Jane, si simple. Sauf qu'elle ne l'était plus, maintenant qu'elle possédait de réels pouvoirs magiques. Etait-ce cela qui l'avait troublée tout à l'heure ? Elle gagnait en puissance, se posait en rivale en face de lui. Allait-elle le surpasser en force ? Et le cas échéant, aurait-elle encore besoin de lui ?

Isabelle promena la main le long de son buste, glissant gracieusement jusqu'à sa hanche. Svelte, pâle, une silhouette de rêve... Ses doigts recourbés attirèrent le regard de Michael sur l'arrondi du tissu échancré jusqu'aux reins.

— J'ai fait tellement d'efforts pour avoir l'air présentable devant toi.

— Tu es ravissante, comme toujours. Mais pourquoi maintenant ? demanda Michael. Pourquoi avoir attendu si longtemps pour me retrouver ? N'étais-tu pas curieuse de savoir si j'avais survécu, si j'avais appris à être un vampire ?

— Tu as toujours été un battant, Michael. Je n'ai jamais douté que tu saurais relever ce défi et t'épanouir dans ta nouvelle vie. Et c'est ce que je constate. Tu es gorgé de sang et je sens d'ici ta force. Tu as l'air si... viril. Michael, tu as tellement prospéré depuis la dernière fois que nous nous sommes vus. Je t'ai fait un merveilleux cadeau.

Serrant les dents, il donna un coup de poing dans le vide.

— Je refuse d'entendre tes mensonges !

— Pour toi, je n'ai pas de mensonges. Seulement de l'admiration.

Le sang ruissela le long de la gorge de Michael. Il tournait en rond comme un fauve en cage ; il ne pouvait s'empêcher de se poser des questions. Ni de la regarder. Cette femme attirait son regard comme un chanteur sur scène fascinait son public. Sauf qu'Isabelle n'avait pas besoin de talent particulier, en dehors de l'éclat de ses yeux métalliques et de l'inclinaison de sa tête. Son charme pervers l'enjôlait.

Il secoua la tête, en proie à un déchirement intérieur.

Très bien, ce n'était pas un cauchemar. Que cela lui plaise ou non, ils étaient unis par le sang.

— Qu'est-ce que tu veux de moi, Isabelle ? Tu m'as fait suivre. Ne me dis pas que c'est parce que je te manquais.

— Approche. Je vais tout te raconter.

Il aurait dû répondre qu'il n'avait pas besoin d'approcher pour entendre ce qu'elle avait à lui dire, mais il alla vers elle avant d'avoir songé à une repartie.

Le soleil scintillait dans les cheveux d'Isabelle, mais elle ne s'y exposait pas directement. Près d'elle, il fut assailli par la fragrance d'un parfum de luxe. Subtil, oriental, exotique — à son image.

— Regarde-moi, ordonna-t-il. Tourne-toi, Isabelle.

Avec la grâce d'une colombe, elle pivota sur elle-même et releva la tête pour le regarder dans les yeux. D'un mouvement gauche, peut-être même douloureux.

Michael eut un sursaut d'horreur. Le côté droit de son visage était couvert d'affreuses cicatrices, sa chair était ravinée comme si on l'avait écorchée vive et que les plaies s'étaient refermées telles quelles, encore sanguinolentes.

— Isabelle ?

— C'est récent, lâcha-t-elle, mettant un peu de douceur dans sa hauteur souveraine.

Elle pencha la tête de côté de façon à ce que sa chevelure vienne masquer le profil ravagé de son visage, sans toutefois y parvenir complètement.

— Une sorcière..., reprit-elle. J'ai eu beaucoup de chance. La plupart des vampires ne se relèvent pas du cocktail de la mort.

La gravité de son aveu atteignit Michael en plein cœur. Rattrapé par l'atroce réalité, il plaqua la main sur sa poitrine, et recula de quelques pas.

— N'aie pas peur de moi, Michael. Je suis toujours la femme à qui tu faisais l'amour jadis toute la nuit.

— Je n'ai pas peur. Je suis désolé pour toi. C'est juste que...

Il considéra l'avenir. Ce qui lui arriverait à lui, si le sang de Jane entrait en contact avec sa chair. Au cas où il aurait la chance de s'en sortir, bien sûr...

— Comment as-tu fait ? Pour survivre ?

— Elle m'a craché dessus, expliqua Isabelle. Je suis si... lasse.

Elle s'assit sur le sofa de velours bleu, croisant les jambes avec élégance, et se laissa aller en arrière, son profil abîmé posé contre le dossier.

— J'ai réussi à essuyer son sang avec mes vêtements, mais il était trop tard. Le sang de sorcière fait très vite effet. Il m'a brûlée longtemps et si profondément... Jusque dans la bouche. Il a rongé la moitié de mes dents. Ça fait des mois. L'intérieur de ma bouche a cicatrisé, mes dents repoussent, mais à l'extérieur... Les brûlures infligées par le sang de sorcière sont très différentes de celles causées par le soleil. Quelle que soit la quantité de sang de mortel que je boive, elle n'a guère d'efficacité sur les réparations physiques qu'exige mon état.

— Et comment comptes-tu te reconstruire ?

Oh, question stupide ! La réponse l'atteignit comme un direct à l'estomac.

— C'est pour ça que je suis venue vers toi, Michael. J'ai besoin de ton sang.

Evidemment. Que pouvait-elle bien vouloir d'autre de lui ?

Pourtant, donner du sang à Isabelle ne devait pas être compliqué. Une seule morsure ?

Un long soupir étouffa les vibrations de sa colère. La situation exigeait calme et sang-froid. Il n'allait pas s'énerver. Non, ce n'était pas la peine. Il avait de la compassion pour cette femme. Il la haïssait. Il l'adorait. Il était déchiré par les sentiments qu'il éprouvait pour elle.

S'il lui donnait de son sang, Isabelle guérirait.

Par définition, cela reviendrait à trahir Jane.

— Ce n'est pas trop demander, n'est-ce pas, Michael ? Ta femme n'y verra pas d'inconvénient. Elle n'a même pas besoin d'être au courant. Je te demande juste de me servir pendant une semaine environ.

— Une semaine ?

La servir ?

— Le processus exige une grande quantité de sang. L'idéal serait que je puisse me baigner dedans.

— Pas question !

Il avait failli, *failli* retomber entre ses griffes ! Comme un imbécile transi d'amour, un gamin naïf qui aurait tout donné pour attirer l'attention d'une femme expérimentée.

— Ne recommence pas, Isabelle ! Tu as déjà fait irruption une fois dans ma vie et tu l'as pillée avant de tourner le dos, drapée dans tes soieries et tes diamants comme une princesse gâtée qui s'est lassée de son jouet.

— Je ne te quitterai pas cette fois, si tu veux de moi. Elle compte donc tellement pour toi ? Pourrais-tu m'aimer de nouveau, Michael ?

C'était la première fois qu'il voyait Isabelle supplier.

S'abaisser à n'être plus qu'une… chose. Implorante, vulnérable…

— Je ne peux pas faire ça. Pas maintenant. J'ai besoin de… réfléchir.

— Mais tu ne l'exclus pas ?

— Isabelle !

Il fit volte-face et la regarda en face, pour lui montrer qu'il avait lutté, qu'il avait souffert, que l'homme qu'il était devenu n'avait plus besoin d'elle. Mais là, si près d'elle, assailli par son parfum voluptueux, par sa vie, son sang et les battements de son cœur, il perdit pied… et sombra dans les souvenirs de temps meilleurs.

Il lui prit la nuque et l'attira à lui pour l'embrasser. Un long baiser, profond et plein de gémissements, un baiser qui le mit à la torture, tout en comblant la douloureuse absence qu'il portait dans son cœur depuis le départ brutal d'Isabelle.

Michael s'aperçut que ses dents étaient descendues et lui entaillaient la lèvre; il se dégagea d'un mouvement brusque. De la main, il essuya le sang qui perlait à sa lèvre. Isabelle sourit.

Son sang à elle, pas le sien. Elle aurait pu le mordre, se coller à son cou et boire l'élixir qui l'aurait guérie. Or, elle n'en avait rien fait.

— Je veux que tu me le donnes de ton plein gré, expliqua-t-elle, en glissant un doigt sur sa propre bouche pour en ôter le sang. Ce baiser était une réaction impulsive de ta part. Cela t'a complètement pris au dépourvu, n'est-ce pas ?

— Oui.

Michael s'agenouilla, haletant, plein de désir et de souffrance. Il s'efforça d'oublier le goût d'Isabelle.

— Je ne peux pas, Isabelle. Je… je suis amoureux de Jane.

— Jane Rénan, fille d'une sorcière et d'un vampire…

— Comment le sais-tu ?

— J'ai mes sources.

D'accord. C'était elle qui, d'une façon ou d'une autre, avait mis cette vidéo bizarre sur son iPod. Evidemment qu'elle les avait suivis à la trace, lui et les personnes qu'il fréquentait.

— Le sang de cette sorcière n'a donc aucun effet sur toi ?

— Je ne l'ai pas mordue.

Isabelle éclata de rire. Un rire profond et vibrant qui alla se loger dans les entrailles de Michael, déclenchant une excitation immédiate.

— Quelle sobriété, Michael ! Comment de temps crois-tu que cela va durer ? Avec moi, tu n'as pas à te soucier de la mort. Mon sang te nourrira, te rendra plus fort.

— Je suis plus fort, cracha-t-il. Bien plus fort que tu ne le seras jamais.

Il se leva et alla à la porte. Tout cela n'avait duré que trop longtemps. S'il ne partait pas, il se retrouverait avec elle sur ce sofa, à assouvir son désir en arrachant le fin tissu qui recouvrait ses seins.

— Assez fort pour m'éloigner de toi. Au revoir, Isabelle.

— Réfléchis-y !

Sans un regard pour celle qui l'avait créé, Michael sortit résolument dans la lumière du soleil.

— Je le ferai, lança-t-il. Je le ferai.

21

Comment aurait-il pu ne pas songer à la seule femme qu'il ait jamais aimée ? Bien sûr, c'était il y a cinquante ans, mais certains jours, quand l'image d'Isabelle traversait son esprit, il retrouvait l'intense émotion qu'ils avaient partagée, comme si tout recommençait dans le présent, dans la réalité.

Isabelle LaPierre, fille de comte, née au XVIe siècle. Séductrice. Amante. Vampire.

Michael s'était déjà posé les questions qui s'imposaient : avait-elle fait ça à d'autres hommes ? Les avait-elle séduits, avant de les mordre et de s'enfuir ? Bien sûr. Eprouvait-elle des sentiments pour lui ? A l'époque peut-être, quand ils étaient ensemble, mais pas après son départ. A la minute où elle l'avait quitté, Michael s'était douté qu'elle avait une autre conquête en vue. Etait-ce chez elle une habitude de passer d'un homme à un autre ? Probablement, après une si longue existence, cela devait être son mode de survie. Et question dépendances, il en connaissait un rayon.

Pourtant la question qui le tracassait était : pourquoi lui ?

Si Isabelle avait créé d'autres enfants de sang, pourquoi était-elle revenue vers Michael pour quémander son sang réparateur ? Pourquoi lui ?

Et pourquoi maintenant, alors qu'il venait de s'engager dans un nouvel amour avec une femme qui, d'un seul sourire, d'un seul regard sexy de ses yeux féeriques, pouvait effacer chaque souvenir d'Isabelle LaPierre.

Il était amoureux de Jane.

Mais tu n'es pas uni à elle. Et jamais tu ne pourras l'être.

Sans le sang, il manquerait toujours quelque chose entre eux. Cette impression de faire totalement partie d'une autre personne — rien qu'en pensant à elle. Comme avec Isabelle.

Michael se passa la main dans les cheveux. Il roulait vers la maison de Jesse. Et de Jane. Loin d'Isabelle.

Etait-ce son véritable désir ? Retourner vers Jane ? S'éloigner d'un passé qui l'avait hanté durant des années ?

N'était-il pas censé être en exil, afin de décrocher ? Cela dit, cet aspect-là ne le tracassait pas outre mesure. D'ailleurs, il avait peut-être déjà remplacé son addiction par la magie sexuelle. Et pourtant, des femmes continueraient à entrer et à sortir de sa vie. Son besoin de sang ne s'apaiserait jamais.

A cet instant, il prit conscience qu'il avait faim. Cela faisait des jours qu'il n'avait pas pris de sang. Et rentrer à la maison auprès de Jane n'allait pas faciliter les choses. Il aurait dû s'arrêter en ville.

La Mini s'engagea sur la route gravillonnée et gronda au ralenti en passant sur les nids-de-poule et autres galets descellés. Il avait encore la possibilité de faire demi-tour, de rebrousser chemin.

Au lieu de cela, il écrasa l'accélérateur.

Il faudrait bien qu'il l'affronte. D'une manière ou d'une autre. Tant que Jane s'affairait à son travail, peut-être pourrait-il se glisser à l'intérieur et se faufiler jusqu'au sous-sol. S'il s'isolait dans son cercueil, le sommeil ne tarderait pas à venir et il pourrait ignorer sa soif de sang.

Mais pouvait-il ignorer Isabelle, le suppliant de lui rendre la santé ?

En raccrochant le téléphone, Jane se réjouit à l'idée de découvrir le gâteau qu'elle avait commandé. Un défi intéressant, avait commenté le pâtissier, mais rien d'infaisable. Le gâteau serait livré le lendemain, pour l'anniversaire de Michael.

Quel dommage que le reste de sa vie ne puisse pas être aussi simple !

Michael se faufila rapidement par la porte et marqua une pause pour la regarder. Quelque chose clochait, devina-t-elle. Malgré tout, il lui sourit.

— Jane. Qu'est-ce que tu fabriques ?

Elle lui adressa un sourire radieux.

— Rien. Je t'attendais.

Comme elle le savait capable de sentir son anxiété, elle la repoussa de toute la force de sa volonté. *Ne pense pas à la nuit de demain.*

Elle posa la main sur le torse puissant de Michael, et ausculta son rythme cardiaque : sous sa paume, son cœur battait à tout rompre.

— Tout va bien ? Qu'est-ce que c'est que ce sang ?

Michael effleura la petite tache rouge qui maculait la manche de son T-shirt.

— Ce n'est rien, c'est le mien.

Puis, comme pour couper court à d'autres questions, il saisit les mains de Jane et, d'une pirouette, l'amena à adopter une posture de danseuse. Puis il se colla à elle et la fit tournoyer le temps de quelques pas de danse. C'était si agréable de voir Michael d'humeur légère qu'elle s'abstint de protester.

— C'est bon d'être dans tes bras, Jane. Quand je suis

ici avec toi, tout va bien. On devrait aller danser, demain soir. Pour mon anniversaire. C'est possible ?

— On pourrait peut-être mettre quelques CD et danser dans l'atelier ? En faire notre salle de bal privée ?

— Remplir la pièce de fleurs, de bougies et de musique douce.

Il la fit ployer en arrière.

— Rien que toi et moi, dansant au clair de lune.

Ah, oui, cette satanée pleine lune ! Et Ravin, qui devait la rappeler… Jane redressa le buste et se dégagea d'une pirouette.

— Mais tu ne m'as pas dit ce que tu as fait aujourd'hui. Tu es parti pendant des heures.

Michael s'appuya contre la cuisinière et baissa la tête.

— Michael, qu'est-ce qui se passe ?

— Tu sais, l'autre soir, quand j'ai cru reconnaître un visage sur mon iPod ? Eh bien, je ne m'étais pas trompé, c'était un visage familier. Et il y avait une nouvelle entrée dans mon carnet d'adresses.

— Qu'est-ce que ça signifie ?

— Cet après-midi, je me suis rendu à cette adresse. C'est le journaliste du cimetière qui habite là-bas. Le gamin qui t'a abordée au club. Il m'a conduit…

Il poussa un profond soupir et sembla se tasser sur lui-même.

— … à mon maître du sang.

— Ton quoi ? Oh… Le vampire qui t'a créé ?

— Oui. Isabelle LaPierre.

Jane poussa une exclamation étouffée.

— Je ne l'avais pas revue depuis la nuit où elle m'a transformé, il y a cinquante ans.

— Mais elle t'a traqué ? Pour venir te débusquer ici,

dans cette petite ville ? Que veut-elle, Michael ? Oh, mais après tout, ça ne me regarde pas.

— Vraiment ? Tu ne tiens pas à savoir que j'ai passé l'après-midi en compagnie d'une bombe sexuelle âgée de quatre cents ans ?

— Une bombe sexuelle ?

Il se passa la main dans les cheveux et soupira.

— Une vraie femme fatale.

— Je vois.

Jane s'assit sur une chaise, l'air soucieux.

— Que cherchait-elle ? Je veux savoir.

Michael s'assit sur la table, face à Jane, et lui releva le menton pour sonder son regard. Il n'aurait pas dû lui faire ça à elle, l'entraîner dans son passé, mais il voulait voir comment elle réagirait. Elle devait aussi tout connaître de lui avant qu'ils n'envisagent l'avenir ensemble.

— Elle a été brûlée. Tout son profil droit est couvert de cicatrices.

— Mais tu m'as dit qu'elle était sexy ?

— Elle le reste. Jane, la beauté d'une femme ne se résume pas à ce qu'un homme voit sur son visage, ce qui compte, c'est ce qu'il lit à l'intérieur. Une sorcière lui a craché dessus.

— Elle a bien fait !

Michael la fusilla du regard, serra les poings, mais ne lui fit aucun reproche. Jane avait le droit d'avoir son opinion. Et d'une certaine manière, la jalousie qu'impliquait sa réaction l'enchanta.

La main plaquée sur son cœur battant, Jane semblait avoir perdu l'usage de la parole. Elle voulait dire quelque chose, il le voyait bien, mais cette fois, son pouls avait perdu de son calme. La colère s'entremêla à son parfum. Délicieux, capiteux et surprenant.

— Ta magie ne peut donc pas t'aider à surmonter la jalousie, Jane ?

— Pourquoi t'a-t-elle contacté ?

— Seul un enfant de sang peut lui donner le sang réparateur capable d'effacer les cicatrices.

— Et tu le lui as donné ?

— Pas encore.

Le goût du sang d'Isabelle s'attardait encore vaguement sur son palais. D'une richesse indicible. Une saveur trop merveilleuse pour être partagée avec quiconque, même en paroles.

— Donc tu vas retourner la voir.

— Je ne sais pas, Jane. Je dois prendre une décision.

— Et si je t'ordonne de ne pas le faire ?

— Tu oserais ?

Surpris par l'audace de Jane, Michael observa le ballet des émotions sur son visage. Le trouble y côtoyait la colère, néanmoins sa douceur de caractère entravait la montée d'une rage pourtant désirée.

Il aurait pu la prendre là, tout de suite, lui sucer le sang et s'emplir la bouche de son essence — avant de mourir.

Mais n'était-ce pas ce qu'il avait souhaité au tout premier regard ? Qu'elle lui plonge son cutter dans le cœur, qu'elle le tue brutalement mais avec lenteur, en une longue agonie ?

Alors il n'aurait pas eu à choisir entre deux femmes. S'il décidait de donner son sang à Isabelle, il y aurait un prix à payer. Leur union serait renouvelée et deviendrait trop forte pour qu'il puisse la contrôler. Jane perdrait alors tout intérêt à ses yeux. Aucune sorcellerie au monde ne pouvait le satisfaire autant que la maîtresse de sa création.

— J'ai besoin de réfléchir, Jane, répéta-t-il. J'essaie de... faire valoir mon amour pour toi.

Elle l'agrippa par son T-shirt. Ses ongles s'enfoncèrent douloureusement dans sa poitrine. Une douleur positive, signe qu'il n'était pas devenu insensible malgré ses efforts pour y parvenir.

— Elle fait partie de toi, d'une manière que je ne pourrai jamais égaler. Vous avez échangé votre sang. Mais elle guérira, Michael, elle finira par guérir. Avec ou sans toi.

Elle lui lança un regard d'une intensité qu'il ne lui connaissait pas.

— Ne fais pas ça, Michael. Reste avec moi. Prends-moi.

Il secoua la tête.

— Je suis fatigué, Jane.

Il glissa ses doigts entre les siens et cela suffit pour que Jane suive sa douce injonction et se colle tout contre lui, nichée dans son cou pour respirer son anxiété.

— On peut faire l'amour ? murmura-t-elle. Tu m'as manqué.

— Ça fait du bien d'entendre ça. Tu me donnes envie de devenir meilleur, Jane.

— Tu es meilleur, Michael. Tu ne peux pas prévenir ton envie de sang. Elle fait partie de toi. En revanche, tu n'as plus besoin d'adrénaline parce que tu m'as, moi. Ainsi que ma magie.

Elle avait raison. Il respira ses cheveux et lui caressa le dos.

— Tu m'excites…

— Alors qu'attends-tu ? Tu peux me posséder à ta guise. Maintenant, n'importe quand, pour toujours.

— Je ne me suis pas nourri. Je suis… Jane, ton sang sent si bon, gémit Michael. Je ne vais pas pouvoir résister, même tes chaînes ne pourront m'empêcher de te mordre.

Je t'en prie, ne me demande pas de m'exposer à un tel risque.

— Au contraire. Je veux que pour moi tu risques le tout pour le tout, Michael. Prouve-moi que je suis la seule femme qui compte pour toi. Fais-moi l'amour. Maintenant.

Michael entraîna Jane dans le studio.

— Il nous faut de la musique. Ça recadrera mes envies. On peut faire ça dans le bruit et la fureur ?

La main de Jane glissa sur son jean et agrippa son sexe en érection sans trop de douceur.

— Ce n'est qu'un avant-goût, fit-elle en passant l'autre main sous son T-shirt et en promenant ses ongles sur sa poitrine. Rejoins-moi dans la chambre si tu veux connaître la suite…

Tout en plaçant le CD des Déchus sur la platine, Michael la regarda onduler le long du couloir, ses longues jambes mises en valeur par sa jupe de soie. Elle était nue, en dessous, et cette vision tentatrice l'excita au plus haut point.

Après avoir poussé le volume au maximum, Michael traversa le couloir et la rejoignit. Jane dansait sur un autre rythme. Elle se balançait au milieu de la chambre, contre le lit, l'aguichant avec des mouvements de bras de danseuse espagnole. La tête en arrière, les yeux rivés sur lui, elle déposa un baiser sur le bout de son doigt et le lui envoya.

Plaquant ce baiser sur son cœur, Michael tomba à genoux. Des guitares imprévisibles associées à une batterie vigoureuse se propageaient dans toute la maison, faisant vibrer la charpente. Cette musique née dans ses veines ne pouvait capturer la douce et sauvage Jane. D'ailleurs, il ne le souhaitait pas.

Empli de Jane, de son odeur, de son rythme, de son souffle, il inspira à fond, les yeux fermés pour tout absorber en lui. La magie sexuelle.

Envoûté, Michael conserva sa pose d'adorateur, un genou à terre devant Jane, qui se déhanchait et ondulait de plus en plus près. A ses chevilles tintaient de minuscules pièces d'argent qui bordaient sa jupe cramoisie. Chaque balancement de ses hanches augmentait son excitation.

— Toute la nuit, murmura-t-il, et il se releva tandis que les jupes de Jane frôlaient sa joue. Toute la nuit, répéta-t-il à voix basse.

Il lui jura son amour en silence. Elle était la vision dansante d'un autre monde. Une femme piégée entre la normalité et l'exotisme scintillant du paranormal. Il la vénérait. Et même s'il ne pouvait l'exprimer à voix haute, il lui fit serment de fidélité à elle et à elle seule. Elle avait dompté le monstre. Il ne voulait aucune autre femme, en tout cas pas de maîtresse perverse et sanguinaire. Il était capable de faire de Jane son unique amour. Il le voulait.

Si seulement il pouvait résister à la *pulsion* ! Car même en s'abandonnant à la musique, il sentait le délicieux picotement de ses crocs sur sa lèvre inférieure. Pas complètement descendus, mais cela ne tarderait pas, il le savait. Bientôt.

Le rythme sensuel de Jane s'insinua dans ses battements de cœur et leurs deux pouls se synchronisèrent. Ils s'appelaient par-delà la voix, les gestes et les regards.

Sans cesser de danser, Jane s'accroupit lentement, balançant ses hanches et son ventre plat devant son visage pour venir s'asseoir sur ses cuisses. Ensemble, ils s'allongèrent en un enchevêtrement de baisers et de soie déchirée.

Evidemment, il lui arracha son corsage. Quel homme

aurait perdu son temps à s'énerver sur ces délicates petites bretelles ? Il la voulait tout de suite, et il l'aurait. S'il la pénétrait rapidement, il pourrait peut-être prendre le monstre de vitesse.

Lorsqu'il passa la langue sur la pointe de son sein, Jane gémit. Elle se cambra contre lui, plaquant son bassin contre le sien. Michael sentit jaillir en lui un besoin insensé.

La musique s'était insinuée en Jane, entraînant à sa suite son propre démon et exigeant d'être nourrie. Car elle encourageait Michael à s'aventurer encore plus bas. Il fit glisser sa langue sur son ventre. Doux comme les fleurs, une sorte de fruit défendu, son parfum à elle.

Et là, il sentit l'afflux de vie danser le long de ses veines, à la recherche du rythme. L'odeur de son sang... Pure. Perverse. A nulle autre pareille. Peut-être marquée par les siècles de vie que lui avait accordés l'immortalité de ses parents; immortalité, que ce mot était doux à sa bouche...

Il tenta de lui arracher sa jupe, mais les attaches de soie le défiaient de la lui ôter complètement. Il l'embrassa profondément, la titilla jusqu'à l'amener au bord de l'abîme : il adorait l'entendre s'envoler vers le septième ciel. Son odeur allumait l'instinct du monstre.

Quand les spasmes de la volupté agitèrent son corps, quand les cris de plaisir s'échappèrent de sa bouche tentatrice, il glissa vers ses lèvres et captura son souffle. Et l'avala. C'était divin. Démoniaque...

Jane l'agrippa par les cheveux, tirant d'abord doucement puis plus fort, comme pour le presser plus étroitement contre son corps non rassasié. De nouveau, il pressa ses lèvres sur son sexe brûlant, et joua de son corps comme d'un instrument précieux. Et lorsqu'elle bascula dans le vide et se mit à planer, les dents de Michael effleurèrent la fine attache de soie torsadée de sa jupe — et cisaillèrent le tissu.

Repoussant les cheveux qui lui tombaient sur les yeux, il montra les dents, tête rejetée en arrière. Mais au lieu de s'éloigner, Jane l'attira vers elle, et l'embrassa sur la bouche. Il tenta de s'écarter d'elle. *Envie désir folie rouge.* Oh, la douleur exquise de mordre dans sa chair !

— Jane, non, protesta-t-il, mais sans trop de conviction.

Juste un petit coup de dent ? Pour se faire une idée du goût qu'elle avait ? Quand même, il pouvait bien prendre ce risque ? La magie sexuelle serait-elle plus forte que le cocktail de la mort ?

Après le soupir d'abandon qui conclut son orgasme, Jane se détendit, ses épaules se reposèrent sur le parquet et ses doigts glissèrent loin de son dos.

— Embrasse-moi encore, murmura-t-elle, les yeux clos, totalement ignorante du monstre qui venait de s'introduire dans la chambre. S'il te plaît, Michael.

La tête appuyée sur son épaule, Michael lutta contre l'envie qui montait en lui. *Concentre-toi. Pas le rouge. Pas le rouge.* Elle était partout, l'odeur du sang, emplissant la pièce, noyant le solo de guitare frénétique qui dérapait en rapides riffs lumineux vers l'autodestruction.

Haletant, poings serrés autour de la tête de Jane, Michael savait qu'il devait s'éloigner. Mais une partie de lui, encore plus insistante, refusait de s'en aller.

Dire qu'il avait commencé à prendre le contrôle !

Sortant de la brume du plaisir, Jane ouvrit enfin les yeux, et ils se voilèrent aussitôt d'un reproche mêlé d'inquiétude.

— Michael ? Oh, non.

— Je t'avais prévenue que j'avais besoin de me nourrir…

Jane pressa ses doigts sur ses lèvres. Un coup de tête à gauche, et une canine lui entaillerait la peau. Soudain consciente de la folie de son geste, elle s'écarta. Ses jambes gigotèrent sous les siennes tandis qu'elle essayait de sortir du lit.

— On peut arriver à gérer ça, Michael. Ne le laisse pas avoir le dessus.

Mais il ne l'entendait plus. La musique hurlait. La soif de sang pulsait comme des doubles croches à ses oreilles. Il désirait Jane par tous les pores de sa peau. Jane dans ses bras. Jane enroulée autour de son désir. Jane dans sa bouche. Jane glissant le long de sa gorge.

— Jane..., hoqueta-t-il. Va-t'en !

— Non !

Elle se tordit sous lui. Son coude atteignit Michael à la mâchoire, pas très violemment, mais il sentit l'odeur sirupeuse du sang lui imprégner les pores.

Se libérant du poids de son corps, elle scruta son visage, où perlait une goutte de sang, puis elle regarda son coude. Il était marqué d'une brillante zébrure cramoisie. Ce qui signifiait que... Que c'était son sang *à elle* qu'il portait sur lui.

D'un geste vif, elle lui essuya la bouche du revers de la main.

— Tu n'en as plus sur toi. J'ai tout enlevé, s'écria-t-elle.

Michael ne put s'empêcher de se lécher les lèvres. Il ne sentit aucun goût. Au même moment, la panique approfondit le vert de son regard d'un irréel éclat émeraude.

— Tu ne peux pas faire ça, Michael ! Tu tiens donc à mourir ?

— Tu n'es pas une sorcière, Jane. Tu es Jane, une fille tout à fait normale.

Il la suivit tandis qu'elle s'éloignait de lui en rampant sur le parquet.

— Tu ne peux pas me faire de mal. Moi, je peux t'en faire.

— C'est ça que tu veux ? Me faire du mal ? Tu n'as qu'à retourner vers ton maître du sang, dans ce cas.

Atteignant la porte, elle se releva péniblement. Sa jupe pendait sur ses hanches, les attaches ne s'étaient toujours pas défaites. Ses seins couronnés de rubis le narguaient ainsi que ses lèvres tuméfiées de baisers.

— Ecoute la musique !

Dans un rugissement, Michael se leva et bondit sur elle. La douleur de son crochet du droit lui fit perdre l'équilibre. Il tituba en arrière et atterrit sur le lit.

Les mains sur les genoux, la tête entre les jambes, Michael goûta son propre sang. Jamais il n'aurait imaginé qu'elle avait une droite aussi efficace.

— Mais ça ne suffira pas, marmonna-t-il.

— Si, Michael, ça suffira. Si tu le veux, si tu le veux vraiment, ça suffira.

Elle se glissa sur le lit et s'agenouilla. Rejetant ses cheveux en arrière, bras tendus, elle exhiba son corps devant lui — chevelure en furie, poitrine opulente, ventre et cuisses offerts.

— Je vais dompter la bête en toi, Michael. Pas de sang. Promis ?

Avant qu'il ait pu l'attraper par les cheveux, Jane le repoussa d'une claque sur la poitrine.

— Calme-toi ! Les mains au-dessus de la tête.

Michael agrippa le cadre du lit. Ses crocs ne s'étaient pas rétractés. Et pourtant cette nouvelle facette de Jane excitait son désir de s'enfoncer en elle — avec son corps et non avec ses dents.

— Non, tu ne vas pas me mordre, dit-elle. Tu ne veux pas que tout s'arrête, n'est-ce pas ?

Il secoua la tête, emporté par un tourbillon d'émotions contradictoires. Non, il ne voulait pas que tout s'arrête. Il la voulait, il voulait se fondre en elle, s'abandonner au plaisir entre ses bras, au moins autant qu'il brûlait de mordre son cou succulent et de se repaître de son sang…

Elle lui baissa le jean jusqu'aux chevilles. Se redressant pour l'embrasser, elle caressa sa lèvre supérieure du bout du doigt.

— Montre-les moi, Michael. Laisse-moi les toucher…

Ses crocs ? Etrangement excité, Michael obéit. Jane plaqua ses hanches contre son sexe en érection. Sa chaleur humide narguait la patience de l'homme. Et lorsqu'elle toucha l'un de ses crocs, il ferma les yeux pour ne plus voir son sourire. Sa poitrine se soulevait au rythme de sa respiration hachée. Au bord de la perte de contrôle, il se domina de toutes ses forces.

— Tes crocs sont durs, susurra-t-elle, blancs et acérés.

Ne te coupe pas, Jane. Pourquoi prenait-elle tant de risques ? A peine dix minutes plus tôt, il brûlait d'envie de prendre ce risque et pourtant… C'était *elle* maintenant qui inversait les rôles ?

— Je ne peux pas, parvint-il à articuler avant de refermer la bouche.

C'était la magie ; elle avait rendu Jane plus hardie.

— Si, tu peux, affirma-t-elle.

Puis elle s'empala sur son membre dur.

— Prends-moi tout entière, Michael. Fais-moi l'amour. Fais-moi crier de plaisir…

Brûlant de désir, Michael plaqua violemment ses hanches contre les siennes. Chaque coup de boutoir l'enfonçait plus profondément dans l'oubli. Jane l'enserrait si fort... Il était proche de la jouissance...

— Oh, Jane...

Aucun monstre ne pouvait faire irruption cette fois. Pas quand Jane était aux commandes.

Toutefois, ses crocs fendirent l'air lorsque sa bouche s'ouvrit sur un gémissement d'extase. L'idée qu'ils ne seraient jamais vraiment en sécurité l'un avec l'autre l'excitait plus que n'importe quelles chaînes ou menottes.

Alors que les ongles de Jane s'enfonçaient dans ses épaules, Michael explosa dans un orgasme violent.

Après s'être glissée au-dehors pour admirer la lune, Jane s'assoupit dans le fauteuil que Michael avait sorti sur la terrasse cimentée. La lumière mauve du soleil la réveilla doucement, et elle s'étira avec un grand soupir de contentement.

Une douce rosée scintillait au bout des brins d'herbe. Une fourmi passa sur son ventre, et le chatouillis de ses pattes minuscules amena un sourire rêveur aux lèvres de Jane. Néanmoins, elle l'ôta d'une pichenette et scruta le sol à la recherche d'autres représentantes de sa race. Pas de fourmilière. Mieux valait se montrer moins complaisante envers les insectes plutôt que de revivre une étrange manifestation d'amour de leur part, comme l'autre jour, avec les abeilles.

Penchant la tête, Jane examina la fontaine dont le filet d'eau, une fois de plus, s'était interrompu. La mine concentrée, elle décida que l'eau devait couler librement.

Rien.

Puis un gargouillis se fit entendre, et l'eau se mit à jaillir.

Jane, calme et ravie, eut envie d'appeler sa mère pour

lui annoncer la grande nouvelle. Elle n'allait pas le croire. A moins que... Après cela, son père perdrait sûrement toute animosité envers « cet idiot de vampire ».

Michael pourrait-il jamais dompter le monstre ? Il lui fallait simplement du contrôle. Et il ne l'avait pas mordue, la nuit dernière, alors qu'il en mourait d'envie, elle le savait.

Et même si elle avait dû recourir à l'agressivité pour calmer le monstre, cela avait déclenché en elle une décharge de plaisir. Le danger interdit de faire l'amour sans autre protection que leur ardeur frénétique l'avait excitée. Réveillant son naturel sauvage. Et elle n'avait aucune envie de redevenir la Jane ordinaire qu'elle était jusqu'alors.

La Jane ordinaire redoutait le rituel. La Jane sauvage voulait tout ce que la vie avait à lui offrir, même si elle devait le voler pendant l'amour. La Jane sauvage était une sorcière. Une véritable sorcière. Qui ne devait pas se priver de son destin. Elle s'était lancée dans cette folie, pleinement consciente de ce que cela pouvait entraîner. L'aventure. L'excitation. Le danger. Des choix.

Elle devait aller jusqu'au bout.

Une idée s'imposa soudain à elle, assombrissant son humeur. Et si sa toute nouvelle magie ne durait pas ? Aurait-elle toujours besoin de Michael pour que ça marche ?

Ses pouvoirs constitueraient alors une bien piètre consolation à l'obligation de rester avec le chanteur. Non qu'elle n'aimât pas faire l'amour avec lui, mais elle n'avait jamais voulu dépendre d'un homme. Pour quoi que ce soit.

Jane observa le ciel et le soleil qui émergeait à l'horizon. Il devait rester environ dix-huit heures avant minuit — la lune serait blanche et pleine. Cette nuit, elle devrait répondre à l'appel de l'immortalité ou renoncer à la vie.

Comment pourras-tu l'aimer ? Si tu n'existes plus ?

Son père avait marqué un point. Voulait-elle mourir pour Michael ? Et ne plus jamais le revoir ?

— Je l'aime. Je ne peux pas quitter ce monde.

Mais comment faire sans perdre Michael ?

Soudain, une autre idée s'imposa à elle, l'emplissant cette fois d'une joie pleine d'espoir.

Il avait trouvé un autre vampire.

Se redressant brusquement, Jane hocha la tête. Comment n'y avait-elle pas pensé plus tôt ?

Elle allait appeler son père — ainsi que Ravin — et prendrait toutes les dispositions nécessaires.

Sauf que… Elle ne pouvait pas faire ça. Michael tenait à cette femme, et elle ne devait pas laisser sa jalousie interférer dans l'histoire.

Mais en même temps, quel autre choix avait-elle ?

22

Michael se regarda dans la glace. Ce nouveau jean lui allait à la perfection. Et mettait en valeur toute sa virilité... C'était un effet de la magie de Jane. Elle avait accru sa force. Calmé le monstre.

Alors pourquoi envisageait-il d'aller vers Isabelle ?

Parce qu'elle avait été blessée. Elle ne méritait pas de souffrir.

Elle ne souffre pas, souffla sa conscience, *seul son amour-propre en a pris un coup*. Mais somme toute, que représentait une semaine de sacrifice de son sang ?

Tout.

— Pas aujourd'hui, marmonna-t-il. Je réglerai ça demain.

Il ne laisserait pas ses sombres pensées lui gâcher sa journée. Aujourd'hui, c'était son anniversaire.

Sauf qu'il n'avait pas de famille, pas de mère pour lui confectionner un gâteau ou organiser une fête en son honneur. La seule chose qui se rapprochait le plus d'une famille, son groupe, était sans doute en train de prendre du bon temps, sans lui accorder la moindre pensée. Quant aux cadeaux, eh bien, rares étaient les choses qu'il n'aurait pu s'offrir lui-même.

Mais il aimait quand même l'idée d'une surprise.

Il s'arrêta sur le seuil de la porte menant au jardin, l'épaule appuyée contre le chambranle. Il n'avait pas vu

Jane depuis qu'il s'était levé, une heure plus tôt. Mais il ne forcerait pas la porte close de son atelier.

Avait-elle oublié ?

Ou l'avait-il de nouveau effrayée, la poussant à chercher refuge dans son travail ? Cette nuit, ils s'étaient montrés assez violents l'un envers l'autre.

Une douleur insupportable lui noua la gorge. Jane était tout ce qu'il avait au monde. Son seul espoir de ressembler à une *vraie* famille. Isabelle n'avait rien à lui offrir à part des aventures extraordinaires et une constante source de sang.

Justement... S'il choisissait Isabelle, il n'aurait plus à prendre le sang des mortels. Il ne courrait plus jamais le risque de devenir un assassin...

Jane pouvait-elle lui offrir cela ? Evidemment que non ! Mais elle lui procurait une force exceptionnelle, et la magie sexuelle lui procurait des sensations qu'il ne pensait même pas possibles. Aussi intenses que le plaisir que Jane lui donnait quand ils faisaient l'amour, et qui lui donnait l'impression de planer...

Inutile de nier l'évidence : il était tombé fou amoureux de cette femme.

Quel genre de pantin était-il devenu ? Pourquoi était-il incapable de lui résister ? Etait-ce la magie de Jane qui attirait le vampire ? Continuerait-il à faire l'amour avec elle pour le seul but de conserver le pouvoir qu'il avait acquis ?

Qu'il était donc cruel d'être séduit par la seule femme qui pouvait s'avérer fatale pour lui !

Alors qu'elle ne courait aucun risque avec lui. Au contraire, même : faire l'amour avec lui accroissait ses pouvoirs de sorcière. Elle ne risquait rien à s'engager avec lui, quand lui y risquait sa vie...

A sa droite, un rassemblement de grillons chantait

la nuit. Le soleil n'était pas encore tout à fait couché et pourtant, au fond du jardin, la lune était déjà visible au-dessus du chêne tutélaire.

La lune. Quel beau cadeau d'anniversaire... Il aurait bien aimé pouvoir la partager — si large, si ronde et si lumineuse. Si loin du paradis.

Aurait-il eu la chance d'aller au paradis, s'il n'avait pas été transformé en vampire ? Probablement. Michael Lynsay, dans sa période pré-vampire, avait mené une existence des plus responsables. Il était DJ dans une station de radio et donnait des cours de musique après son travail. Il avait des objectifs, des passe-temps et des rêves. Il allait même à l'église — jusqu'à la mort de sa mère.

Et il avait été baptisé, ce qui aujourd'hui s'était retourné en malédiction contre lui, car il ne pouvait plus poser le regard sur un objet sacré, ni le toucher.

Michael caressa l'endroit où la croix de Banks l'avait brûlé ; la peau était douce et rose. Complètement cicatrisée. Non, c'était trop tard. Les vampires n'allaient pas au paradis.

Le sacrifice en valait-il la peine ?

Il avait grandi dans l'espoir de devenir un jour un chanteur célèbre. Sa mère avait cédé à tous ces désirs, dépensant une fortune en leçons de chant et l'inscrivant à tous les concours de la région. *Tu es doué, Michael,* lui affirmait souvent son professeur de chant. *Tu iras loin.*

Et c'était ce qui s'était passé. Mais que ferait-il dans quelques dizaines d'années ? Il ne pourrait continuer la scène indéfiniment. Quelqu'un finirait par s'apercevoir qu'il ne vieillissait pas.

Avec quoi remplirait-il sa vie ? Aurait-il quelqu'un à

ses côtés, quelqu'un qui lui tiendrait la main pendant des siècles ?

A l'instar des parents de Jane.

Normalement, Jane aurait dû le quitter depuis longtemps. Il fallait être forte pour supporter toutes ses singeries, ces concerts et ces cohortes de groupies. Et pourtant, elle devait bien lui trouver quelque chose ?

De la magie, vampire, c'est ça qu'elle y gagne. Ne te fais pas d'illusions. Elle profite de votre relation.

Si tu pouvais me servir juste une semaine environ.

Non, le jeu n'en valait pas la chandelle. Isabelle allait guérir. Elle n'était pas comme Jane. Sa Jane, songea-t-il avec un sourire, qui s'effaça bien vite.

Où était-elle ?

Retournant à l'intérieur, Michael s'attarda dans la cuisine. Au centre de la table, c'était là que sa mère posait toujours un gâteau au chocolat fait maison et décoré de bougies bleues. Il aimait les bougies bleues. Mais à présent, il ne restait plus personne pour s'en souvenir.

— Jane, Jane, Jaaane, chantonna-t-il à voix basse en approchant du studio.

Ce fut l'odeur d'une flamme qui l'alerta. Ainsi qu'un parfum de... fleurs ?

Michael fit volte-face et entra à grands pas dans l'atelier. Reculant soudain, il se retint au montant de la porte.

La pièce tout entière scintillait de flammes. De grosses bougies bleues et blanches étaient disposées un peu partout : par terre devant les fenêtres, sur l'établi, ainsi qu'aux quatre coins de l'atelier. Le sol était tapissé de pétales de roses rouges. On aurait dit l'une de ces salles de bal de film fantastique qui font se pâmer les femmes au cinéma.

Et au beau milieu de ce spectacle se tenait la belle du bal, serrant quelque chose contre elle. Une robe longue de couleur rouge, toute simple, épousait ses courbes et frôlait le sol. Un tissu très doux, devina Michael, car il lui moulait jalousement les seins et les hanches. Sa chevelure aux reflets cuivrés, vigoureuse et opulente, zébrait son visage sans toutefois dissimuler ses yeux sombres et profonds. Elle lui souriait. Tout son corps lui souriait. Le conte de fées était devenu réalité.

— Bon anniversaire, ma rock star, lança-t-elle.

— Je croyais que tu avais oublié.

Il s'avança dans la pièce, prenant garde d'éviter une bougie placée sur son chemin. Le besoin irrépressible de toutes les compter s'empara de lui et il commença à les dénombrer.

— Michael ! Concentre-toi.

Les bougies pouvaient attendre. Peut-être. Il y en avait six sur la table, et là-bas...

— Michael.

Il reporta son attention sur les battements de cœur de Jane. Eux, il n'avait pas envie de les compter, c'était juste agréable de savoir qu'ils étaient là, à l'intérieur de lui. *Mais pourrait-il jamais se les approprier complètement ? Comme les battements de cœur d'Isabelle ?*

Troublé, il regarda autour de lui.

— Jane, tu as fait tout ça pour moi ? Qu'est-ce que... ?

Il contempla le petit gâteau qu'elle lui présentait. Il n'était décoré d'aucune bougie, ne portait aucune inscription, mais il était...

Noir ?

— Je me suis dit que ç'aurait un petit côté rock'n'roll, avoua-t-elle avec un large sourire.

Un rire lui secoua tout le corps. Ça faisait du bien. Michael prit le gâteau des mains de Jane. Il le posa sur la table avant de la faire pirouetter dans ses bras et tournoyer sur la piste de danse… enfin, sur le sol de l'atelier.

— Il te plaît ?

— Il est parfait, affirma-t-il. J'ai l'impression d'être une sorte de prince.

— Puis-je être ta princesse ?

— Et que dirais-tu d'être ma reine ? Ma reine des ténèbres. Dans cette robe, tu ressembles à la petite sœur du diable.

Il l'embrassa rapidement et lui coula un regard par en dessous.

— Jane, quand je te regarde comme ça, j'arrive à lire tes pensées. Tu es vraiment exquise.

— Mais sans doute pas aussi savoureuse que ce gâteau…

— Rien à faire du gâteau, c'est toi que je veux manger pour mon anniversaire !

Il lui mordilla l'épaule et enchaîna par un coup de langue sur son menton.

— Et tous ces pétales de roses…

Enivré de plaisir, il traça de sa langue une caresse humide de ses seins à sa gorge, et elle le repoussa en riant.

— Tu as dit que tu voulais danser avec moi, alors dansons ! J'ai pris de la musique dans ma voiture.

Elle alluma le lecteur de CD.

— Je ne sais pas si ça va te plaire. C'est Niyaz. De la musique persane.

L'harmonie d'une voix de femme lancinante sur fond d'instruments à cordes imprégna la pièce. C'était très beau, songea-t-il. Intense. Et cela s'accordait très bien avec ce qu'il mourait d'envie de faire.

— Je me fiche de la musique, du moment que tu es dans mes bras.

Il fit tournoyer Jane et tous deux exécutèrent quelques pirouettes avant d'être attirés l'un vers l'autre par une force magnétique ; il ne leur resta plus qu'à se balancer lentement au rythme de la mélodie.

Le désir monta en lui, mais s'adonner à l'excitation des préliminaires serait cent fois plus satisfaisant que de la prendre sur-le-champ. Cette nuit était faite pour la séduction à l'infini.

Par-dessus la tête de Jane, il contempla le ciel qui s'assombrissait et réussit à voir quelques étoiles clignotantes. Il tenait la femme de ses rêves étroitement enlacée contre lui. Non loin, sur la table, trônait un gâteau d'anniversaire noir. A ses pieds, le monde scintillait.

Qu'est-ce qu'un vampire aurait pu espérer de plus ?

Baptiste regarda la sorcière déposer le corps ligoté dans le coffre de sa voiture de location.

Elle se retourna avec aux lèvres un sourire de dédain. Les clous en acier de ses bracelets de cuir semblaient pointus et... très agressifs.

— Trop cher pour toi, vampire.

— Je n'accepte pas la charité.

— Ah, non ? persifla-t-elle en refermant le coffre. Alors laisse-moi te proposer un échantillon de mon sang. Ce n'est pas de la charité, promis. Vois ça comme un cadeau.

Baptiste eut un violent mouvement de recul.

Ravin se frotta les mains pour se débarrasser des traces de sang.

— Je fais ça pour ta fille. Tu as du bol que Jane soit mon amie, sinon tu serais déjà réduit en tas de cendres.

— Je n'en doute pas, murmura-t-il. Merci. J'ai une dette envers vous, mademoiselle Crosse.

— Non, pas du tout. En fait, tu ferais mieux de quitter cette ville en quatrième vitesse avant que j'oublie de qui tu es le père.

— Tu pourrais danser avec moi pour toujours, Jane ?

— Mmm...

Elle se blottit contre sa poitrine, détendue dans ses bras. Tout entre eux s'était synchronisé, leurs gestes, leur respiration, même leurs battements de cœur.

— Bien sûr, quelle question...

— Réfléchis bien, murmura-t-il.

Les yeux clos, il enfouit son visage dans ses cheveux au parfum de freesia. Ils étaient seuls au monde. Michael planait très haut.

— Pour toujours, insista-t-il. Avec moi. Faire l'amour, vivre, chanter, rire. Tu pourrais ?

— Je ne comprends pas ce que tu essaies de me dire, Michael.

Elle écarta sa chaleur de lui, ce qui le contraria.

— Ce que je voulais dire, c'est que... Moi, je l'imagine très bien. Nous deux, à jamais réunis. Ne t'inquiète pas, je n'exige de toi aucun engagement. Je veux juste que tu saches que je pourrais t'être fidèle.

— Oh, Michael.

Elle lui caressa les cheveux.

— L'éternité, c'est très long. Et c'est forcément un engagement.

— Ton père et ta mère y sont bien arrivés, eux ?

— Dansons, Michael.

Elle entortilla ses cheveux jusqu'aux pointes et se plaqua de nouveau contre lui.

— Serre-moi fort.

Son corps épousait le sien à la perfection. Jamais il n'avait connu le besoin de se sentir protégé ou de savourer la force tranquille d'une présence féminine. Mais, avec Jane, il découvrait que c'était incroyablement agréable...

C'était son plus bel anniversaire, et de très loin.

— Je pourrais pendant un certain temps, lâcha-t-elle subitement. Mais ne me demande pas de m'engager pour toujours. Mon éternité pourrait bien être tout à fait différente de la tienne.

— Tu m'as dit que tu étais immortelle. Alors qu'est-ce qui nous différencie ?

— Je dois renouveler mon immortalité. Tandis que toi... Eh bien, tu as encore beaucoup de temps à passer sur terre.

Renouveler son immortalité ? D'accord. Cela devait dater du temps où avait été jeté le sort de la Grande Protection qui avait fait du sang de toutes les sorcières un poison mortel pour les vampires ; en échange, les sorcières avaient dû sacrifier leur immortalité. Ainsi donc, elles avaient un moyen de la récupérer ?

— Mais tu vas la renouveler, n'est-ce pas ?

Il recula, cherchant le regard de Jane, qui continuait à le fuir. Pouvait-il envahir son conte de fées ? Elle était effrayée, il sentait la peur galoper dans ses veines. Peur de vivre éternellement ?

— Jane, est-ce que je ne vaux pas la peine que tu vives ?

— Bien sûr que si. Mais ma vie vaut-elle la peine de prendre un tel risque ?

Elle s'écarta de lui en un mouvement souple mais déterminé. Ramenant ses cheveux en arrière, elle promena un regard autour d'elle et poussa un profond soupir. Les bougies avaient commencé à goutter sur les côtés et des filets de cire bleu et blanc dégoulinaient sur le sol.

— Tu vaux tous les risques au monde, Jane. Je risquerais ma vie pour toi.

Refusant de la laisser s'échapper, il lui releva le menton.

— C'est mon anniversaire, alors laisse-moi faire un unique vœu.

Elle haussa les épaules.

— Si tu crois aux vœux…

— Ce que je souhaite, Jane, c'est que tu renouvelles ton immortalité — et ce, à n'importe quel prix. Comme ça, quoi qu'il se passe entre nous, je saurai toujours que tu vis quelque part. Que tu es là pour moi. Même si tu préfères que nous nous contentions d'être amis.

— Tu te satisferais d'une chose aussi mince qu'une simple amitié ?

— Ça ne me plairait pas. Mais je comprends ta réticence à t'engager avec un type comme moi. Un vampire. Pendant si longtemps. Mais il n'y aura jamais que toi, Jane. Crois-moi. Tu vis à l'intérieur de moi.

Michael porta la main à son cœur. Son geste n'avait rien d'un effet de scène destiné à toucher son public féminin. Jamais il n'avait été aussi sincère.

— Tu es la première femme dont je n'ai pas bu le sang et, pourtant, j'éprouve un lien immense avec toi. J'ai besoin de toi, Jane, tout simplement.

Il la serra dans ses bras et elle succomba, sans une once de réticence. C'était un signe encourageant, car il savait qu'elle se débattait encore parmi toutes les propositions qu'il lui avait faites. Il était sincère et ferait tout pour le lui prouver.

Et c'était là un sentiment voluptueux.

— Jane ?

Arraché à leur étreinte par une voix d'homme, Michael se retourna, serrant toujours Jane tout contre lui. Baptiste

Rénan se tenait sur le seuil de la porte. N'avait-il pas quitté la ville ?

— Plus qu'une heure, Jane, lâcha Baptiste avant de s'en aller.

— Plus qu'une heure avant quoi ? l'interrogea Michael.

Il tenta de croiser son regard, mais elle s'était nichée au creux de son épaule.

— Qu'est-ce que ton père fait ici ?

— Rien d'important. Il veut sûrement me dire au revoir.

— Je le croyais déjà parti.

— On devrait manger le gâteau, suggéra-t-elle. Même si tu te contentes de lécher le glaçage.

— Il est au chocolat ?

— Oui, dit Jane en soufflant sur des mèches de cheveux rebelles qui lui tombaient sur les yeux. Je file en bas chercher des assiettes.

L'ambiance était devenue étrange, et il sentit un étrange frisson le parcourir. Un frisson qui n'avait plus rien à voir avec le plaisir.

— Qu'est-ce qui se passe, Jane ?

— Comment ça ? Tu ne passes pas une soirée fantastique ?

— Jusqu'ici oui. Mais la remarque de ton père m'a laissé un goût amer dans la bouche. Il est dans la maison ?

— Sûrement dehors. Je lui avais dit de ne pas déranger notre intimité, cette nuit.

Ainsi donc elle savait qu'il était dans les parages ?

— Pourquoi tu ne l'invites pas à...

— Michael, ce n'est pas un problème, je t'assure. Je reviens tout de suite.

Jane s'esquiva si prestement de la pièce que trois ou quatre bougies s'éteignirent dans son sillage.

Seul parmi les volutes de fumée des bougies défuntes, Michael, la tête basse, lutta contre le picotement d'angoisse qui lui parcourait la nuque.

Quelque chose clochait. Il le sentait dans sa bouche.

Détends-toi. Profite de ton anniversaire. Qu'est-ce que ça pouvait faire que son père soit là ? C'était *son père.*

Il se dirigea vers les fenêtres, en prenant soin de ne pas heurter les vitraux achevés, et scruta du regard le terrain en contrebas. On n'y voyait goutte, il n'y avait pas d'éclairage. Malgré tout, son regard fut attiré par une lueur distante. Très loin, tout au fond du vaste jardin laissé à l'abandon. On aurait dit une immense flambée.

Les voisins faisaient-ils brûler quelque chose ? Il n'avait pas remarqué d'habitations proches.

— Assiettes et fourchettes, chantonna Jane en se faufilant dans la pièce. J'ai demandé un gâteau au chocolat avec un glaçage à la cerise. J'espère que ça te plaît.

— Bien sûr, répondit Michael, l'esprit ailleurs.

Il inclina la tête, concentré sur les flammes qui dévoraient le ciel.

— Il y a quelqu'un dehors ?

— Je t'ai dit que mon père était dans le jardin. Il... Michael, viens manger du gâteau.

— Je n'en ai plus envie.

Il traversa la pièce. Les réjouissances ne reprendraient que lorsqu'il en aurait eu le cœur net.

— A mon avis, il est temps de convier ton père à notre petite fête.

Dans sa hâte d'aller vers lui, Jane glissa sur une flaque de cire liquide et dut se raccrocher au bras de Michael pour ne pas tomber.

— Laisse-le. Il veut être seul. Michael, s'il te plaît.

Sondant son regard sombre, Michael découvrit quelque chose qu'il n'y avait vu qu'une fois auparavant.

— Tu mens, Jane, déclara-t-il d'une voix qui tremblait autant que son corps. Je le sens dans ce frémissement subtil à ton contact. Et je le vois dans tes yeux. Tu as peur.

Baissant la tête, elle tâta de son orteil nu le bord de la cire répandue.

— Tu ne m'as jamais menti. Ça concerne ton père, n'est-ce pas ? Cela doit être lié à votre dispute de l'autre soir, après laquelle tu m'as évité toute la journée. Parle-moi. Je ne te laisserai pas partir tant que tu ne m'auras pas dit ce qui se trame ici, bon sang !

— Je t'en prie, Michael, tu deviens parano !

— Ah, oui ? Alors pourquoi ton père a-t-il allumé un feu au fond du jardin ? Qu'est-ce qu'il fabrique ? Il danse avec les démons ? Il jette un sort ?

— Ne dis pas de bêtises, il n'y a que ma mère qui en est capable, et il ne viendrait jamais à l'idée de mon père de tenter le diable, au risque de s'attirer les foudres de son épouse.

— Mais, désormais, toi aussi, tu en es capable. Dans une heure, tu vas sortir pour le rejoindre. Pour faire quoi ? Une danse du feu de minuit ? Vous allez scander des sortilèges et des invocations à la lune ? Dis-moi. Je ne t'en voudrai pas, si tu veux pratiquer ta magie. Mais ton silence... ton silence me donne l'impression qu'il se trame quelque chose de louche. Si tu ne parles pas, je quitte cette pièce sur-le-champ.

— Tu ne peux pas, Michael.

Il la bouscula et sortit dans le couloir. Le calme de Jane s'était évanoui et une peur frémissante dominait ses battements de cœur. Il ne voulait pas s'en aller, mais si elle persistait à lui cacher la vérité...

— Mon père a préparé le rituel ! lança Jane.

Michael s'arrêta net au milieu du couloir. Il se retourna et répéta :

— Le rituel ?

— D'immortalité.

Elle lissa le devant de sa robe, et à hauteur des hanches ses mains hésitèrent, comme si elles ne savaient plus trop où aller ni quoi faire.

— Il y a un siècle, mes parents ont décidé que je devais accomplir le rituel d'immortalité, pour mon vingt-cinquième anniversaire. Ils voulaient s'assurer que leur fille vivrait aussi longtemps qu'eux. Le rituel exige d'être renouvelé tous les cent ans — il en va de même pour toutes les sorcières. Ça tombe cette nuit. Le rituel doit être accompli avant minuit.

Michael s'approcha d'elle. Ses pieds semblaient peser des tonnes, mais ils n'étaient pas plus lourds que ses battements de cœur. Tout cela n'augurait rien de bon. Il le sentait dans la moelle de ses os, à ses canines devenues douloureuses et qui commençaient à descendre dans sa bouche.

— Il n'y a rien de mal à être immortel, glissa-t-il.

— C'est toi qui m'as dit que tu souhaitais que je fasse le nécessaire pour demeurer immortelle, quel qu'en soit le prix.

— Oui, je veux que tu le fasses.

S'arrêtant à trois pas de la silhouette élancée qui semblait être seule dans la maison, il lança :

— Alors, quel est le problème ? Pourquoi ne me dis-tu pas simplement en quoi ça consiste ?

— Le rituel est sacré.

Michael haussa les épaules, mais en son for intérieur, il frissonna en entendant ce mot — « sacré ».

— Et...

Jane s'agita nerveusement et joignit les mains avant de les écarter tout aussi rapidement d'un geste furieux.

— ... le rituel exige que je consomme le sang d'un cœur de vampire encore palpitant.

23

La main tendue devant lui comme un rempart dérisoire contre les mots abominables qu'il venait d'entendre, Michael sentit tout son corps accuser le coup.

Le cœur encore palpitant d'un vampire ?

Jane ne se lança pas dans une explication précipitée.

— Tu..., commença-t-il en prenant soin de peser ses paroles. Tu es immortelle parce que tu as bu le sang d'un... du cœur encore palpitant d'un vampire ?

— C'était il y a un siècle.

— Et maintenant, tu dois recommencer.

Il ne la quittait pas des yeux. S'il pouvait la retenir du regard, alors le temps suspendrait son cours et toute cette histoire absurde s'effondrerait d'elle-même. Le conte de fées resterait simplement ce qu'il était, un conte et non la vérité.

Mais il ne put s'empêcher de parler.

— Un cœur ? De vampire. Encore... pal...

Jane fit un geste vers lui mais il l'arrêta, les poings serrés.

Cette femme venait de lui avouer avec calme une chose totalement démentielle.

— Jane, tu t'es entendue ? Tu as dit... Que diable fiche ton père dehors ? Est-ce qu'il... et moi ?

Les pièces du puzzle s'emboîtèrent rapidement. Michael tourna les talons et sortit d'un pas décidé.

— Michael, arrête ! Tu ne peux pas aller là-bas !

— Et pourquoi pas ? A moins que tu n'aies un rituel spécial pour me conduire au lieu du sacrifice ? C'est moi, ta victime ? Tu vas m'arracher le cœur et le manger ?

— Jamais je ne te ferai le moindre mal !

— Ah, non ? Et où vas-tu dénicher un autre vampire ?

— Mon père a eu un contact. Avec mon amie Ravin.

— Ton amie ? Tu as des amies qui te fournissent des vampires vivants afin que tu puisses leur arracher le cœur ? Attends... Vous avez planifié ça toutes les deux ? Me piéger, avant de me...

Il dévala l'escalier quatre à quatre et sortit en courant dans le jardin. Un grand feu crépitait dans le ciel, illuminant tout le fond du jardin. Michael n'arrivait pas à distinguer de silhouettes, mais Baptiste devait être quelque part là-bas.

C'était complètement dingue. Pendant tout ce temps, il avait fait partie de la quête de Jane pour rester immortelle ?

Cette sorcière — Ravin Crosse — se trouvait déjà dans le cimetière quand il y était entré. Elle l'avait pisté plus longtemps qu'Isabelle !

— Michael ! Arrête-toi et écoute-moi jusqu'au bout.

Faisant volte-face, il sourit douloureusement. La douce Jane révélait son côté pervers. Elle était bien la sœur du diable !

Fou de rage, il la plaqua contre le mur de la maison, lui maintenant les poignets au-dessus de la tête.

— Et tu ne me disais rien, hein ? Hein ?

Elle baissa les yeux et ne dit rien.

— Et maintenant que c'est fait, donne-moi une seule bonne raison de te laisser continuer !

— Ce n'est pas à toi de décréter ce que je suis en droit de faire ou pas.

Elle le repoussa et partit dans le jardin d'un pas résolu. Ses cheveux bougeaient en masse rageuse et sa robe rouge semblait déplacée. Si élégante. Rouge sang. Rouge sang !

— Je comprends maintenant. Tu me mènes en bateau depuis le début. Tu te payes une bonne tranche de magie sexuelle avec le vampire, et quand tu as fini, tu lui ouvres le cœur !

Michael donna un coup de pied dans le mur. Puis recommença. Il était fou de rage. Fou amoureux. Comment pouvait-on aimer quelqu'un à ce point ?

Jane restait non loin de lui, prête à filer au fond du jardin.

— Tu es plus assoiffée de sang que moi ! cria-t-il de toutes ses forces.

— Comment oses-tu me juger ? Toi qui bois du sang tous les jours — et non par besoin mais parce que tu en as *envie*.

Elle marquait un point. Pourquoi était-il aussi furieux ?

Parce que ce n'était plus sa Jane. Elle avait changé sans lui demander son accord. Elle était *à lui*. Ses battements de cœur pulsaient dans ses veines. Et il avait presque réussi à se maîtriser. Les choses avaient *failli* bien tourner.

Et elle voulait lui arracher le cœur.

— Je ne peux pas te regarder pour l'instant.

D'un coup de pied il ouvrit la porte qui menait au garage et y entra, cherchant le réconfort de l'ombre fraîche et déserte. Il donna un coup de poing dans le mur en ciment. La peau se fendit et du sang coula.

— C'est toi qui voulais que je le fasse ! cria Jane.

Pressant son visage contre le mur, Michael ouvrit grand la bouche sur un hurlement silencieux. C'était comme si elle lui avait arraché le cœur, comme si elle le tenait tout sanguinolent devant elle pour un examen minutieux — avant de mordre dedans.

En effet, il lui avait dit qu'il voulait la voir vivre pour l'éternité. Pour lui. En sale égoïste qu'il était !

Et maintenant qu'elle allait le faire, qui pouvait l'arrêter ?

Jane courut pieds nus dans l'enchevêtrement de ronces qui se tordait sur le sol et s'élançait à l'assaut des massifs d'arbustes, entortillé autour des branches. Elle trébucha à plusieurs reprises, mais persévéra tout en gardant un œil sur l'arrière de la maison.

Ça n'aurait jamais dû se passer comme ça. Son plan qui consistait à éloigner Michael pour la soirée en l'envoyant à un concert était tombé à l'eau quand elle avait appris que c'était son anniversaire. Il lui avait forcé la main. Mais avait-elle réellement cru qu'elle pourrait lui cacher un tel secret ?

Elle atteignit l'espace dégagé au fond du jardin. Rameaux et feuilles mortes craquaient sous ses pieds nus. Le feu flambait avec violence. L'air chargé de fumée lui envahit les poumons. Michael ne l'avait pas suivie.

L'heure n'était ni aux erreurs ni aux hésitations.

En découvrant le vampire ligoté à l'arbre, Jane se figea. Et étouffa un cri à sa vue. Ses bras étaient attachés derrière le tronc et ses chevilles entravées par des cordes. Habillée d'un tailleur pantalon de couleur crème, elle était si élégante, même avec les vêtements déchirés, si…

Une femme ?

Voir un être vivant, une femme, traité avec un mépris aussi barbare, la bouleversa au point de lui donner un haut-le-cœur. Elle ne s'attendait pas à ce que la source soit une femme. Bien sûr, il y avait des vampires femelles, mais… Elle pensait qu'il s'agirait d'un homme. Cette femme était si menue, si belle…

Sa tête penchait en avant, ses longs cheveux d'un blond presque blanc pendaient sur sa veste crème. Elle avait été assommée, mais Jane était certaine que son père ne l'avait pas mordue. La source ne devait pas être polluée.

Pouvait-elle faire une chose pareille ? Elle, Jane, à une autre femme ?

Baptiste apparut alors que Jane faisait le tour du feu.

— C'est l'heure, ma chérie.

— Pourquoi as-tu ramené une femme ?

— Homme ou femme, quelle importance ? Il n'y a que le résultat qui compte. C'est ton amie Ravin Crosse qui l'a interceptée pour moi. Ça te perturbe tant que ça ?

Détournant le regard du vampire réduit à l'impuissance, Jane secoua la tête en signe de dénégation. Puis elle se frictionna les bras avec vigueur.

— Non, ça va. Je vais y arriver. Il le faut.

Elle se pencha tandis que son père lui passait une amulette autour du cou. Un quartz suspendu au bout d'une solide chaîne en platine. Une traînée de minuscules diamants rouges parcourait le centre de la pierre. Ce cristal de roche appartenait à sa mère.

Jane serra le quartz dans sa main, détournant son

esprit en ébullition de l'horreur du meurtre qui se préparait en se focalisant sur la solide pierre.

— Ravin n'est pas venue ?

— Nous avons procédé à l'échange en ville, expliqua son père. Je ne tenais pas à rester plus longtemps que nécessaire à proximité de cette sorcière. Tu me comprends.

Oui, son père n'avait confiance qu'en une seule sorcière : son épouse. Comment réagirait-il lorsqu'il apprendrait que Jane était entrée en possession de ses pouvoirs grâce à un vampire qui, à son tour, lui avait pris de sa magie ? Mais ce n'était pas le moment d'en discuter.

— Il n'y a pas de temps à perdre, papa. Michael a tout découvert.

— Où est-il ?

— Il est retourné dans la maison. Allons-y avant qu'il ne trouve le courage d'essayer de m'arrêter. Ou que je n'y parvienne pas… Mon Dieu, je ne me souviens plus de l'incantation. Oh, ça fait si longtemps !

Son père l'enlaça avec tendresse. En dépit du duel qui se livrait en elle entre angoisse et détermination, ce geste d'affection la calma.

— Ne panique pas. Tout va bien se passer.

Quelques baisers sur ses cheveux achevèrent de l'apaiser et la ramenèrent en un lieu où tout était bien et où rien de mauvais ne pourrait jamais lui arriver. Elle sentit son père lui glisser un bout de papier dans la main.

— Tu ne dois pas être nerveuse. Il s'agit de toi, Jane. De ta vie.

Une vie choisie par ses parents. Avait-elle demandé l'immortalité ? Jamais.

Et pourtant, si elle n'accomplissait pas le rituel, elle

cesserait d'exister et ne reverrait plus jamais sa mère ni son père.

Ni Michael.

Et puis elle avait tant à apprendre maintenant qu'elle possédait sa magie ! Tout un univers à explorer. Elle n'était plus celle qu'elle était le jour de son arrivée dans cette maison. Elle avait changé. La Jane qui avait couru vers le feu reflétait sa véritable personnalité, celle d'une femme sauvage, et pourtant en pleine possession de ses moyens. Une femme qui avait dompté la bête qui anéantissait la vie sexuelle du vampire. Pas de doute, elle devait accomplir le rituel. Oui, *il s'agissait de sa vie.*

— Fais-le et tu pourras vivre ton amour avec ce vampire, déclara Baptiste. Je prie pour qu'il ne s'en prenne pas à toi à cause de ce sacrifice.

— Et si c'était moi qui m'en prenais à lui ? C'est moi l'élément le plus dangereux de notre couple. Une seule goutte de mon sang et Michael...

Elle avait du mal à respirer tant sa gorge était nouée.

Elle lança un coup d'œil nostalgique vers l'arrière de la maison : pas de Michael en vue. Il devait la haïr maintenant. Elle avait très mal manœuvré. Au point de perdre le contrôle de la situation. Mais il était trop tard pour réparer les dégâts. Trop tard pour s'enfuir — d'ailleurs elle ne le ferait pas.

— Qu'est-ce que c'est ?

Elle déplia le bout de papier que son père lui avait fait passer et reconnut immédiatement l'écriture.

— C'est ta mère qui t'envoie ça. Elle se doutait bien que tu aurais oublié l'incantation.

Jane eut un petit sourire. Sa mère couronnait ses « i » de cercles parfaits. On aurait dit un mot passé à une copine pendant un cours particulièrement rasoir.

Pourtant, ce bout de papier allait sceller son destin. Un destin des plus sanglants.

Tournant la tête vers le vampire, Jane constata que la femme était inconsciente. La lumière des flammes créait des reflets sur sa pâle chevelure — on aurait dit des joyaux sertis dans du sable blanc — et son élégant tailleur pantalon à la coupe ajustée était sans un faux pli.

— Que lui as-tu fait ?

— Rien du tout. Je ne l'ai même pas mordue à l'endroit le plus alléchant. En revanche, j'ai été obligé de l'assommer. Elle se débattait trop contre ses liens. Ça lui a fait de jolies petites entailles autour des poignets. Très tentantes, je dois dire. Allons, dépêche-toi, Jane ! La lune est haute.

Elle lissa le papier et tenta de déchiffrer ce qui était écrit dessus. Il n'était pas facile d'y voir dans l'obscurité, surtout avec le feu qui flambait derrière elle, aussi changea-t-elle de position tout en sachant qu'elle devait rester près de la victime du sacrifice.

Les premiers mots proclameraient son droit à l'incantation, de par ses ancêtres maternels.

— Du sang des Desrues, j'ai été conçue dans l'amour et la magie. Gardée par la Grande Protection, je suis comme toutes les autres. Entends mon appel pour la vie éternelle.

Tombant à genoux sous l'arbre où était ligoté le vampire, Jane implora la lune de lui accorder l'immortalité. Un privilège jadis sacrifié par toute une nation de sorcières afin de rendre leur sang fatal aux vampires. Ces mots aux sonorités anciennes s'élevèrent dans la nuit, préparant Jane à recevoir la bénédiction. Le don de sang du vampire renforcerait le sacrifice.

Les bras grands ouverts, Jane appela son père.

— Je suis prête !

Elle refusait de regarder. Le craquement de l'herbe et des rameaux sous les pieds de son père lui indiquèrent qu'il s'approchait de l'arbre. Armé d'un piolet. La poitrine du vampire devait être défoncée, son cœur arraché, et le sang consommé tant qu'il pulsait encore.

Son père prit son élan et brandit le piolet.

— Jane !

Elle ouvrit les yeux.

Le piolet luisait dans la lumière ambrée des flammes. Michael sortit de derrière un arbre et courut vers elle. Il ne vit pas Baptiste. Pas plus que ce dernier ne sembla remarquer sa présence.

24

Une minute plus tôt, Michael avait pris sa décision.

Il ne pouvait pas laisser Jane procéder au rituel toute seule. Elle faisait partie de lui. Il la sentait dans ses veines. Elle lui avait tant donné… Il devait être avec elle en cet instant crucial.

En criant son prénom, il avait ouvert la porte du garage et s'était précipité au-dehors. Au fond du jardin, le feu crépitait avec force. Il avait contourné les haies et descendu le sentier de pierre. Les buissons de lilas se dressaient sur son chemin, mais il les avait violemment écarté de la main.

Il avait distingué des silhouettes qui se déplaçaient devant le feu telles des ombres démoniaques traquant les flammes. Deux ? Son père devait être en train de l'aider.

— Ça ne se passera pas sans moi.

Jane l'avait accepté tel qu'il était, sans poser de questions. Elle l'avait aimé et même encouragé à combattre l'addiction qui aurait pu le pousser à commettre un meurtre. Avait-elle jamais exigé quoi que ce soit en retour ? Et lui, il s'était contenté de prendre sa magie sans rien lui donner. Le moment était venu de lui rendre ses bienfaits.

— Jane !

Michael arriva à hauteur du chêne qui l'empêchait de distinguer les silhouettes. Il ne vit pas le feu avant d'avoir contourné le tronc. Mais il aperçut un éclat d'acier, et, dans un réflexe de défense, il intercepta l'arme qui fendait l'air, entendant à peine le cri de femme qui traversa le ciel au même instant.

Une douleur aiguë lui arracha un cri étouffé mais, par bonheur, ses doigts n'avaient pas rencontré la lame acérée de l'arme. Agrippant le piolet avec une énergie farouche, il tituba sur la gauche, entraînant dans sa chute la personne qui venait de lancer l'arme. C'était le père de Jane, reconnut-il alors, et, roulant sur lui, il parvint à lui arracher la poignée de bois.

— Vous auriez pu me tuer !

— Vous n'auriez pas dû faire irruption…

Baptiste s'interrompit, le souffle court.

— La cérémonie ! Jane n'a pas de temps à perdre. Elle doit accomplir ce rituel tout de suite !

Avec un grognement, il se releva, le piolet à la main. Jane se tenait devant le feu, les mains sur sa bouche. Une expression d'horreur assombrissait ses yeux.

Pivotant d'un quart de tour pour lancer le piolet au loin, Michael prit son élan. Et ce fut à cet instant qu'il vit l'arbre. Et la personne ligotée au tronc massif par les bras, les chevilles et le cou.

La rage céda la place à l'angoisse et résonna dans un cri :

— Isabelle !

Jane courut vers lui.

— Michael !

Elle voulut le retenir, mais il se dégagea de son étreinte d'un mouvement d'épaule. Elle l'avait trahi. La femme qu'il aimait l'avait trahi.

Une douleur sourde s'insinua en lui. Avait-elle vraiment eu l'intention de sacrifier son maître du sang ?

Il se retourna pour dévisager Jane. Dans l'obscurité

peuplée de flammes vacillantes, il se força à lui relever le menton pour la regarder dans les yeux. Son seul contact lui parut abject. Sur sa main, son haleine le brûlait comme un objet sacré.

— Tu me hais donc à ce point ?

Il vit ses grands yeux s'agrandir, comme si elle ne comprenait pas de quoi il parlait. Cela ne fit qu'accentuer sa rage. Elle l'avait trahi et, maintenant, elle lui jouait la comédie.

D'un coup de tête par-dessus son épaule, il désigna la femme ligotée.

— Isabelle, siffla-t-il. Pourquoi elle ? De tous les vampires au monde, il a fallu que tu choisisses la seule que je ne veux pas perdre ?

— Je ne...

Michael se mit à la secouer par les épaules, sans lire dans ses yeux le moindre remords. Il ne vit que les flammes danser dans son regard ; la tentation l'effleura de ligoter Jane à l'arbre afin qu'elle connaisse, elle aussi, l'horreur du sort réservé à Isabelle.

— Je ne savais pas que c'était elle !

— Tu mens ! Dire que j'étais venu ici pour t'aider ! Libère-la ! gronda-t-il.

Jane tressaillit. Il lui avait hurlé en plein visage.

— Fais ce qu'il te dit, papa !

Mais Baptiste ne bougea pas d'un pouce.

— C'est ton maître de sang ? reprit-elle d'une voix saccadée. Je n'en savais rien, Michael. Je... j'ignorais qu'ils allaient l'amener ici.

Les flammes se réfléchissaient dans les larmes qui ruisselaient le long de ses joues.

— Tu dois me croire, Michael. Je ne m'en prendrais jamais à toi. Ni à quelqu'un que tu aimes !

Il serra les dents, fou de rage. Elle mentait. Cette

sorcière sanguinaire avait besoin d'un cœur de vampire. Elle aurait raconté n'importe quoi pour l'obtenir.

A moins que…

Mais non ! Avec quel à-propos le rituel coïncidait avec le moment où Jane était entrée en pleine possession de sa magie… Et il n'y avait vu que du feu !

Il lança le piolet. Celui-ci traversa l'air comme une flèche et se planta dans le tronc du chêne, sectionnant la corde blanche, libérant les pieds d'Isabelle. Ramassant l'arme, Michael trancha les attaches enserrant le cou d'Isabelle, qui s'affaissa doucement, et il s'élança pour la rattraper avant que son corps inerte ne touche terre.

Glissant son bras libre sous sa poitrine, il s'agenouilla au pied du tronc, la berçant dans ses bras. Même en pareil instant, elle restait séduisante. Son parfum exotique s'insinua en lui et incita son cœur à le suivre. Son pouls battait très lentement mais avec force. Pourvu qu'ils ne l'aient pas droguée…

— Qu'est-ce que vous lui avez fait ?

— Rien, affirma Jane. Papa l'a amenée ici pendant que nous étions en train de danser à l'intérieur.

Michael tressaillit en apprenant qu'il tournoyait avec Jane alors qu'Isabelle endurait un tel cauchemar. N'aurait-il pas dû deviner sa présence toute proche ? La sentir ?

Tu n'avais d'yeux que pour cette sorcière.

Il fusilla Baptiste du regard ; ce dernier se tenait devant Jane, lui faisant un rempart de son corps. Son sourire méprisant révéla la lueur d'un croc.

— Ma fille dit la vérité. C'est moi qui ai trouvé Isabelle LaPierre, et grâce à Ravin Crosse, nous l'avons capturée sans difficulté. Jane ne s'est pas doutée un seul instant que la source était votre maître de sang. Elle a protesté mais nous n'avions plus le temps. Il est presque minuit ! Allez-vous sacrifier Jane pour laisser la vie à cette garce ?

Ce n'est pas une garce. Mais lui-même, connaissait-il vraiment cette femme ?

Michael serra contre lui le corps souple d'Isabelle. Elle remua. Ses doigts cherchèrent à agripper son T-shirt. Elle émit un faible gémissement qui lui déchira le cœur. Son rythme cardiaque se propageait lentement en lui, prudemment, mais incapable de revenir à une vitesse tout à fait normale.

— Vous l'avez droguée ?

— Je n'ai aucune idée de ce que lui a fait cette sorcière, répliqua Baptiste. Mais à présent, il faut choisir : c'est l'une ou l'autre. Vous ne pouvez pas les garder toutes les deux.

— Papa, non !

Jane se tenait dos à l'immense feu, éclairée par la lumière des flammes, les bras croisés sur la poitrine, frissonnante.

— Ce n'est pas à Michael de faire ce choix.

Sa robe rouge était si fine qu'elle soulignait ses membres d'un jeu d'ombres sensuel où se mêlaient obscurité et cramoisi lumineux.

— Je n'aurais jamais dû m'engager là-dedans. Je ne voulais pas nuire à cette femme. Je t'en prie, Michael, emporte-la et va-t'en.

— Jane, il ne te reste plus que quelques instants ! tempêta son père. Ne sacrifie pas ta vie pour une passade !

Michael posa Isabelle par terre et elle ferma les yeux en s'adossant au tronc d'arbre. Il lui lissa les cheveux en arrière et suivit du doigt les cicatrices qui sillonnaient sa tempe. Oui, elle luttait contre les effets d'une drogue — d'une drogue puissante. Il n'y avait pas d'autre explication à sa langueur.

Michael emplit encore une fois ses narines d'une bouffée du parfum d'Isabelle. Cette femme était une survivante qui passait tout simplement sa vie à trouver de quoi assouvir sa dépendance. S'il avait accédé à sa requête, il aurait pu empêcher cet horrible moment.

Mais qui pouvait savoir ce qui se passe dans l'esprit des autres ?

Désormais, il saurait.

Il se leva et s'approcha de Jane, qui fit un pas en arrière.

— C'est vrai ce que dit ton père ? demanda Michael d'une voix où perçait le venin de la colère. C'est une passade ?

Jane était secouée de frissons.

— Sûrement pas. Je t'aime, Michael. Je t'aimerai toujours.

— Pourtant, tu serais prête à tuer la personne qui m'a donné cette vie ?

Elle fit non de la tête.

— Jamais. Je te l'ai dit : je ne savais rien. Emmène-la loin d'ici, Michael. Tout de suite.

Jane semblait énoncer les mots au fur et à mesure qu'ils se formaient dans son esprit ; en parlant, elle évitait de croiser les yeux de Michael, son regard passait rapidement du sol à l'arbre, avant de revenir vers la zone d'ombre qui s'étendait entre eux.

— Tu vas me manquer, ajouta-t-elle en un souffle.

— Jane, non ! fulmina Baptiste. Ma fille ne mourra pas à cause de toi, vampire !

— Papa. Mon choix est fait.

— Reste là, Jane.

Michael recula de quelques pas, puis alla vers l'arbre. Il s'empara du piolet qu'il avait laissé aux pieds d'Isabelle. Du doigt, il caressa une dernière fois la joue de la femme allongée sur le sol, sa chair meurtrie à l'aspect de soie fripée. Il ravala ses regrets. Cette femme était une battante. Jamais Isabelle ne lui pardonnerait ce qu'il avait l'intention de faire, mais cela lui était égal.

Sa résolution était prise, il savait ce qui devait être fait. Il était revenu ici pour ce seul but, et rien n'avait changé.

Avançant d'un pas déterminé vers Jane, il gronda et montra les crocs quand Baptiste fit mine de s'interposer entre eux.

— Poussez-vous ! ordonna-t-il au vieux vampire.

— Fais ce qu'il te dit, chuchota Jane à son père. Je t'en prie.

Lentement, Baptiste leva les mains en signe d'obéissance et fit un pas en arrière. Puis un autre. Pas plus. Michael ne pouvait lui en vouloir de rester près de sa fille. L'air vibrait de son besoin de protéger Jane. Bien que, comble de l'ironie, ce soit elle qui pouvait lui causer le plus grand mal.

Il fourra de force le piolet dans les mains de Jane.

— Prends-moi.

— Quoi ?

— Fais ce que je te dis. J'ai réagi comme un égoïste, tout à l'heure. Tu en as besoin. Sinon tu vas mourir. Je refuse cette idée. Je t'aime, Jane.

Il voulut lâcher le manche du piolet et leurs poings serrés se frôlèrent.

— Je suis revenu ici pour t'offrir mon cœur. A tous les sens du terme.

— Non !

— Jane, menaça son père.

— Michael, je ne peux pas faire une chose pareille ! Quelle serait ma raison de vivre — pour l'éternité — sans toi ?

Les larmes jaillirent de nouveau de ses yeux, ruisselant sur les poignets de Michael. Il sentait sa souffrance, il la sentait dans la course désordonnée de son cœur. Il sentait la sincérité dans sa voix. Jane n'avait jamais eu l'intention de le trahir, tout ça c'était l'œuvre de son père. Et de cette garce de Crosse. Celle-là, il s'en occuperait plus tard.

— Je ne m'en irai pas, prévint-il.

— Mais...

Jane s'interrompit, balbutia à travers ses larmes :

— Je... J'ai besoin de ton cœur !

— Alors, il faut que tu l'aies.

Michael déchira son T-shirt et le lança dans le feu.

— Prends mon cœur, Jane. Il est à toi.

— Non, murmura-t-elle, le piolet tremblant entre ses mains.

— Dépêche-toi, ajouta-t-il. Il ne te reste plus beaucoup de temps.

— Non ! s'écria-t-elle en jetant le piolet par terre. Comment peux-tu me torturer ainsi ? Je t'aime, Michael !

— Jane.

Il la saisit par les épaules. Autour de lui, tout devint flou : le brasier, le rictus impatient de Baptiste, les faibles gémissements d'Isabelle, là-bas, près de l'arbre. Ils étaient seuls au monde, unis par la magie qu'ils s'étaient mutuellement donnée.

— Tu vas y arriver. *Nous* allons y arriver. Prends-le. Le sang. De mon cœur.

— Non...

— Et ensuite, tu me le rendras.

Jane le dévisagea, médusée.

— Qu... quoi ?

— Sers-toi de ta magie, Jane. Sers-toi de *notre* magie. Ça peut marcher. Je le sais.

Et si ça ne marchait pas ?

Tant pis, le sacrifice en valait la peine.

— Ma magie ne peut pas...

— Ça vaut le coup d'essayer. Tu dois le faire.

Il ramassa le piolet et l'obligea à s'en saisir, refermant ses doigts sans force autour du manche afin qu'elle ne le lâche pas, cette fois.

— Ensemble, nous sommes forts, Jane. Regarde-moi dans les yeux. Tu ne comprends donc pas ? Tu possèdes déjà mon cœur, maintenant il ne te reste plus qu'à t'en servir pour sauver ta vie.

— Tu n'es pas si fort que ça, Michael. Si tu avais bu de mon sang, peut-être pourrais-tu disposer d'une véritable magie, mais…

— Tu dois essayer, Jane ! hurla Baptiste.

— Plutôt mourir.

Jane croisa les bras, refusant de se saisir du piolet malgré les efforts insistants de Michael pour lui mettre le manche entre les mains.

— Très bien, répliqua-t-il.

Il recula, fit tournoyer le piolet comme s'il s'agissait d'une ancienne épée de combat, puis assura sa prise. Il ne pouvait laisser Jane traverser seule cette épreuve. Il avait choisi de lui donner son cœur depuis plusieurs jours déjà. Et ce soir, il irait jusqu'au bout.

— Je t'aime, Jane. Ne me déçois pas. Je veux que tu restes sur terre pour l'éternité.

Et il se planta le piolet dans la poitrine. Il sentit la brûlure de la lame à travers sa chair. Puis il y eut un atroce craquement de cartilage broyé.

Il poussa un hurlement. D'une voix à épouvanter les anges… Jusqu'à ce que le feu de joie couvre son cri.

La douleur était pire que tout ce qu'aurait pu lui infliger le soleil. Mais cela ne l'arrêta pas et il continua à enfoncer la lame plus profondément dans sa poitrine.

Il tomba à genoux.

Une seconde mourut. Un battement de cœur se brisa

en deux. Le pouls de Jane se désolidarisa du sien et quitta son corps.

Le sang gicla de sa poitrine. Jane, enveloppée de flammes et d'étoffe cramoisie, s'agenouilla devant lui. Elle ouvrit la bouche, horrifiée. Mais il n'entendit pas son cri, seulement le roulement de tambour de son propre cœur effréné.

Le sang éclaboussa le visage de Jane.

Michael sourit. Il avait pris la bonne décision. Et s'il n'y survivait pas ? Eh bien, il partirait en paix, sachant que Jane vivrait.

— Je voulais simplement… te donner la vie, parvint-il à articuler.

Le feu de joie émit un craquement mauvais.

— Je t'aime, Jane.

25

— Michael !

Un ange l'appelait. De très loin. Sa voix s'estompait, glissait dans le néant. Une voix familière. Et lui qui croyait ne jamais aller au paradis !

— Michael !

— Dépêche-toi, J… Jane.

Michael se frappa la poitrine. Du sang lui éclaboussa le visage. Le sien. Il y en avait tant…

— Bois, Jane…

— Non !

— C'est pour toi que j'ai fait ça. Que mon geste ne reste pas inutile !

— Vite, Jane, encouragea son père, qui se tenait en dehors du champ de vision de Michael. Plonge la main à l'intérieur de sa poitrine. Prends ce que tu peux.

Michael plaqua sa main sur celle de Jane et la guida vers la plaie béante de son thorax. Puis tout devint noir.

— Il est mort ?

Jane entendit la question de son père, mais elle était trop hystérique pour pouvoir lui répondre. Inondée du sang de son amant, elle s'essuya le visage pour y voir clair.

Voilà, c'était fait. Elle avait accompli le rituel.

Et maintenant, elle n'avait plus qu'un souhait : mourir.

Baptiste s'agenouilla près d'elle dans l'herbe et posa la main sur la poitrine dénudée de Michael, à côté des doigts tremblants de sa fille. Le piolet avait fendu la chair et le cartilage, et s'était inséré entre les côtes.

— Tu as bien agi, affirma Baptiste. C'est ce qu'il voulait que tu fasses. Tu ne dois pas t'en vouloir. Jamais.

— Dis-moi qu'il ne va pas mourir, sanglota-t-elle. Je ne veux pas vivre sans lui !

— S'il a pris un peu de ta magie, hasarda Baptiste, il reviendra peut-être à la vie…

— Pas assez, répliqua-t-elle d'une voix désespérée. Ça ne sera jamais assez.

Pas après ce qu'elle venait de lui faire. Pas après qu'elle avait dévoré la moitié de son cœur…

Son père glissa un doigt dans la blessure béante.

— Qu'est-ce que tu fais ? cria-t-elle d'une voix aiguë.

— Je sens son cœur. Il bat encore. Quoique…

— Ton sang ! s'écria-t-elle soudain en saisissant le poignet de son père. Ton sang peut peut-être le sauver ! Vite !

Elle fut transpercée par deux yeux couleur de miel qui lurent jusqu'au fond de son cœur — il la connaissait mieux que quiconque. *Ne me déçois pas, papa. Que cet homme soit celui que tu acceptes pour ta fille.*

— Bien sûr.

Baptiste se mordit le poignet et Jane s'empressa de l'appuyer contre la bouche de Michael.

— Ça marche ?

— Il boit. Je le sens sucer mon sang, répondit Baptiste.

Il tressaillit et se pencha sur Michael.

— Il en prend beaucoup. Mais ça ne suffira pas. Il y a des semaines que je ne me suis pas nourri, Jane chérie.

Au même moment, la bouche de Michael laissa échapper le poignet de Baptiste. Jane lui tapota le visage avec douceur.

— Michael. Ne t'en va pas ! Je t'en supplie, j'ai besoin de toi.

Baptiste se cracha dans les mains. Une fois. Deux fois. Et encore. Il joignit ses mains et les frotta l'une contre l'autre.

Jane devina ce que serait son prochain geste. Son père imposa ses paumes sur la poitrine de Michael. La salive de vampire avait un pouvoir cicatrisant en cas de simple morsure. Pouvait-elle agir efficacement sur une cavité creusée dans un cœur d'homme ?

Baptiste inséra ses doigts dans la blessure, faisant tressaillir Jane. C'était pour le bien de Michael, elle le savait, et la dernière chance de le sauver.

Mais avec un soupir d'impuissance, son père retira ses mains de la plaie et elle crut qu'elle allait s'évanouir, tant le désespoir qui l'avait envahie pulsait en elle comme une encre noire et accablante. Car même si la sorcière en elle avait eu assez de pouvoir pour ranimer un vampire agonisant, elle ignorait la formule qui l'aurait ramené à la vie.

— Comment ai-je pu faire une chose pareille ? cria-t-elle en se jetant sur le corps inanimé de Michael. Je l'ai trahi ! Papa, je voulais seulement l'aimer. C'était une erreur, une terrible erreur !

Son père l'enveloppa de son étreinte, mais n'essaya pas de l'écarter de Michael. Jane fit glisser ses doigts sur sa poitrine et imposa sa main sur sa plaie béante. Mais cela ne changea strictement rien à son désespoir. Cette nuit, elle avait perdu son amour d'un coup de piolet.

— Poussez-vous.

Une voix de femme venait de s'élever près d'eux.

Jane sursauta. Elle avait complètement oublié Isabelle. Cette femme que Michael avait tenue dans ses bras avec tant de convoitise... Il s'était penché sur elle et avait enfoui son visage dans ses cheveux. La chérissant de tout son être. Les voir ensemble l'avait déchirée.

Isabelle se jeta par terre entre Jane et Baptiste, et écarta ce dernier. Son tailleur en lin était maculé de sang et de boue. Elle ressemblait à un ange déguenillé.

Elle se pencha sur Michael, ses longs cheveux effleurant son sang. Puis elle releva la tête vers Jane, ses yeux dorés injectés de sang semblant lancer des éclairs.

— Même si Michael semble avoir perdu la tête pour une maudite sorcière, c'est pour lui que je le fais. Pour lui, tu m'entends ! Pas pour toi, sorcière !

Et elle offrit son cou aux lèvres de Michael.

26

— Ecoute-moi. Réveille-toi. Ne meurs pas. Tu as dit que tu ne t'en irais pas. Michael !

L'ange était revenu. Et cette fois, il était en colère.

Une énorme spirale de feu lui incendiait la poitrine.

Michael s'étouffa. Ravala du sang. Un liquide doux et riche, empreint d'un souvenir familier. Ce n'était pas le sien. Avait-il pris du sang ? A qui ?

— Michael ? Ils sont partis. Je leur ai dit de s'en aller. Je ne vais pas te laisser mourir. Michael !

— J... Jane ?

Quelle était cette atroce souffrance ? Et cependant, hormis le fait d'être douloureuse, elle pulsait, le secouait, comme si elle s'agglomérait en masse compacte pour gagner en puissance.

— Oui, écoute ma voix, Michael. Concentre-toi. Essaie de trouver mes battements de cœur.

— Peux pas. Tu n'es pas... là.

Il poussa un long soupir, expulsant, ce faisant, des flots de sang inconnu.

— A qui est le sang... dans ma bouche ?

— C'est celui de mon père.

Le père de Jane lui avait donné du sang ?

— Et celui d'Isabelle.

Voilà qui était encore plus extraordinaire. Il devait avoir mal entendu. L'ange se trompait. Il était tombé en Enfer, ce lieu où tout n'était que mensonge et où un vampire était forcé de nager pour l'éternité dans le sang des autres, se débattant dans une noyade permanente et toujours fatale.

— Elle est hors de danger, Michael. Mon père l'a ramenée en ville. Mais si tu veux que je lui demande de la faire revenir, je le ferai.

Isabelle LaPierre. La satanée maîtresse de son destin. La « belle dame sans merci », en effet.

Jane. Déesse de la lumière.

Entre les deux, la question du choix ne se posait plus.

— Michael ?

Une onde de chaleur parcourut sa joue. Jane le touchait. Il reconnut ce pouls.

— Isabelle, murmura-t-il d'une voix encore faible. Est-ce qu'elle... m'en a pris en échange ?

— Non.

Désormais, il lui était redevable à vie.

— Tu veux que je te la ramène ?

— Jamais. Je t'aime, Jane.

— Je suis si heureuse de l'entendre !

— Et moi si heureux... de te le dire.

— Alors écoute. Tu es encore faible. Ta poitrine s'est refermée, mais à l'intérieur les dégâts sont encore vifs...

Michael secoua la tête ; il n'avait pas envie de parler, il voulait juste entendre la voix de Jane. Qu'importe ce qu'elle disait, la musique envoûtante de sa présence éloignait la douleur dans sa poitrine. Oui, sa Jane était lumière.

— On peut y arriver, affirma-t-elle. Tu ne vas pas mourir maintenant. Tu ne peux pas me faire ça.

— Jane. Tu es... en vie ?

— Jusqu'à présent, oui. Et toi aussi.

— Non. Je suis… mort. Je n'y vois… rien.

— Ouvre les yeux, mon amour. Je vais t'embrasser.

Bien. Il aimait les baisers de Jane. Quelle façon de s'en aller ! Embrassé par un ange — enfin, par une sorcière qui n'en était pas tout à fait une, quoique — sans oublier le sang de vampire qui coulait dans ses veines.

Non, c'était sa Jane, toute simple. Voilà ce qu'elle était pour lui.

Il sentit sa bouche sur la sienne.

— Rends-moi mon baiser, Michael !

Quelque chose lui brûla la joue. Elle l'avait giflé ! Parce qu'elle voulait qu'il se concentre… sur… ? Oui, le baiser. Son baiser. Elle l'embrassait parce qu'il ne rêvait que de ça. Il existait un chemin de retour.

Vu qu'il n'avait aucune intention de quitter ce monde, autant commencer le voyage tout de suite.

Le baiser, oui, s'y noyer, lui répondre avec son propre baiser. Brutal, un peu hésitant au début. *Tu sais comment t'y prendre. Conquiers-la, séduis-la, chante-la dans tes veines.*

C'était bon. La bouche de Jane collée à la sienne. Son souffle s'introduisant en lui, l'inondant. Le cœur de Jane battait en lui. Dans son cœur ? Mais celui-ci était-il béant à l'intérieur de son corps ou cette sensation d'oppression était-elle due à la cicatrisation de l'organe qui se refermait ? Oui, c'était forcément ça.

— Je t'aime, murmura-t-elle. J'ai besoin que tu restes ici, avec moi.

Il lui rendit son baiser. A présent, il arrivait à lever la tête et à lui glisser une main derrière la nuque pour la serrer contre lui. Ne jamais la laisser partir. Garder sa magie pour lui.

C'était merveilleux. Jane dans ses bras. Jane sur sa bouche.

Il lui avait ouvert son cœur. Et maintenant, elle en prenait possession.

Michael la fit rouler sur le dos et se pencha sur elle. Non loin chuintait le feu, réduit à de simples cendres. Contrairement à lui — il ne serait jamais réduit en cendres. Ni elle.

Oui, le rythme cardiaque de Jane était revenu gambader dans ses veines. Il la sentait pénétrer en lui, émerger dans son sang et chercher son pouls.

Il fut si surpris par le rythme de son propre cœur qu'il porta la main à sa poitrine. Ne battait-il donc pas avant ?

C'était comme un roulement de tambour intimant l'ordre de marche. Jane était dans son cœur. Et sous son corps. Elle se cramponna à lui et enroula ses jambes autour de ses hanches.

— La magie sexuelle, dit-elle. Nous devons faire l'amour maintenant, Michael. Prends-moi.

Instinctivement, il se redressa sur les coudes. Jane lui défit son pantalon. D'un geste, elle remonta sa jupe autour de sa taille. Tout se passa en *un, deux, trois* battements de cœur.

Il s'enfonça en elle et la douce mais insoutenable souffrance de sa chaleur lui arracha un cri. Jane l'entourait. Elle le possédait. La magie s'immisça en lui.

Jane poussa un cri et, au même instant, Michael s'abandonna à un orgasme fulgurant. Il continua d'aller et venir en elle, prenant sa magie et lui donnant la sienne. Partageant ses ténèbres avec sa lumière.

Mais il lui manquait encore quelque chose.

Une seule chose pouvait l'apaiser. Une chose qui les unirait Jane et lui pour cette éternité qu'elle avait conquise cette nuit, sous une lune mauvaise.

C'était un risque. Et il le prendrait.

Michael embrassa Jane sur la bouche. Un doux rire recouvrit la tension ambiante. Il adorait son rire après l'extase.

A tous points de vue.

Il fit glisser son baiser jusqu'à la commissure de ses lèvres qui s'incurvaient sensuellement sous l'effet du rire. Il poursuivit dans son cou, se guidant au parfum du lilas, profondément enfoui sous l'arôme du sang, mais à cet endroit-là, il sentit comme un jardin sous sa langue.

Du sang tacha le cou de Jane. Son sang à lui. Il l'ôta d'un coup de langue. Là-haut, la lune sauvage et perverse éclairait la scène au projecteur.

— Merci, Jane, murmura Michael dans son cou.

— On y est arrivés, souffla-t-elle dans une exclamation de joie intense. Tu es en vie !

— En vie, mais pas rassasié. Tu me fais confiance ?

— Aveuglément.

Tandis que Michael se penchait sur le cou de Jane, la délicate senteur de sa chair — florale et cendrée — le poussa à déposer un léger baiser sur sa veine avant de la goûter. Il écarta les douces mèches cuivrées, glissant les doigts sur sa nuque, et la mordit profondément, faisant jaillir un sang chaud à l'endroit de la perforation.

Jane gémit doucement tandis que les puissantes sensations du sang libéré la parcouraient tout entière.

Le sang glissait rapidement dans le corps de Michael, s'engouffrant dans ses veines à une vitesse fulgurante, comme une décharge électrique. Il sentait le liquide se frayer un passage droit vers son cœur. Sa tête s'emplit d'un rythme oscillant qui cognait à ses oreilles, étouffant tous les autres sons menaçant de détruire l'extase.

Aucun orgasme n'avait jamais été si universel et si parfait. Entre ses bras, Jane était secouée de frissons incontrôlables.

La magie du sang et du sexe. Enfin !

Il fallut longtemps avant que les sons redeviennent peu à peu audibles, comme un disque en train de tourner qui aurait été ralenti par un doigt paresseux.

Les choses devinrent plus claires, la pâmoison s'estompant comme l'ivresse d'une liqueur. De toutes ses forces, il tâcha d'en retenir les derniers effets capiteux en resserrant les bras autour de Jane.

La clarté.

Incapable de traduire en mots l'incroyable extase qu'il venait de connaître, Michael ferma les yeux. Abandonnant dans un frémissement les derniers murmures fugaces de l'inconscience, l'idée le traversa brièvement que c'était peut-être le début de la fin.

Le sang de Jane pouvait le tuer — à moins que celui de Baptiste ne l'ait immunisé contre la malédiction des sorcières.

Mais il voulait croire que le sang de son père n'avait rien à voir avec sa vie ou sa mort. Non, cet instant n'appartenait qu'à Jane et lui. Ensemble, ils s'étaient offert l'un à l'autre quelque chose qu'ils étaient seuls à pouvoir se donner. L'obscurité et la lumière et, entre les deux, l'Univers tout entier.

Une fois de plus, Michael était devenu quelque chose de différent. Si différent qu'il pouvait vraiment appréhender ce changement.

— Michael ?

Il embrassa les plaies au cou de Jane, passant la langue dessus pour provoquer leur cicatrisation.

— Je suis toujours là, murmura-t-il. On y est arrivés, Jane.

— Ton cœur ?

Elle lui palpa la poitrine en appuyant avec tendresse.

Pas de douleur. Même sa souffrance intérieure était devenue plus diffuse.

— Est-ce qu'il est… ?

— Merci, répondit-il. C'est toi qui as fait ça. Tu as guéri mon cœur, Jane.

— Seulement parce que tu me l'as donné. On y est vraiment arrivés, alors ? Tu te sens… fort ?

— J'ai l'impression de pouvoir voler.

Elle laissa échapper un petit rire.

— Du calme, Michael, même moi, je ne sais pas voler !

— Mais tu pourrais, avec de l'entraînement.

— Et tu crois qu'avec mon sang, tu y arriverais, toi aussi ?

— Je ne le crois pas. Je le sais.

— Ensorcelé, chuchota-t-elle contre sa joue. Tu es devenu un ensorcelé, Michael.

— Corps, sang et âme, Jane. Ensorcelé par toi et très heureux de l'être. Tu as froid ?

— Non.

Elle regarda autour d'eux, pressa les mains sur le sol où ils venaient de s'aimer.

— On va faire l'amour toute la nuit ?

— Jusqu'à ce que le soleil se lève.

— Quel merveilleux programme, mon amour…

NOCTURNE

Si « L'amant de la pleine lune *» vous a séduite, laissez-vous envoûter par le 2e titre de la collection Nocturne : «* L'empreinte du loup *», également en vente le 1er janvier.*

Torrance a l'impression de vivre un cauchemar éveillé. Mason, l'homme qui vient de la sauver des êtres effrayants qui la traquent sans relâche, est lui aussi un loup-garou, une des créatures qui hantent ses nuits depuis toujours. Pourtant, afin d'échapper à la terrifiante menace qui pèse sur elle, elle accepte de le suivre, fascinée malgré elle par la force et le magnétisme qu'il dégage.
Bientôt, dans la forêt où il l'a conduite pour la protéger, Mason lui révèle qu'elle est son «âme sœur» et que c'est ce lien qui a attiré sur elle la vengeance des loups rebelles. Troublée par cet aveu, captivée par la beauté sauvage de l'homme-loup, Torrance se laisse peu à peu séduire. Mais tandis que son amour grandit, Mason semble se détourner d'elle. Comme si le lien entre eux était trop fort, comme s'il craignait de la mettre en danger, en succombant à ses propres sentiments...

L'empreinte du loup, de Rhyannon Byrd

NOCTURNE n°1

NOCTURNE

Votre prochain rendez-vous le 1er février

L'APPEL DE LA NUIT, de Rhyannon Byrd - n° 3

- _2e volet de la série_ La Légende des loups -

Depuis dix ans, Jeremy Burns tente d'oublier Jillian Murphy, la femme-loup du clan des Silvercrest, qui l'a rejeté parce qu'il n'était qu'un sang-mêlé, fils d'un loup-garou et d'une humaine. Des années durant, il a multiplié les conquêtes, essayant sans y parvenir de remplacer celle qu'il considère toujours comme son âme sœur.
Mais voilà qu'aujourd'hui, une mission de la plus haute importance l'oblige à revenir au sein du clan. Stupéfait, il découvre alors que Jillian est devenue la chamane des Silvercrest, une femme aux pouvoirs immenses. Malgré sa rancœur, il se résout à lui demander son aide, même s'il sent déjà qu'il va avoir le plus grand mal à contrôler cet invraisemblable désir qui le met au supplice lorsqu'il est auprès d'elle...

LES FIANCÉS DE L'OMBRE, de Lisa Childs - n° 4

Descendante d'une longue lignée de sorcières persécutées à travers les siècles, Ariel n'a jamais révélé à quiconque l'existence de ses pouvoirs, pas même à David Koster, l'homme qui partage sa vie. Depuis l'enfance en effet, elle a appris à se taire. Depuis que, pour les sauver des hommes qui voulaient les exterminer, leur mère les a confiées, elle et ses deux sœurs, à des familles d'accueil. Sauf qu'aujourd'hui, il semblerait que la chasse aux sorcières recommence...
Terrifiée, et soucieuse de protéger ses sœurs qu'elle sait également en danger, Ariel décide de dire la vérité à son fiancé, David. Mais à peine s'est-elle confiée à lui qu'il change d'attitude à son égard ; secret, distant, il semble s'éloigner d'elle un peu plus chaque jour. Un doute terrible l'envahit alors : se peut-il que David fasse partie du complot qui pèse sur elle et ses sœurs ?

A paraître le 1er janvier 2010

Best-Sellers n° 406 • suspense

Dans l'ombre du bayou - Lisa Jackson

Lorsque Eve Renner accepte en pleine nuit le mystérieux rendez-vous fixé par Roy, son ami d'enfance, elle n'imagine pas qu'elle met le pied dans un véritable guet-apens. Car elle découvre son ami poignardé, le chiffre 212 tracé sur un mur en lettres de sang. Pis encore : Cole, son fiancé, se trouve sur les lieux du crime et tente de la tuer elle aussi. Trois mois se sont écoulés depuis, et Eve se remet difficilement de la trahison de Cole, mais aussi de ses blessures : devenue amnésique, elle ne parvient pas à comprendre ce qui a pu se passer lors de cette nuit de cauchemar. Jusqu'à ce qu'un mystérieux courrier l'incite à chercher dans ses souvenirs…

Best-Sellers n°407 • paranormal

Les griffes de la nuit - Rachel Vincent

En apparence, Faythe Sanders ressemble à n'importe quelle étudiante américaine. Qui pourrait croire qu'elle est tout autre et qu'à certains moments, elle se transforme en panthère noire ? Mais Faythe rêve de vivre comme tout le monde et elle refuse de se plier aux exigences de ses parents et de sa caste de félins. Pourtant, son destin est d'être une féline et d'assurer la descendance de sa lignée comme toutes les femelles de son âge. Mais peut-elle aspirer à la liberté sans renoncer à ce qu'elle est profondément ?

Best-Sellers n°408 • suspense

Passé obscur - Suzanne Forster

Au sommet de la gloire, Lane Chandler, fondatrice de *The Private Concierge*, une société de services très prisée par les célébrités de Los Angeles, est soudainement éclaboussée par le scandale : l'un de ses clients est retrouvé mort dans des circonstances suspectes. Prête à tout pour sauver sa réputation et celle de son entreprise, Lane fait face à ceux qui la montrent du doigt. En particulier Rick Bayless, un ancien officier de la police obstiné et charismatique qui connaît son passé sombre et honteux. Un passé qui la poursuit impitoyablement et qu'elle aurait préféré oublier.

Best-Sellers n°409 • suspense

L'île des ténèbres - Heather Graham

Caer Cavannaugh, une jeune infirmière, quitte son Irlande natale pour raccompagner à Rhode Island Sean O'Riley, un riche armateur frappé d'une mystérieuse maladie lors de ses vacances. La tâche se révèle plus difficile que prévu quand elle découvre la tension malsaine qui règne dans la luxueuse maison familiale où vit l'entourage de son patient. Et lorsque s'ajoute à ce climat de menace insidieuse une étrange disparition, Caer, avec la complicité du détective privé Zach Flynn, va devoir se fier à ses dons de prémonition pour protéger la vie de Sean.

Best-Sellers n°410 • roman

La maison de la baie - Sherryl Woods

Par une belle journée de printemps, Abby O'Brien reçoit un appel paniqué de Jess, sa sœur cadette : l'auberge qu'elle a presque achevé de restaurer et qui doit ouvrir ses portes quelques semaines plus tard est menacée de saisie. De retour à Chesapeake Shores pour venir en aide à sa sœur, Abby retrouve Trace Riley, son premier amour. L'homme à qui elle avait dû renoncer dix ans auparavant en fuyant sa douloureuse histoire familiale.

Best-Sellers n°411 • roman

L'écho de la rivière - Emilie Richards

Artiste peintre mariée à un avocat et mère d'une petite fille, Julia Warwick est un pur produit de l'aristocratie de Ridge's Race. Cette femme à qui tout semble sourire voit pourtant son monde s'écrouler lorsqu'elle perd la vue de manière inexpliquée. Les médecins ayant conclu à une cécité psychosomatique, Julia entreprend de fouiller son passé à la recherche d'un traumatisme qu'elle aurait pu enfouir au plus profond de sa mémoire. Ce faisant, elle ouvre peu à peu les yeux sur son mari, sa famille, et surtout sur elle-même. Faisant bientôt émerger, avec l'aide de Christian Carver, son amour de jeunesse, des secrets que beaucoup ont intérêt à ne jamais voir divulgués.

Best-Sellers n°412 • historique

L'alliance scandaleuse - Brenda Joyce

Derbyshire, 1838

A l'âge où toutes les jeunes femmes songent à fonder une famille, Ariella de Warenne ne rêve que de voyages, d'indépendance. Le mariage ne figure pas dans ses projets… et l'amour peut attendre. Du moins le croit-elle, jusqu'au jour où elle rencontre Emilian St Xavier, richissime vicomte de Woodland. Un homme ténébreux dont la bonne société anglaise se méfie en raison de ses origines bohémiennes et de ses mœurs dissolues. Qui est cet Emilian et pourquoi l'attire-t-il autant ? Fascinée, Ariella est déterminée à satisfaire sa curiosité. Au risque de traîner sa réputation et son nom dans la boue…